长夜难明

修订新版

紫金陈 ▶ 作品

湖南文艺出版社
HUNAN LITERATURE AND ART PUBLISHING HOUSE　博集天卷
CS-BOOKY

本故事纯属虚构

如有雷同，纯属巧合

目录
CONTENTS

1

古怪的眼神

1

2013年3月2日，星期六下午，阳光明媚，江市地铁一号线西湖文化广场站。

地铁站外的马路中段有一个红绿灯，此刻，一个男人手里正提着一只硕大的行李箱，耐心地站在路口等待绿灯。

不过显然更多人缺乏这种耐心，尤其是在繁忙的道路上，仿佛一群人一起闯红灯，就无所谓素质高低了，大家穿梭而过，知道车不敢朝一群人撞过来，于是闯红灯就成了理所当然，每个人都跟随周围的人流穿行而过。

男人鄙夷地看着人群，轻蔑地笑了。"人们已经想不起来第一次闯红灯的时间了，有了第一次，就会有第二次、第三次……"

绿灯亮了，他拉起行李箱，朝地铁站走去，来到自动扶梯前，旁边一对大学生情侣正与他并行步上扶梯，看到他上去后，主动退开一步，直到他离得远了才跟上，因为他看上去不太"平易近人"。

他大概四十岁，穿着件皱巴巴的夹克，头发看起来很油腻，似乎很多天没洗，戴着一副破旧的塑料眼镜，眼睛微微肿胀着且布满血丝，脸上覆盖着一层油脂，又混合着灰尘，浑身透出浓重的酒气和汗臭。如果他手边多根棍子，就是丐帮弟子了。

无论多拥挤的车厢，人们都会善良慷慨地为乞丐腾出方圆一米的舒适空间，何况是在路上。

下了自动扶梯后，男人拖着那只笨重的行李箱，继续往前走，周围人闻到他的满身酒气，都主动远遁。他毫不在意，往购票机里投入硬币，拿到一张地铁卡，然后慢吞吞地朝安检口走去。

这时，他注意到远处地铁站另一个出入口的台阶上，有目光向他投来，他扶了下眼镜，也朝那里看去。那里站着两名中年男子，一人满脸怒意，紧紧握着拳头瞪着他；另一人面无表情，只是用手指了指自己的眼镜。他心领神会地做了一个很轻微的点头动作作为回应，摘下眼镜，脸上露出一丝不易觉察的微笑，随后又戴上眼镜，再也不看他们俩，继续朝安检口走去。

快到安检口时，他裹了下旧夹克，弓起背，缩着头，拉着行李箱，突然加快了步伐，跟着人群往前挤，似乎想混在人群中间穿过安检口，但还是被保安拦住了。"箱子放上去过安检。"

"我……我这里面是被子。"他微微一停顿，攥紧了行李箱把手。

保安见过太多第一次坐地铁的土人了，像往常一样随口应付："所有箱包都要过安检。"

"里面……里面真的是被子。"他试图再往前一步，但保安伸出大手，像张印度飞饼一样拦在了他面前。

"所有箱包都要过安检。"保安重复了一遍，丝毫没有商量的余地。

"真的是被子，不用检。"他身体向一旁倾了下，挡住了后面排队的人，引起身后一阵不满的催促声。

保安抬起头，开始打量起这个浑身透着酒气的男人，只见他脸上写满了慌张。保安眉头微微皱起，心中开始警惕，本能地握紧了手中的对讲机。

对视了一两秒后，突然，男子一脚朝保安猛踹去。"我不进去了！"他用力过猛，一脚踹翻猝不及防的保安后，掉头一声大吼，凶悍地撞开身后排队的人群，一把掀翻隔离栏，拖着箱子拔腿就跑。

在逃跑的过程中，他摘下眼镜扔到面前，故意一脚踩碎它。

保安急忙爬起身，抓起警棍就朝他追去，一边大叫"站住"，一边朝对讲机狂喊"请求支援"。

地铁站很拥挤，男子拖着沉重的大箱子没能跑出多远，就被赶来的几名保安前后包夹围在了通道中间，随即，两名驻站的派出所民警也赶了过来。

"你们别过来啊！"男子见无处可逃，站在路中间，箱子立在身后，屈膝呈半蹲状，一只手张开五指，拦住要冲过来控制住他的保安和民警，怒目圆睁，"别过来，我有杀伤性武器！"

一听到"杀伤性武器"，所有人本能地停下脚步，心中顿时一紧。警察赶忙示意乘客往后退。

地铁站里的乘客吃惊地看着这一幕，按照社交惯例，有危险是吧，先别管那么多了，人们纷纷拿起手机，对这个奇怪的中年男子拍了一通照，发到网上。当然，也少不了有人调到前置摄像头，自拍美颜一番，配上文字"我就在地铁站，出了大事，好危险啊，怕怕的"。

民警和保安死死盯住男子，预防他的下一步动作。男子也死死盯住他们，一只手伸进了衣服，一把抽出一个乒乓球拍，挥舞着喝道："别过来，你们怕不怕？你们别过来啊，箱子里真没东西！"

见他所谓的"杀伤性武器"只是一个乒乓球拍，围观人群发出一阵哄笑，手机拍照键按得更快了。

民警顿时松了口气，看来这家伙是个喝醉酒的疯子，若是强行冲上去控制住他，免不了脑门被乒乓球拍甩上几下，疯子力气通常比较大，还是从身后包抄为妙。同时，民警注意到了他的后半句话，不禁把注意力转到了他身后的大箱子上。民警隔空挥舞着警棍，厉声质问："箱子里装着什么？"

"没……没东西。"中年男子慌张言语。

"打开！"民警的语气不容置疑。

"不……不能碰……"

这时，被身后突然跳上来的民警一把抱住肩膀的他还在试图挥舞乒乓球拍，但立马就被其他民警和保安扑上来压倒在地，疼得他嗷嗷直叫。

控制住他后，民警转身看着箱子，刚要去打开，男子突然高声大叫："不能打开，很危险，会爆炸的！"

当听到"会爆炸"时，民警的手停在了半空，谁也不敢对这可疑箱体贸然行动。民警转过身，盯住他，同时掏出对讲机，向上级汇

报，说地铁站里有个行为古怪的男子携带一个可疑箱体，人已被控制住了，但对方称箱子打开会爆炸，他们不敢贸然行事。

涉及公共安全问题谁都不敢冒险，尤其地铁站民警都受过专门的突发应对训练。

很快民警得到上级回复，既然箱子是被那个男人拉来的，那表明拉着应该不会出什么事，只要不打开就行。先把箱子移出地铁站，放到马路空旷处，对马路实行临时交通管制。

现场的警务人员连忙启动广播，通知乘客西湖文化广场站临时停运，地铁过站不停留，请乘客尽快有序出站。

与此同时，民警不敢耽搁，硬着头皮小心翼翼地拉住箱子，尽量不颠簸，往地铁站外移去。

"怎么这么重？该不会真的是炸药吧？"一名民警低声道。他们一拉箱子就感觉不对劲，由重量可知里面不可能是被子——得有一百多斤重。

另一名民警什么话也没说，一脸严肃，丝毫不敢怠慢，如果箱子里这分量是炸药分量，那威力简直不可想象，他想到今天出勤早，还没来得及看女儿一眼。

身后那个该死的嫌疑人还在苦苦劝他们："危险啊，小心一点，千万别打开，你们俩还年轻。"

听得两名民警突然好想爸爸妈妈。

很快，地铁站外的道路上车辆被清空，两头实施交通管制，警方拉起了前后二十几米的警戒线，中间立着那只箱子，旁边是被民警控制住的嫌疑人。

在这期间，西湖文化广场站因某男子携带可疑箱体而紧急停运的消息在社交网络上迅速发酵，这是江市地铁一号线试运行三个月以来首次因突发事故而停运，媒体记者纷纷赶往事发地，警戒线外的乘客们拿起手机充当自媒体实时播报着这一新闻。大家都在猜测箱子里到底是什么，有人猜炸药，有人猜毒品，有人猜音响和话筒，因为看装扮这男人像是苦大仇深、很有故事的流浪歌手，可能只不过在《中国好声音》上没得到导师转身，于是转投行为艺术想获得大众的关注，结果还没来得及被人问"梦想是什么"，就被民警扑倒在地无法动弹。

十五分钟后，下城区公安分局的刑警和排爆队、机动队赶到现场，用仪器检查过箱子后，发现里面没有爆炸品，可当警察现场打开行李箱时，远处围观的人群集体发出了一声惊呼。

一具赤裸的尸体！

这条新闻迅速在江市炸开了锅。

2

2013 年 3 月 2 日晚上。

下城区公安分局刑侦大队的审讯监控室，大队长和副局长走进门，朝里面的值班警察问："怎么样，招了吗？"

一名警察指着画面里正铐在椅子上的男人，说："嫌犯已经承认人是他杀的，具体过程还在交代，态度很配合。死者是他朋友，据他说是因为债务纠纷一时冲动失手杀了人。"

副局长看了眼审讯监控，联想到他今天的行为，撇嘴道："这人脑子有病吧？"

"脑子正常，还是个律师呢。"

"律师？"

刑警说："他叫张超，是个律师，开了家律师事务所，他本人专接刑诉案，好像在江市还小有名气。"

"刑辩律师张超？"大队长微微皱眉回忆着，"这人我好像有点印象，对了，去年我们有起案子移交检察院，嫌犯找了他当辩护律师，听说辩得挺好的，最后法院判了个刑期下限，搞得检察院同志一肚子气。"

副局长朝画面里的张超看得更仔细了些，迟疑地问："他杀了人后，把尸体带到地铁站做什么？"

"抛尸。"

"抛尸？"副局长瞪大了眼睛，"带到地铁站抛尸？"

"他想坐地铁去市郊，到那儿把尸体连着箱子抛到湖里。"

副局长一脸怀疑地看着监控里的张超，道："这怎么可能？哪有坐地铁去抛尸的？他为什么不开车去？"

刑警解释："张超是在他的一套房子里杀害了被害人的。杀人后，他很害怕，在房子里待了一晚上，今天上午，他下决心准备去市郊抛尸，毁尸灭迹。抛尸前，他喝了很多酒壮胆，结果……他酒量不好，喝醉了，不敢自己开车过去，怕出交通事故，酒驾被查的话，一定是连人带车一起被带走，箱子里的尸体马上就会曝光。所以他选择打车，可是很不幸，他坐上出租车后，到了地铁站附近时，出租车被一辆拐弯车辆追尾了，两个司机都说是对方责任，报了交警来处理。他怕交警赶来发现箱子的事，就借口有急事，从后备厢里抬出箱子先行离开了。这时他突然想到地铁站还在试运行，猜想安保不是很严，就想混上地铁，再一路坐到市郊抛尸，所以就去地铁站碰碰运气。结果在安检口被保安拦住，他心中胆怯掉头就跑，被保安和民警赶上来围住了。"

副局长皱眉道："那他为什么在地铁站一会儿说有杀伤性武器，一会儿说箱子会爆炸？导致本市地铁站第一次停运，新闻都炒翻了。"

刑警无奈道："他那时酒劲上来，头脑已经不太清醒了，心里又害怕箱子被民警打开，惊慌失措下，彻底胡言乱语。现在他倒是酒醒了，说对地铁站发生的一切只记得大概，又有些模糊。"

大队长吐口气："难怪刚抓来时他一副醉醺醺的样子，连话都说不清楚，一个劲地说箱子里没东西。"

副局长点点头，又叮嘱手下刑警："他是刑辩律师，对我们的调查工作很了解，对他说的话不能全信，要仔细审，别让他钻了空子，他交代的笔录要和后面的证据勘查一一核实，这起案子影响很大，不能出错。"

"那是一定的，"大队长瞥了眼监控里张超低头认罪的可怜模样，冷笑，"刑辩大律师啊，自己犯了事，还不是得老老实实交代？即便对司法程序再清楚，人赃并获，现场那么多目击证人，狡辩抵赖也没用，只能老老实实认罪，配合我们工作，也许最后还能请求法院轻判。"

审讯室里，张超垂头丧气，目光里透着无助，语气也是有气无力的，似乎对目前自己的遭遇深感绝望。

审讯人员问他："你用绳子勒死死者时，是从正面还是从他身后？"

"我……我想想，当时场面很混乱，记得不是很清楚，好像是……好像是从他身后。"

两名审讯人员用眼神交流了一下，一人道："你再想想清楚。"

"那……那就是从正面。"张超很慌张，整个人处于恐惧之中。

"作案用的绳子你放哪儿了？"

"扔外面了？垃圾桶？好像也不是，我杀人后很害怕，后来又喝了酒，到现在头还是很痛，脑子里一片混乱，好多细节都记不清了，我……我怎么会就这样把人勒死了，我……我根本没想杀死他的……"他痛苦地按住头，轻声啜泣着。

副局长又看了一会儿监控，嘱咐他们："如果案情不复杂，那你们这几天就辛苦一点，早点核实完毕移交检察院。这案子我们要快点结案，今天是本市地铁站第一次停运，记者都快把公安局挤爆了，市政府也打了好多个电话催促，上级要求我们用最快速度向社会通报案情。"

大队长点头应着："法医今晚会出尸检报告，案发现场已经派人初步去看过，等明天白天再派人仔细勘查一遍，和他的口供一一比对，看看有没有出入，顺利的话，三四天就可以结案了。"

接下来的几天，一切调查核实工作都在有条不紊地进行着。

张超认罪态度很好，录口供很配合，杀人动机、过程都交代得很主动，想来因为他是刑辩律师，很清楚流程和政策，希望以此求取轻

气才抬上后备厢，其间司机还问他需不需要帮忙，他拒绝了。他一坐上车，司机就闻到他身上满是酒味。出租车开到离地铁站一个路口的马路上时，被一辆拐弯的私家车追尾，司机与私家车主讨论赔偿事宜期间，张超借口有急事，就先行下车搬了箱子匆忙离开。

一切口供都与调查完全吻合。

案子很简单，新闻发布会很快结束，记者们还不满足，希望能采访到凶手，了解他的想法。警方商量后又征求了张超本人意见，他认罪态度好，并且愿意接受采访，于是警方便安排记者隔着铁窗进行采访。

几个问题的答复和发布会内容差不多，当被问及是否后悔时，张超停顿片刻，很平静地面对镜头。"也没什么好后悔的。"

这句话没有引起任何人的警觉，新闻也照常播出。

没人觉得有什么不妥，一切热闹的新闻在几天后就耗尽了大众的新鲜感，很快无人问津，很快烟消云散。很快，人们再也记不起在铁窗那头接受采访的张超，以及那一刻他有点古怪的眼神。

3

2013 年 5 月 28 日，江市中级人民法院一审开庭审理张超杀害江阳一案。

这次开庭非常引人注目。整起案件极具新闻传播的第一要素——"话题性"。

当初地铁运尸案发生后轰动全国，网上有大量网友拍到的现场照

片。手里挥舞乒乓球拍的张超被做成各种表情包，带着动感节奏的神曲《你怕不怕》广为人知。新闻曾连续多天霸占各大媒体头条，甚至一些明星发通告都无奈地避开这几天霸榜日。

警方向社会做了案情通报后，又激起了新一轮的话题争议："你交到过欠钱不还的朋友吗？""你的好朋友问你借钱去赌博，你借不借？"大多数人都遇到过被人借钱不还的情况，人们就算记不起初恋长相，也不会忘记借钱不还者的"音容笑貌"。于是，舆论滔滔如水。

被害人江阳本人声名狼藉，受贿、赌博、嫖娼，还坐过牢，甚至他前妻接受媒体采访时，都不愿开口替他说话，更是激起大多数人的同情心，认为张超杀人是一时冲动，应该轻判。

在法院公告开庭日期后，当初的新闻再度发酵，很多网站做了专题页面报道。全国各大媒体记者纷纷申请旁听，热烈程度堪比明星涉案——还是一线大牌明星的待遇。

除了吸引公众之外，这起案件也引起了全国法律圈的关注，因为这次张超请的辩护律师团太大牌了。

他本人就是刑辩律师，在江市圈子里也算小有名气，不少朋友以为这次他会自己辩护，可他的家属最后为他找来了两位刑辩大腕。

一位是张超早年读博时的导师，如今已经六十多岁、退休在家的申教授。申教授是法律界权威，"刑法修正案"全国人大常委会法制工作委员会的委员。另一位是张超的同门学长，申教授的得意弟子，号称本省"刑辩一哥"的李大律师。

申教授已多年没上庭了，李大律师则一直活跃在刑辩第一线，只不过他收费很高，请得起他的人不多，张超能请到他显然是因为申教授。两位大牌律师同台为他辩护，这种场面很是罕见，诸多法律界人士也都向法院申请旁听，学习两位大律师在这起案子上的辩护策略。

案情本身很简单，不涉及不方便公开的隐私，法院征求了张超和被害人江阳家属的意见，双方均同意公开审理，于是法院特地备了个大庭来尽可能满足旁听人数的需要。

庭审前，公诉人与被告辩护律师交换前置证据，法院开了三次模拟庭，张超都没有任何异议。

开庭后，很快，检察官宣读了起诉书，出示罪证，询问被告对起诉书是否有不同意见。所有人都知道被告认罪态度好，整起案件案情简单，犯罪过程清晰明了，理所当然地认为他没有意见。这只是走个过场，重点是待会儿辩护律师与公诉人关于张超犯罪的主观恶意性的辩论，看是故意杀人还是过失杀人。

这时，张超咳嗽了一声，拿起一副前几天才向看守所申请佩戴的眼镜，不慌不忙地戴上，随后拉了一下黄马甲，使得囚服更挺一些，整个人看起来更精神些。

他微微闭上眼，过了几秒钟，重新睁开，挺直了脊背，缓缓开口道："对公诉人的犯罪指控，我个人有很大的不同意见。"

大家感到一丝好奇，他的两位大牌律师对视一眼，但都以为是他想自己反驳检察官对犯罪主观恶意性方面的指控，只不过他这开场措辞听着有点怪怪的。

"请被告陈述。"法官说道。

张超低下头，嘴角露出一丝旁人觉察不到的笑意。他摸了摸额头，然后不紧不慢地抬起头，朝后面诸多旁听人员扫视了一遍，说："今天我站在这里，我很害怕，但更多的是不解，我不知道为什么我要站在这里接受审判。因为我从来没有杀过人。"

他脸上写满了无辜，仿佛比窦娥还冤，但接下来整个法庭都被一片惊讶和唏嘘声所笼盖，法官都快把锤子敲断了。

"什么……你没有杀人？"检察官有些反应不过来。检察官应付过很多故意杀人案的公诉，被告往往也只能从是故意还是过失的角度进行申辩，从没遇到过被告对前面的证据都没异议，突然最后冒出来全盘否认杀人的情况。

申教授连忙小声提醒："你干什么！证据确凿，你现在翻供已经来不及了，只会加重刑罚！我们不是早就商量好对策，你只能从犯罪主观上辩，我和李律会帮你！"

张超低声向导师道歉："对不起，有些真实情况我只能现在说，再不说就来不及了。"

他不管两位大牌律师，目光朝着旁听席上的众多记者和政法从业人员笔直投射过去，深吸一口气，突然将音量提高了一倍，镇定自若地说道："我说，我没有杀人！法医出具的尸检报告显示我在3月1日晚上8点到12点间杀害了江阳，但实际情况是，3月1日中午我就坐飞机去了北京，第二天也就是3月2日上午坐飞机回江市，在江阳被害的时间里，我没有任何作案时间。关于我在北京的情况，有两地的机票、监控、登机记录、酒店住宿记录可以查，并且，我在北京的这一天，分别去会见了我律所的两位客户，一位和我一起吃了晚饭，另一位跟我在咖啡馆聊到很晚。在这短短不到一天的时间里，大部分时段都能证明我在北京，无人证明的独处时间只有几个小时，在这短短几个小时里，我不可能从北京回到江市，杀了人后再次回到北京。江阳是被人勒死在江市的，当天我全天在北京，怎么可能是我杀的人？我之所以在公安局写下认罪书，是因为我在里面受到了某种巨大的压力。但是，我没有杀人，我是清白的，我相信法律！我相信法律会还我清白！我要求出示相关证据！"

他环顾一下沉默的四周，随即挺起胸，目光毫不躲闪地迎向了所有人。

当天晚上，最具轰动性的新闻引爆网络。凶手试图坐地铁抛尸被当场抓获，现场有成百成千个目击证人，事后凶手对犯罪事实供认不讳，还上了电视认罪。结果到了庭审这一天，他却突然翻供，一席话推翻了检察官的所有证据链，法院当庭以事实不清为由，暂停审理。

原本清晰明了的案件顷刻间变得扑朔迷离。

事后，他的两位大牌辩护律师告诉记者，事发突然，张超在此前的会面中从未向他们透露过这一情况，但目前看来，张超在江阳被害当天人在北京的证据是充分的，至于张超在公安局到底有没有受到某种压力，他们不方便做过多猜测和解读。

当天媒体的新闻稿中，引述了张超自称在受到某种巨大压力的情况下才写了认罪书的说法，事实上他根本没有犯罪时间，人们有充足的理由怀疑张超遭到了警方的刑讯逼供。

就在几个月前，省高院平反了轰动全国的一桩冤案，当年的办

案人员被调查通过对嫌疑人刑讯逼供来获取根本不存在的犯罪口供。这样一来，下城区公安分局办案人员更是对张超的案子百口莫辩。

法律学者、人大代表看到相关报道后，纷纷建言对案件和相关办案人员进行严肃调查。

与此同时，省市两级检察院领导大怒，认为公安在这起案件办案的过程中存在严重猫腻，极大抹黑了本省司法机关的形象，监察部门则要求隔离约谈办案民警。

下城区公安分局顿感压力巨大，正、副局长一齐赶到市政府汇报情况，尽管他们反复表明此案中他们从未对张超进行刑讯逼供，张超认罪态度一直很好，证据链也非常扎实，但上级领导对他们的工作依旧半信半疑。

一位领导问他们："张超那天坐飞机去了北京，你们怎么会不知道，怎么没查他的机票、酒店记录？"副局长直想骂对方白痴，如果张超不承认自己杀人，警方自然要他出示不在场证明；当时他自己承认杀人，难道警方还要证明他犯罪时，人不在北京，不在上海，不在世界的其他地方，才能定罪？何况审讯时，张超交代了案发当晚他去找了江阳，警方调取了小区门口的监控，看到他的座驾于晚上 7 点驶入小区，谁想到张超现在翻供后说这车借给江阳了，座驾里的人应该是江阳，而不是他！

另一位管司法的副市长当面抛给他们一句话："如果你们证据链扎实，那张超现在怎么可能翻供？"一句话更是问得他们哑口无言。

最后，为了给社会一个交代，省公安厅、市公安局、市检察院决定成立高规格的三方联合专案调查组，由江市刑侦支队支队长赵铁民担任组长，各单位分别抽调骨干人员，约谈相关办案民警，详细地重新调查这起案件。

4

"你用绳子勒死死者时，是从正面还是从他身后？"

"我……我想想，当时场面很混乱，记得不是很清楚，好像是……好像是从他身后。"

两名审讯人员用眼神交流了一下，一人道："你再想想清楚。"

"那……那就是从正面。"张超很慌张，整个人处于恐惧之中。

"作案用的绳子你放哪儿了？"

"扔外面了？垃圾桶？好像也不是，我杀人后很害怕，后来又喝了酒，到现在头还是很痛，脑子里一片混乱，好多细节都记不清了，我……我怎么会就这样把人勒死了，我……我根本没想杀死他的……"他痛苦地按住头，轻声啜泣着。

市检察院侦查监督科的一名检察官暂停了投影上的视频，看了眼对面坐着的一干警察，随后面向所有人。"审讯监控很明显证明了，下城区公安分局刑侦大队存在诱供行为。"

那些警察脸上透着忐忑不安，面对人数比他们还多的省公安厅、市公安局和市检察院的领导，仿佛做错了事的小学生，不知所措。

赵铁民咳嗽一声，道："你们有什么不同意见吗？"

大队长停顿几秒，鼓起勇气回答："我觉得……我觉得我们不算诱供，这是正常的审讯。"

"不算？"检察官鼻子哼了一声，看着手中材料，"你们审讯张超时，问他是从正面还是从身后勒死死者，他说记不清，猜了个身后，你们让他再想想清楚，不就是暗示他死者是被人从正面勒死的？还有作案工具、犯罪时间等细节，他交代时明明说记不清楚，为什么最后他的认罪书上写得这么清楚明白？还不是你们查了现场后，要他按照现场情况写下来的？"

大队长对这些质疑无言以对，张超被抓后，对杀人一事供认不讳，但一些细节他自己也记不清了，这是人之常情，杀人后，在紧张恐慌的情况下，自然会对一些细节感到模糊，何况他后来又喝了酒。警方调查了现场后，张超对调查结果没有异议，最后也是在完全心甘情愿的情况下写下的认罪书。

录口供时，张超态度很好，供述细节上他自己记不清时，警方自然会根据现场情况对他进行提醒，所有审讯都是这么做的。谁承想他在杀人这件事上供认不讳，却在细节交代中耍花腔，故意说记不清了让警方提示他，等到庭审翻案后，检察院调取相关的审讯录像时，这审讯过程就成了警方无法辩驳的"诱供"证据。

他觉得张超从被捕那一刻，就给警方下了一个套。

检察官打量了一会儿这队沉默的警察，突然严肃地问："你们说实话，张超被捕后，你们是否对他有过刑讯逼供？"

"没有，绝对没有！"大队长脱口而出。

其他警察也集体附和起来，这个问题上绝不能模棱两可。更何况，天地良心，他们真是冤枉，他们自问张超被捕后，认罪态度好，而且这案子性质上是激情犯罪，所以他们从未对他施加一些强迫审讯的手段，相反，在初步调查结束后，他们就把张超送入看守所，还给了他独立的单人监牢，后来虽说又提审过几次，但都是一些简单的细节核实，可以说，张超从被抓进来到最后庭审的几个月里，从未受到过任何虐待。现在整个社会和上级机关都质疑他们刑讯逼供，他们真是百口莫辩。

检察官脸上透着不置可否的表情，看着其他专案组成员，严肃地说："对是否存在刑讯逼供，我们还会做进一步调查，目前看，诱供这点是确凿的，程序上违规了。"

警察们无法辩驳，检察官打发他们先出去，由专门人员单独对话。

一队人默默地起立，沮丧地挪步离开，到门口时，大队长突然转身面向诸多领导，大声道："我发誓我们没有对张超刑讯逼供，可以安排他本人跟我们对质。我敢肯定张超涉案，这是他故意设的局，就算现在他翻案了，我也敢肯定他涉案！"

开完这个专案组的初步交流会，组长赵铁民回到了办公室，看着面前一堆资料，包括张超来回北京的机票、机场登机记录、北京的住宿记录、监控录像的人像识别鉴定报告、他在北京与客户会面的多方口供等，这一切都表明，张超在被害人的死亡时间段内，人在北京，没有任何的犯罪时间。

张超坚称，他没有杀人，之所以会提着装江阳尸体的箱子，是因为他3月2日上午回江市后，就去找了江阳。他和江阳都有那套房子的钥匙。他敲了门，没人应，于是他自己掏钥匙开了门。进门后，他

看到地上摆着一个大箱子，打开箱子就发现了江阳的尸体。张超当时很害怕很紧张，他检查了房子，门锁没有明显损坏痕迹，窗户也是关着的，只有他和江阳有钥匙。加上最近他多次和江阳发生争吵，声称要把江阳赶走，就在前两天还打架惊动了派出所民警。因此，突然面对这样一个装着尸体的箱子，他担心匆忙报警后，警察很可能会怀疑是他杀的人。他从没遇到过这种情况，非常害怕，于是在房子里喝了许多酒，结果脑子更乱，才头脑发昏想到直接去抛尸。

可如果这就是真相，那他之前为什么要认罪？

赵铁民一开始也怀疑分局刑警迫于该案的社会影响力，对张超采取了刑讯逼供，捏造了一开始口供中的犯罪事实，企图尽快结案。可他初步了解情况后得知，不但下城区公安分局刑侦队队员全部矢口否认，甚至他派去看守所见张超的刑警也打电话过来，说张超自己也承认警察没有刑讯逼供。

警察没有刑讯逼供，为什么他前面认罪最后翻供呢？

据张超的说法，那是因为他在公安局里受到一股无形的莫名的巨大压力。

气场压制，这就是他的答案。

这个答案会让大部分临终病人来不及交代后事，先走一步。幸亏赵铁民是个久经风雨的警察，不过他还是感到内心受到了伤害。

现在赵铁民的工作很不好做，专案组的初步工作当然是要查清当事警察是否存在刑讯逼供事实，但更重要的是查清江阳被杀一案的真相，抓出真正的凶手。

要不然，真凶没抓到，对江阳被害一案依然茫然不解，对社会通出差，顺道和我见面，详细聊聊。第二天他到北京后打了我电话约吃饭，见面后他没给我名片，我也就一直称呼他李律师，他也没说不姓李，我就一直当他姓李。你们跟我联系后，我才知道他姓张，不姓李。"

"他有骗你说他姓李吗？"

那人想了想回答："他自己没说过，可我一直以为他姓李。"

一旁负责记录的刑警详细地把这个细节写了下来。

"我也是同样，律所前一天打我电话说会过来一位李律师。那时我已经委托了江市另一家律所来处理我的案子，就推托不见了。对方好像很想做成这单生意，很热情地要跟我见面细聊，说单纯聊聊情况，不收任何咨询费，我也就答应了。可后来聊到最后，他却跟我说这案子还是走协商渠道为好，或者建议我找其他律所，他不接了，这搞什么啊。"

"我也是，我们一起吃饭，还是他抢着买的单，他最后也说案子太小，不值得打官司，不接了。本来我这案子就不大，他一开始就知道，还很热情地来找我，结果聊完又不接了，我说再加几千块律师费，帮我打赢这案子，他还是拒绝，实在是莫名其妙。"

刑警又问："新闻上有张超被捕后的照片，还有他在电视上接受采访的画面，你们既然都看过，为什么接下来几个月里都没注意到，新闻上的嫌疑人就是和你们见面的律师？"

"怎么会想到是他啊，新闻上的那人很邋遢，看着像个乞丐，电视采访我也看了，那人剃了光头，穿着囚服马甲，神态也和当初和我见面的律师完全不一样。那个律师来找我时，穿着很有档次呢，围着红围巾，戴着一副银框的高档眼镜，头发梳得很直，手上戴着名牌表，还有个名牌皮包，说话给人感觉很不一般。"

"他那副眼镜还是个奢侈品，我印象特别深。"另一人补充说。

"他被抓的照片上没戴眼镜，采访时也没戴眼镜，发型也变了，整个人神态气质更是完全不一样。如果不是你们来问我，我到现在也不知道新闻里那人就是跟我一起吃饭的律师。"

"对啊，我也是，你们来找我，我看着照片仔细回忆，才觉得有几分像，之前我哪会想到全国大新闻里的杀人案的犯罪嫌疑人，杀人时却在跟我喝咖啡。这感觉棒极了。"

"我从来没说过我是李律师。"张超戴着向看守所申请带进来的树脂眼镜，理直气壮地看着刑审员，"我可以和两个客户当面对质。"

"可他们一直叫你李律师，你没有纠正。"

"这有什么好纠正的？他们搞错了而已，前一天是我给他们打的电话，当时说安排我律所另一位姓李的律师去趟北京跟客户见面，后来想起来宁波一位当事人的案子约了第二天，那案子本就是李律师负责的，我就让李律师去宁波，我去北京了。"

刑审员质疑道："你在本市圈子里已经算是有些知名度的刑辩律师，而北京的两个客户都是很小的合同纠纷，为此，你这大律师的时间和飞机票都不划算吧？"

"当然，我去北京的最主要目的不是见两个小客户。在那之前呢，我太太好多次提到想吃正宗的北京全聚德烤鸭，星期天刚好是我们的结婚纪念日，所以一想到北京，我就一时兴起，专门跑一趟，准备给她一个惊喜喽。第二天我也是先回了趟家，把烤鸭放冰箱里，后来才去江阳的住所，这点你们可以向我太太核实。既然到了北京，那么就顺便和两个客户见个面吧。虽然两个客户案子不大，一个案子顶多两万块吧，但再少的钱也是钱，我律所规模不大，包括我在内，一共三个律师和两个实习助理，可我毕竟要养活这几个人。反正去趟北京买烤鸭，抽点时间出来见下客户，多个几万块也好。你们肯定也知道，大牌律所也不会拒绝小案子的，我这个小律所对待业务自然多多益善了。"

刑审员看着他一副笑眯眯的对答表情，不由得大怒，突然猛一拍桌子，大喝："不要油腔滑调，你当这里什么地方！"

张超做了个吃惊的表情，拍着胸口连声道："吓死我了。"

可看得出，他一点也没被吓到，刑审员咬了咬牙，瞪着他，咄咄逼人问："你为了买个烤鸭专门坐飞机跑到北京，为什么不从网上买，你这个理由能说服我们吗？"

他看了刑审员好一阵，突然笑了起来："能否说服你我不知道，人与人之间的价值观本就不同的嘛。国外富豪专门出资赞助宇航局，拿块月球上的石头送给女朋友，你怎么不问问他为什么不花几百块钱买块陨石送人啊？还附带鉴定证书呢。我收入还算过得去，来回飞机票钱没什么，专程坐飞机买个烤鸭，这是一种情怀，网购嘛，呵呵，完全不是同一类的好吧。"

他略带笑意地望着对方，刑审员被他看得发窘，仿佛联想到自己在淘宝上比较来比较去，花了一晚上挑件衣服就为省下几块钱，而江市大厦里一位富人随便刷卡几万块买了件同样的衣服，自己还凑上去问："你为什么不买淘宝同款？只要一百块啊。"富人哈哈一笑："孩

子，有些人的世界你不懂。"

刑审员咳嗽一声，强自恢复了气势。"你说你认为业务多多益善，为什么后来北京两个客户的案子，你都拒绝了？"

"这个问题你应该问问其他律所的朋友，看看是否案子只要给钱他们就会接。这两个案子都是合同纠纷，标的都不大，却很烦琐，而且当事人签的合同对他们本人不利，他们对打赢官司的要求和我的理解存在很大不同。一两万块的案子，各种成本不少，最后能否达到客户想要的胜诉目的也不好说，所以我自然推掉了。"

刑审员忍气瞪着他，却对他的各种解释无法反驳。

"那时冰箱里确实有只烤鸭。"张超太太面对警方的询问，表现得很坦然。

"你不知道这是北京全聚德的烤鸭吗？"警察问。

"包装袋上有写，可是，全聚德的烤鸭又怎么了？"

"你不知道这是他坐飞机专程跑去北京买的吗？"

"我哪里想到这是他去北京买的，还以为他在网上订的。那天下午警察打电话给我，说我丈夫杀人被捕了，我马上赶去了公安局，后来几天都在到处奔波。你说，都什么时候了，我关心活人还来不及，哪有心思管一只该死的烤鸭从哪儿飞来的？"张超太太的话语里透着恼怒。

警察撇撇嘴，那个时候只要是个正常人的老婆，即便平时是个整天在朋友圈里发美食的吃货，也没心思管冰箱里的一只烤鸭，哪怕是只正宗的北京烤鸭。

"他去北京没跟你提过吗？"

案发过程了如指掌，要不然口供不会和证据这么吻合，就像他就在旁边看着别人勒死江阳的。"

赵铁民摊开手。"我们也这么认为，可是他翻供后，一直说口供纯属巧合，我们拿他没办法。"

严良揶揄道："很难想象刑审队员会对一个关在铁窗里的人没办法。怎么，黔驴技穷了？"

"那怎么办，掐死他？"赵铁民抱怨道，"自从翻案后，人大代表三天两头过来看，问警察有没有用违法手段强制审讯，检察院侦查监督科隔几天就来看守所，防止翻供后警方对他进行报复。全社会本来就怀疑警方刑讯逼供，我们现在还敢拿他怎么样？公益律师和记者都恨不得他指控警方刑讯逼供，如果身上带点伤，舆论就要高涨了。境外媒体更是蠢蠢欲动，我们要是对他使点手段，马上就要上国际人权新闻。如今他吃得好睡得香，每天提审光听他扯淡就几个小时，除了冲他拍拍桌子吓唬几句，一根手指都不敢动他，就差把他当菩萨供起来了。"

严良忍不住笑出了声，随后又叹息一声："这也挺好，用文明手段来破案，放过一个坏人总比冤枉一个好人来得好。半年前省高院平反的杀人冤案，当初也是你们支队办的，人家可是白白坐了十年的牢啊。"

赵铁民肃然道："我声明，那件案子跟我一点关系没有，我几年前才调来支队，十年前我还在总队工作。我也从来没搞过刑讯逼供那一套，现在我们支队的办案风格，讲证据，非常文明。"

"这点我相信，所以我们成了好朋友。"严良笑了笑，又说，"好吧，我们回到案子上。既然人不是张超杀的，他却自愿认罪入狱，那么他的动机是什么？"

赵铁民道："我怀疑他是为了替真凶背黑锅，案发后第一时间他认罪入狱，真凶自然就被警察忽略了，而他知道几个月后能靠不在场的铁证翻案，如此一来，他和真凶都将安全。"

严良摇摇头。"这不太可能。"

"为什么？"

"他自愿入狱，他哪来的信心面对警方的高压审讯，一定能咬紧牙关不说错话，不透露实情？他是律师，自然也知道即使一开始成功骗过警察，几个月后翻案，但谎报地铁站有炸弹是刑事罪，要判上几年，你们还是会天天来提审他。他只要一次交代时说漏嘴，引起怀疑，他和真凶就都会栽进去。从你们的调查材料看，他家庭富裕，事业有成，和太太非常恩爱。被关进去几年，家庭、事业，他都不要了吗？这代价也太大了。"

赵铁民严肃地说："我怀疑凶手是他太太，他为了保护太太，所以才出此下策。"

"不可能，"严良果断否定他的意见，"案发当天他突然去了北京，第二天上午回来抛尸，这显示，他知道当天晚上江阳会被人杀死，于是提前准备了不在场证据。而不是命案发生后，他才临时想出办法替他人顶罪。他太太一个柔弱女子，很难将江阳勒死。并且如果他真爱他太太，怎么可能明知当晚他太太要去勒死江阳，却不阻止呢？"

赵铁民苦恼地说："那我实在想不出还有什么其他动机了。"

严良思索片刻，说："我想见一见他，和他当面谈谈。"

"我们天天提审，他从没吐过真相。"赵铁民似乎对这个建议不抱任何期望。

严良笑了笑。"他这么做既然不是为人顶罪，而是有其他目的，相信他一定会透露一些信息，来达成他的目的。只不过他透露的信息，并没有被你们完全解读出来。"

8

隔着铁窗，严良第一次见到了张超本人。

他之前看过一些张超的照片和监控录像，这人的长相给他的感觉是老实。可如今一见面，顿时感觉对面这个男人精明能干，与印象中完全不同。

他翻看着卷宗里的照片，细细思考为什么照片、录像与面前的真人会有这么大差异。

此刻铁窗另一头的张超，戴着一副眼镜，两鬓多了一些白头发，不过精神面貌很好，淡定从容，整个人看起来自信、沉稳，完全不是一开始审讯录像里那副任凭命运轮盘碾压的面容。

"严老师，你怎么会在这里？"严良还没说话，张超反而先开口了。

"你认识我？"严良有点惊讶。

"当然，"张超微笑着，"你是学校的明星老师，我虽然很早辞去了教师工作，但还是会经常去学校参加一些法律会议，我见过你，你以前在省公安厅工作过，是很有名的刑侦专家。不过我听说你早就离开公安系统，怎么会进来这里？"

严良是编外人员，通常情况下是不能进审讯室的。

赵铁民替他解释："严老师是我们专案组的特聘专家。你既然知道他，也应该听说过，没有他破不了的案。所以，不管你怎样掩饰，严老师一定会找到漏洞。无论你怎样掩盖真相，都是徒劳的，只会加重你最后的审判量刑。"

"是吗？"张超眼睛眯了下，"那我就特别期待了。既然严老师介入一定会破案，我也很希望能早日抓出真凶，还我清白。"

严良笑了笑，打量一下他，转头问赵铁民："他为什么能在看守所里戴眼镜？"

"他近视，庭审前他向看守所申请把眼镜带进来，方便看材料。他这眼镜的镜片是树脂的，镜框钛合金，不具危险性。"

严良点点头，转向张超。"你的眼镜不错，多少钱？"

张超有些不解地看着他，不知道对方问这个干什么，只好照实回答："我老婆配的，我不知道。"

严良继续问："你近视多少度？"

"这……"张超茫然不解地看着他。

严良重复了一遍："你近视多少度？"

张超只好回答："左眼两百五十度，右眼三百度。"

"度数中等，不戴眼镜确实会有很多麻烦呢。我看了你之前的审讯录像，你好像都没戴眼镜吧？"

赵铁民奇怪地看了眼严良，不晓得费这么多话在嫌疑人眼镜上干什么，嫌疑人就坐在对面，根本用不着客气搞什么开场白，直接问不就行了？老大不小的年纪了，当什么暖男啊。

不过严良似乎对这个问题很在意。

张超眼中闪过一丝警惕。他头微微偏向一侧，目光投向赵铁民，似乎有意避开严良。

严良依旧抓着这个问题不放。"我说得对吗？"

"对。"张超只好点头，"眼镜带进看守所要审批，庭审前为了看材料，我才主动申请的。"

严良笑了笑："我见过你在地铁站里被抓的照片，那时你也没戴眼镜吧？"

"那个……那天下午我被抓逃跑时，眼镜掉了。"

"是吗？掉得有点巧啊。"严良神秘地笑了笑。

张超看着对方的表情，忍不住着重强调："我在地铁站逃跑的时候掉了，当时那么多人，大概撞别人身上掉了。"

严良点点头，这个问题便不再深究了。

旁边的刑审队记录员好奇地瞧着严良，不解他为什么问了一堆眼镜的事，这眼镜戴不戴能跟案件有什么关系？不过看着此刻的张超，不再像之前那般自信沉稳、侃侃而谈了，而是露出了惶恐的神情，这在连日的审讯中可还是头一次。联想到赵队长之前在审讯室介绍这位严老师时，说他是专案组的特聘专家，想来这专家审问大概有一套秘密方法，故意问一些莫名其妙的问题，让嫌疑人捉摸不透，心中不安，最后声东击西，问出一些关键线索，想必这就是传说中审讯的至高境界——隔山打牛吧。

年轻记录员不由得暗自点头佩服，心中恍惚，一瞬间差点把笔录本当草稿纸，要在上面画个大拇指了。

严良又接着说："我看过这起案件的一些材料，还有一些不理解的地方，希望能和你再确认一遍，可能有些问题与之前的审问有所重复，不过你应该不会介意的吧？"

"我每天重复回答很多遍同样的问题，早就习惯了。"

"看样子你能把台词倒背如流了，所以从没说错。"严良笑着看他。

"我交代的都是真实情况，你们不信我也没办法，或许只能让刑审警官把我的口供编成绕口令，我背错了就说明我撒谎。"

赵铁民无奈瞥了一眼严良，仿佛在说，看吧，这哪是被抓的嫌疑人，天天在这儿跟我们玩脱口秀。

严良笑了笑，不以为意，他喜欢这样的对手，如果嫌疑人是个五大三粗的家伙，那这案子也太无趣了，便继续问了个毫无营养的开场问题："人不是你杀的，你当时为什么要认罪？"

显然张超对这个问题已经回答了无数遍，并且还会继续回答无数遍，他撇撇嘴说出每天笔录必备的答案："我那时在公安局感到一种莫名的压力，脑子一糊涂就认罪了。"

"脑子糊涂了几个月，直到开庭才突然清醒？"

张超摇头。"后来我虽然后悔了，但事情已经闹大，警方都对外公布了结果，如果突然在看守所翻供，我怕会遭到很严厉的对待，半年前看到的那起冤案的新闻，让我心有余悸。我想只有等开庭时，突然翻供，引起大家的注意，才能保护我在看守所的人身权益。"

严良幸灾乐祸地看着赵铁民，仿佛在说：你们支队十年前办的案真是给他找了个恰当的理由。

严良微微一笑，继续道："江阳不是你杀的，那么为什么在江阳指甲里，有你大量的皮肤组织，这点你能解释一下吗？"

"江阳死的前一天，我跟他打架了，我脖子上很多地方被他抓伤，那次闹得邻居都报警了，他指甲里的我的皮肤组织一定是那个时候留下的。"他指了指脖子当初被抓伤的位置。

"是吗？"严良笑了笑，"我看过派出所的出警记录，时间也确实如你所说，是江阳死的前一天。我想确认一下，在这次打架之后到江阳死前的这一天里，你有再和他打架吗？"

张超微微眯了下眼，似乎思索着他问话的用意，过了一会儿，摇摇头。"没有。"

严良摇摇头。"看来江阳不是个爱干净的人。"

其他人都不解地看着他。

严良解释说："除非江阳接下来的一整天都不洗手，否则，恐怕指甲里提取不到你的皮肤组织，即便他洗手很敷衍了事，以至于有少量残留，那也只可能从他指甲沟底部提取到微量你的 DNA，而不是现在指甲前端的大量皮肤组织。"

赵铁民顿时眼睛一亮，脸露笑意。

张超嘴角抽动了一下，过了一会儿，继续强硬道："我说的是事实。"

赵铁民冷声道："你还不肯交代吗？他一天前抓伤你，后来没发生过打架行为，为什么指甲里还有大量你的皮肤组织？"

张超兀自道："谁也不知道这一天里他有没有洗过手，也许我和他打完架没多久，他就被人控制起来了，直到被杀都没机会洗手。"

赵铁民哼道:"你这完全是在狡辩!"

谁知严良反而点头。"你说得有道理,从概率上,确实不能排除这种可能性。谁也无法证明这一天里江阳有没有洗过手,也无法证明他是不是在此后不久就被人控制住直到被害,或者家里水管坏了,出不了水。"

张超疑惑地看着他,心想,他为什么反而帮着自己找借口?

赵铁民听了嘴巴都鼓了起来,几乎就要当场拆台骂严良放屁了,哪个人能一整天不洗手,大小便吃东西都用手,可能吗?

严良继续道:"现在你说不说没有关系,我相信这起案子的真相一定会被挖出来的。不过,如果你能给我一些提示,加快进度自然更好,现在你有什么想对我说的吗?"

赵铁民心里在说,这家伙连日来一句有用的线索都没透露过,你这么问,他除了说几句"我坚信法律会还我清白""那就预祝你快点找出真凶啦"这种屁话,还能有什么想对你说的!

谁知张超眼睛微微眯起,过了一会儿,很严肃地问:"你为什么会参与到这起案件里?"

"这和案件有关系吗?"严良饶有兴味地微笑看着他,"建议你相信我,我会把真相调查出来的。"

张超没有说话,和严良对视了很久。

漫长的沉默过后,他突然重新开口:"人绝对不是我杀的,但我建议你们可以从江阳身上查起。我进那房子时,门锁是好的,说明凶手是江阳认识的人,也许你们可以从他的遗物、通话记录之类的东西里面查到线索。"

交代是在哪里把江阳勒死的？"

"阳台。"

"去看看。"

严良和林奇一同穿过卧室走入阳台，刚伸手去按墙壁上的电灯开关，猛然瞥到不到一米的距离出现一张白色的人脸，黑衣、长发，目光与他们相撞。

他们简直吓得跳了起来，大叫："你谁呀！"

"你们是警察吧？"女人按亮了灯，语气平缓柔和。在灯光下细看，女人实际上一点都不恐怖，相反，面容姣好。

深夜出现在这老旧的房子里的，他们也瞬间猜到了面前这个女人就是张超的太太。

严良看过资料，记得她比张超小好几岁，才三十五六岁，不过她保养得很好，面容望去不到三十岁光景。

这个女人身上透着一股恰到好处的成熟，他们俩都不禁多看了几眼。难怪各方面调查都显示张超很爱他太太，平日里对他太太极好，他太太比他小好几岁，老夫少妻，又是美女，恩爱的概率自然会高很多。

女人优雅地挪动身躯，开始自我介绍："我是张超太太，刚才警察打电话给我，说要带人来复查，让我有时间的话最好过来，免得产生贵重物品丢失等麻烦。"

严良向四周张望一圈，问她："这里还放着贵重物品？"周围空无一物，只有她身后的地上堆放着类似伸缩晾衣架的组件和一些杂物。

女人大方地示意周围。"没有贵重物品，你们可以随便看。我过

来只是想了解下，我丈夫的案件进展到哪一步了。"

林奇咳嗽一声，用标准的官方答复回答道："案子还在调查，你知道的，当初你丈夫提着箱子在地铁站被当场抓获，这一点是很难解释过去的，还有很多疑点需要一一查证，如果你能提供一些线索，想必会对调查有帮助。"

"这样啊，我所知道的情况都已经向你们讲过了。"女人懒懒地回答着，好像对自己丈夫的遭遇并不上心，转身朝客厅走去。

严良望着她的背影，只好跟了上去。

女人招呼他们坐下，严良盯着她的脸看了几秒钟，对方脸上很平静，看不出情绪波动，似乎对张超的案情并不是真的关心。

严良起了一丝怀疑，摸了摸眼镜，试探性地问："从你个人角度，你相信你丈夫是清白的吗？"

"不知道啊，对整件事，我都茫然不知。"

"他从来没向你透露过什么吗？"

"没有。"女人回答得很快。

严良忖度着她的态度，换了个话题："关于江阳这人，你知道多少？"

"你们肯定也知道，他这人人品很糟糕。他是我丈夫的学生加朋友，骗了我们家三十万元，为这事，我跟张超说过好几次，怎么都不该轻信江阳这人会改邪归正，借给他钱。可张超偏偏这么大方，哼。"她似乎对张超和江阳都很不满。

严良皱眉看着她："江阳有什么仇人吗？"

"我对他不是很了解，听说他人际关系复杂，张超大概更清楚一些。"她话语中带着不屑。

严良摸了摸额头，看来从这女人身上问不出什么，便问起了他今天这趟最关心的问题："江阳的遗物还在屋里吗？"

"大部分都扔了。其实一开始我什么也没动，因为想着他们家属可能会过来收拾遗物，后来，家属只来了他前妻，跟着警察一起来的，也没拿走遗物。之后我独自过来时，看着这房子里的东西，嗯……一些个人物品看着有点……瘆得慌，我经过你们警察同意，才把毛巾、牙刷、杯子、衣物这些东西都扔了。嗯……现在就剩下书架上的一些书，有些是我丈夫原先放着的，有些大概是江阳的，我也弄不清。"

"书？"严良站起身，走到小房间的书架前，书架有三排，上面放着一些法律类的图书资料，排得很整齐。他目光在书架上来回移动，上面两排都是大部头的法律工具书，底下一排是一些零散的法律材料。

他抽出最右边的一本绿皮小册子，封面上写着"中华人民共和国检察官法"，江阳曾经是检察官，这本册子八成是他的。

不过他马上注意到，册子很新，发行日期是今年1月份，江阳几年前就不是检察官了，还买这本检察官的册子干什么？

严良思索着。随后，他翻开小册子，刚翻开第一页，就从里面掉下一张折叠过的A4纸。他捡起来，是张身份证复印件，上面的人名叫"侯贵平"，而这本小册子的扉页上，也用笔写着"侯贵平"三个字，后面跟着三个重重的感叹号。

严良收起小册子，拿给女人确认。"你看一下这字，这笔迹是你

丈夫的，还是江阳的？"

　　女人接过小册子，转过身对着灯光看，从而避开严良和林奇的目光。能看到她胸口微微起伏，她深吸一口气后，转过身把小册子交还给严良，说："应该是江阳的，这不是我丈夫的字。"

　　严良点点头，随即问："谁是侯贵平，你知道吗？"

　　女人神色平淡无奇地回复："江阳的大学同学，也是张超的学生，好像是个……有点固执的人。"

10

2001 年 8 月 30 日，侯贵平来到了苗高乡。

苗高乡隶属本省清市平康县，地处本省西部山区，离县城三十公里，四面环山，交通不便，经济落后，大多年轻人都会选择外出打工。镇上只有一所破旧的小学，一百来个学生，六个大龄乡村教师，一个人要管几个年级，教育极其落后。

侯贵平是江华大学法律系的大三学生，学校有政策，支教两年可以免试保研，于是他报了名，来到苗高小学，成了学校里最年轻、最有文化，也是唯一一个懂得城市文明、现代科学的老师。

学校给他安排了宿舍，是一间在操场旁边的老旧平房，不远处一些房子里住着那些回家路途遥远的住宿生。

那个年代既能炫富又能打架敲人的大哥大还没退出历史舞台，公交车上依然能看见举起大哥大谈着几百上千万大生意的老板们，手机刚刚兴起，还是奢侈品，他一个学生负担不起，通信主要靠笔。

当天晚上，他给大学同班的女朋友李静写了封信，介绍这里的情况——落后，但人们淳朴善良，在未来的两年支教生涯里，他会尽全力在这有限的教学资源下教给学生更多的知识，来改变一些孩子未来的人生轨迹。

这个一米八大个子的阳光男孩对支教事业充满了热情，学生们也很快就喜欢上了这个年轻的大哥哥。

很快一个多月过去，国庆后的第一天，侯贵平来到六年级教室上课，看到最后排空了一个位子，那里原本坐着一个叫葛丽的胖女孩，便随口问："葛丽没来吗？"

班长王雪梅小声地回答："她生病请假了。"

侯贵平不以为意，农村农忙时经常让孩子请假回家帮忙干活，却不想班上一个调皮的男生突然起哄说："葛丽大肚子回家生小孩了。"引得几个男生一阵哄堂大笑。

侯贵平瞪了他一眼，斥责他别说同学坏话，但视线一瞥间注意到，班上多个女生的脸上都露出了阴郁的神色，他隐隐有种不舒服的感觉。他转身继续授课，努力讲着三角形的基本知识。

下课后，他找来了班长王雪梅了解情况。"葛丽生什么病了？"

"是……她……她不是生病了。"王雪梅吞吞吐吐地说。

"不是生病，那为什么请假？家里有事？"

"是……"王雪梅手指在衣角上转圈，语言表达显得很艰难，"她……她快生了。"

轰隆一声！脑袋仿佛受到重击。

真的回家生孩子去了！

侯贵平微微张着嘴，简直不知道如何形容自己此刻的心情。

他回想起这个叫葛丽的胖女孩。她是个沉默内向的女孩，长得高高胖胖的，每天低着头，回答问题也不敢看老师，当时他只以为她身材胖，此刻才知道，原来那时的她已经怀孕了。回头看，那个女孩的肚子确实胖得不太正常。

"真……真是怀孕了？"他再次确认这个不愿确认的结果。

王雪梅默默地点了点头。

犯罪！身为法律系学生的侯贵平第一反应就是犯罪！

葛丽未满十四周岁，任何人与未满十四周岁少女发生性关系，都是强奸。

在农村，结婚早、生孩子早不稀奇，很多人都在没到法定年龄时就结婚生子，直到满了年纪后才去领证，虽然不合法，但这在很多地方是约定俗成的规矩，地方上一般采取不支持也不反对的暧昧态度。

可是，任何地方，任何农村，与未满十四周岁的女孩发生性关系，这都是犯罪，这一条是刑法，全国的刑法，绝对不能变通。

可是现在偏偏就发生了！

侯贵平强忍着心头的激动，咽了口唾沫。"什么时候的事？"

"国庆这几天才知道的，听说月底就要生了，她爷爷奶奶把她接回去，退学了。"王雪梅低头小声地说着。

侯贵平深吸一口气，他做梦也不会想到，一个六年级的小学生就要退学回家生孩子了。

"她爸妈呢，知道这件事吗？"

王雪梅摇摇头。"她爸爸很早就死了，妈妈改嫁了，家里亲人只有爷爷奶奶，年纪都很大了。"

"她怎么会怀孕的？怀了谁的孩子？"

"是……是……"王雪梅脸上透着害怕的神色。

侯贵平耐心地看着她。"你能告诉老师吗？"

"我……"王雪梅咬着牙，嗫嚅着不肯说，最后哭了起来。

侯贵平不忍再强迫她，只能到此为止，安慰着让她先回去。

后来，他又找了其他学生了解情况，但所有人只要一提到谁是孩子的爸爸时，都惶恐不敢说，看着孩子们恐惧的样子，侯贵平只能作罢。

他从众人口中大概拼凑出了整个过程。

葛丽的爸爸在她三岁时去外地打工发生事故死了，后来妈妈跟别人跑了，她从小跟着仅剩的亲人，也就是她的爷爷奶奶一起生活，爷爷奶奶年纪已大，家境十分贫穷。在这样家庭环境下长大的孩子，性格很内向，很少主动与同学说话。

大约在今年寒假的时候，有个当地人都怕的人，侵犯了葛丽。对这件事，胆小内向的葛丽从来不曾向别人提及，包括她的爷爷奶奶，后来逐渐地，她发现自己肚子变大了，这才知道是怀孕了。可是一个六年级的女生，完全不知道该如何处理，更觉得这是一件很羞耻的事，她始终不曾告诉别人，大家也以为葛丽只是胖了而已，直到后来肚子太大，再也隐瞒不住了。

对这件事接下来该如何处理，侯贵平没有主意。他自己只是个大学生，没有太多社会经验，他知道这件事是犯罪，可是当地其他人是怎样看待的呢？

也许当地的乡俗会认为这件事很正常，他一个外地支教老师去替

葛丽报警，反而会被家属和乡民认为多管闲事。

他拿捏不定，心想这个星期过完，去趟葛丽家看望一下，弄清楚事情的来龙去脉，问问葛丽本人的意愿，到时再做决定吧。

11

星期五，这周上学的最后一天，下午放学早，学校里空荡荡的。

侯贵平独自坐在教室门口，手里捧着一本书，心中却布满了阴霾。

得知葛丽怀孕生子而退学后，他向更多的人了解了情况，学校里的乡村老师似乎对此并不在意，说乡里经常有未成年女孩结婚生子，很正常。在他们看来，只有杀人放火才是犯罪，才要坐牢，十来岁的女孩怀孕生子，只要自己没说被强奸，就没什么大不了的，男方最后要么和她结婚，要么会给钱。在这样的环境下，侯贵平很难说服他们接受十四周岁这条刑法线。

这件事最后该如何处理，他还需要征求葛丽本人的意见。

渐近黄昏，他合上书走回教室，发现坐最后一排的高个子女孩翁美香还留在位子上。

翁美香是班上个子最高的女生，瓜子脸，长得很秀气，可以预见若干年后会长成美女。她发育早，现在胸部已经悄悄凸起，开始有了曲线，大概这个年纪的女孩对身体上的变化很害羞，所以她总是弓起背走路，试图让胸部的凸起不那么明显。

经过几个月的相处，对学生，侯贵平大致了解他们的家境。

翁美香与葛丽一样，父母不知什么原因离家了，她成了留守儿童，跟着爷爷奶奶生活。这样的孩子在农村里有很多，大都性格内向，不爱说话，说话也总是轻声细语的。

此刻，她手里正拿着一截短短的铅笔，一副认真的模样，在稿纸上写着日记一类的东西。看到老师进来，她抬头看了眼，又面无表情地低下头，继续写着。

侯贵平关上了一扇窗，回头催促着："翁美香，你还没回家啊？"

"哦……我想在教室写作业。"

侯贵平又关上了另一扇窗。"老师要锁门了，你回去写吧，不早了，再过些时间天就黑了，周末就别住校了，回去陪陪爷爷奶奶吧。"

"哦。"翁美香顺从地应着，慢吞吞地收拾书包，慢吞吞地站起身，似乎刻意把动作放得很慢。

侯贵平关上了最后一扇窗，见她还站在原地，往门口示意了一下。"走吧。"

"哦。"翁美香今天的反应特别迟钝，她依然慢吞吞地背上一个小小的布书包，低头弓着背，慢慢挪到了教室门口。

侯贵平锁好门，问一旁的翁美香："这都周末了，你怎么不早点回家啊？你爷爷奶奶肯定想你了。"

翁美香低着头说："我……我这周末不回家。"

"为什么？"

"嗯……我想住在学校。"

"哟——"侯贵平凑到她面前，瞬间露出知心大哥哥的笑脸，但顷刻间想这副嘴脸冲着一个小女孩未免太过猥琐，忙挺直身体，咳嗽一声，说，"你是不是和爷爷奶奶吵架了？"

"没有没有，"翁美香刻意回避着他的眼神，"爷爷奶奶这星期很忙，我不去添乱了。"

侯贵平笑了笑："好吧，那你下个星期可要记得回去哟，老师相信你是个懂事的孩子，不会让大人担心的。"

翁美香点点头，与他一同往学校外走去，快到校门时，翁美香突然停下脚步，欲言又止，过了片刻，才鼓足勇气问："老师，你晚饭吃什么？"

"我去镇上吃，你呢？"

"我……我不知道，老师，我能不能……"

"当然可以，老师带你去吃。"侯贵平猜测到这孩子的心思和不宽裕的钱包，便爽快地答应了。

"谢谢老师！"翁美香脸上露出了难得的笑容。

他们说笑着离开学校，夕阳照在他们背上，把两个影子拉得好长。

学校外的小水泥路边停着一辆在当时农村并不多见的黑色小汽车，车外倚靠着一个平头染黄头发个子不高的年轻男子，他正抽着烟，一脸不耐烦的样子，看到他们走出学校，大声喊道："翁美香！翁美香！"

翁美香朝他看了一眼，连忙转过头，置若罔闻，继续往前走。侯贵平却停下了脚步，朝那个黄头发男子看去，那人跑了上来，又生气地叫了一遍："翁美香！"

翁美香这次再也不能装作听不见了，只得停下脚步，转身低下头面对黄毛。

侯贵平看着黄毛："你是?"

黄毛连忙收敛怒容，堆起笑脸："你是老师吧? 我是翁美香的表哥，今天说好了带她去县城玩，这孩子，耽搁了这么久，真不懂事。"

"我……我要跟老师一起去吃饭。"翁美香似乎并不想去县城玩。

黄毛脸色微微一变，怒容一闪而过，忙又上前笑着说："麻烦老师多不好啊，走，哥带你去县城吃好吃的东西去，你好久没去县城玩了。"

侯贵平知道翁美香今天在闹脾气，想来周末去县城玩也挺好，便一同劝着："你哥带你去县城玩，你就去吧。"

"我……我不想去县城。"

"翁美香! 你太不听话了。"黄毛声音略略放低了，两眼瞪着她。

翁美香畏惧地向后退了一步，过了一会儿，很轻地应了一声"哦"，走到那人身旁。

侯贵平感觉有些不对劲，但想着大概翁美香这孩子今天心情不好，在闹脾气，最终还是笑着招个手。"去吧，玩得开心点!"

翁美香不作声，低下头。

"跟我走!"黄毛招呼一句，转身朝汽车走去。

翁美香身子停在原地，回过头，目光静静地望着侯贵平，发现老师只是微笑地看着她，并没说什么。过了几秒钟，她缓缓转回身，跟上了黄毛的步伐。

侯贵平不明所以地站在原地，奇怪地看着翁美香离去，他突然有种特别的感觉，翁美香眼中流露出的似乎是一种失望的神色。

黄毛打开车门，翁美香僵硬地站在车旁，手抓着车门，突然转过身来，大声叫了句："侯老师。"

"有什么事吗?"侯贵平冲她微笑。

"没事没事,"黄毛哈哈两句,"快上车,老师再见啊。"

侯贵平驻足目送着翁美香上车,车子开动,车头掉转方向,朝县城驶去,副驾驶座的翁美香一直静静地望着他,带着一种奇怪的眼神,眼神仿佛一条线被慢慢拉长,直到再也看不见。

车子远去,消失在视野中。

那天侯贵平虽然自始至终有一种说不出的奇怪感觉,可他最终什么也没做。

直到后来,他始终在为那一天的原地驻足而懊悔。

如果再给他一次选择的机会,他一定会拼尽全力拦下汽车。

翁美香望着他的眼神,眼神随着车子远去不断被拉长的那条线,他永远不会忘记。

12

星期天的凌晨2点,侯贵平在睡梦中被急促的敲门声惊醒,门外围着一群惊慌失措的住宿学生,在一阵混乱的对话后,他总算弄清了状况。

几分钟前,有个女学生起夜,厕所离宿舍有二三十米,女学生拿着手电走到厕所时,突然发现厕所门口倒着一个人,她吓得连忙逃回宿舍叫起舍友,几个女生又喊上旁边宿舍的男生一起过去,到那儿发现倒地的是翁美香,于是赶紧把人扶起来,跑到最近的侯老师处报告。

侯贵平匆忙披上衣服赶过去,此时,翁美香被几个学生搀扶着,站立不住，意识模糊，不能言语，身上全是呕吐物，同伴女孩都急哭了。侯贵平不假思索，马上叫学生一起帮忙，把她抬去了乡里的诊所。医生初步诊断，怀疑是农药中毒，情况危急，小诊所无力施救，赶忙喊邻居借来农用三轮车，载着他们直奔县城的平康人民医院。

一路上，侯贵平都急哭了。他用被子紧紧包着翁美香，握着她的手，一直在她耳边喊她不要睡着，坚持住。他只是感到翁美香身体越来越沉重，似乎，这被子里的世界很温暖，她渐渐沉入了梦乡。

一个小时的路途颠簸，到医院时，翁美香已经气若游丝，经过几个小时的抢救，医生最终宣布死亡。

死因是喝了敌敌畏。

侯贵平瘫坐在急救室外的长椅上，整个大脑嗡嗡作响，天旋地转。

怎么回事？怎么就突然死了？为什么要喝农药？

侯贵平想到了前天下午翁美香的眼神，他隐约感到翁美香的死没那么简单。

天亮后，校长和镇政府的人赶到县城医院，处理后事。县城派出所警察也接到报案来到医院，做情况记录。当问到侯贵平时，他讲述了最后一次见到翁美香是前天下午放学后，她跟着一个黄头发年轻男人上了一辆黑色轿车，去县城了，不过他对那人一无所知，虽然觉得那时翁美香情绪不好，但也无法肯定翁美香的死是否与之有关。

因为他是外地支教的大学生，人生地不熟，对善后工作也帮不上什么忙，校长和镇上工作人员让他先带学生回学校。

几个学生围着侯贵平坐在农用三轮车车斗里，任山路颠簸，彼此沉默无言，一个女生忍不住偷偷抽泣着。侯贵平仰天把头搭在斗栏

上，脑中一直浮现出前天下午翁美香坐上车后望着他的眼神，仿佛一切就发生在一分钟前。

那个眼神……

那个眼神明明是对他这个老师的失望啊……

他一个激灵坐起身，问身边的学生："你们知不知道翁美香什么时候回学校的？"

"昨天下午回来的。"一位和翁美香同宿舍的女生抽泣着小声回答。

前天下午翁美香跟人上了车，直到昨天下午才回来，然后当天晚上就喝了农药，这过去的整整一天里究竟发生了什么？

侯贵平的不安更盛。

他急忙问："你们知不知道她有个表哥，个子不高，头发染成黄色，开一辆黑色小轿车？"

"那个……"女生吸了下鼻子，"那个不是翁美香的表哥。"

"那是谁？"侯贵平瞪起了眼睛，从学生们的神情中，他读到了更多的不安。

"是……"女生张开嘴，却始终没说出来。

"那是谁呀？"侯贵平急了，如果面前的不是一群小学生，他恨不得抓起对方的胳膊，一口气问清楚。

"是……是……"女孩支吾着。

这时，一个男生突然开口道："他是小板凳，是我们乡上的大流氓。"说完，男生马上闭嘴，他的胸口在不断起伏着。

"小板凳？你们乡上的流氓？"

侯贵平重复着，其他学生低下头表示默认。

他把目光投向那个女生，盯着她的眼睛问："翁美香前天下午跟小板凳去县城了，你知道她去做什么了吗？"

"是……是去……"

"告诉老师吧，老师一定会替你保密，同学们也不会说出去的。"

女生抽泣着，身体微微抖动，话到嘴边却不敢说出口。

刚刚那男生又突然冒出一句："翁美香肯定是被小板凳欺负了，侯老师你千万别说是我说的。"说完，他把头深深埋到了膝盖里。

女生默默地点点头，轻声说："翁美香昨天是这么跟我说的。"

"欺负？"侯贵平停顿了好一会儿，慢慢地开口，"你们说的欺负……是什么意思？"

女生低下头，继续抽泣着再也不说话了。其他学生也都紧闭起嘴。

侯贵平环视着他们，可没有人回应他。

沉默，只有三轮车的马达声。

侯贵平嘴巴干张着，不知说什么，他只知道，他所学的专业告诉他，这里出了大案子！

下车后，他把开三轮车的农夫叫到一旁，询问关于小板凳的事。农夫只尴尬地笑笑："小板凳叫岳军，是我们这里的流氓，侯老师你可千万别去招惹他，这小子狠着呢。"至于其他再多的信息，他就不愿开口了。

侯贵平站在原地，也不知过了多久，他的两腿肌肉变得很僵硬，最后艰难地走回了宿舍。

现在该怎么办？对这个学生和成年人口中都如恶魔一般的村霸小

板凳岳军，他也有些发怵。

他是个外地人，这里又是偏远的农村，城市的文明规则并不适用，很多事情的处理，往往是一些人用嘴巴说了算。

他躺在床上，闭起眼睛，脑海中不断浮现出翁美香那一天的眼神，那求助、那渴望，最后坐上车，带着失望遥遥远去的眼神。

他痛苦地握紧拳头，前天下午发生的一切都如单片循环的电影，不断播放着。

突然，他想起了他回教室时看到翁美香，她好像正在写日记，也许……也许她的日记里会留下些什么。

侯贵平马上跑回教室，从翁美香的课桌里找出了一本日记。他翻到日记的最后几页，日记是用铅笔写的，小学生的语言很粗糙笨拙，但他还是发现了线索。

日记清楚地写了小板凳几天前找到她，说星期五晚上带她去县城，她很害怕，但不敢不去。虽然日记里并没有写小板凳要带她去县城干什么，但结合学生透露的消息，又联想到葛丽的事，那一定是个让人愤怒的真相。

来不及多想，他带上日记本，搭了辆去县城的货车，以最快速度赶到平康县公安局报案，要求对翁美香进行尸检。

13

一个星期后。

屋外阳光明媚，宿舍里拉着窗帘，漆黑一片。

两颗久别数月的心，迸射出两股强烈的热流，在流星最绚丽的那一刻，释放到对方的身体里。

体内的多巴胺见顶回落，迅速跌到谷底，两人也开始把心思放到了正事上。

李静把头靠在侯贵平的手臂上，抬眼望着对方明亮的眼睛："你信里跟我说的事怎么样了？"

侯贵平严肃地皱着眉。"公安局对翁美香做了尸检，处女膜破损，阴道提取到了精斑，他们第二天就把小板凳抓进去了。唉，只不过翁美香再也不会回来了。我后悔，我真的后悔。"

"你后悔什么？"

侯贵平抿了下嘴巴，视线投向空虚的地方。"这一个星期来，我只要一闭上眼睛，就会看到翁美香坐在车上望着我。我就这样看着她走了，她对我这个老师，一定很失望，很失望……"他的眼睛渐渐泛红，最后，无法抑制地哽咽起来，"我那时明明已经看出了不对劲，我看得出她不想上车，我还对她说……我还对她说玩得开心。我……我……"他仰起头，情绪崩溃，泪水肆意横流。

李静把这个男人的头抱在她的胸口，感受着他的热泪一滴滴滑落。

过了很久，宣泄完毕，他平复下来，感激地朝李静笑了笑。

李静叹了口气："我没想到你支教才几个月就遇上这样的事，早知道你不如不支教保研了，等明年毕业直接找工作。"

侯贵平苦笑着摇头："我不后悔这次支教，如果只是顺利毕业，我也许当个律师，也许当个法官，也许当个检察官，永远是和书面材料打交道，永远不知道材料背后的故事，这次支教的经历，才是真正

的社会现状。"

李静笑了笑："你会不会留下心理阴影呢？"

侯贵平挺直身体，说："当然不会，身为法律人迟早要面对社会的阴暗面，要是连这点勇气都没有，还当什么法律人呢？"

李静打趣道："还没毕业就自称法律人了，说起来我大四了，你才读完大三，现在我可是你的学姐了。"

"学姐？我最喜欢学姐！"侯贵平一把将李静压到身下，向她吻去。

李静嘤咛一声，挣扎道："你一个大学生来农村可受欢迎了，你欲望又这么旺盛，两年空窗期，我真怕你被农村小寡妇勾引走了。"

"说起来我们学校外还真有个小寡妇，长得白白嫩嫩的，你要是怕我被人勾引走，就得经常过来，要不然，我可不敢保证。"

"小寡妇叫什么名字？"李静问。

"丁春妹。"

"好啊，脱口而出，把小寡妇名字记得这么牢，你肯定动了心思！"李静假装生气。

"那你来检验我吧。"侯贵平抓住她的手，两人又抱在了一起。

正当体内的多巴胺再一次升高时，突然，门咚咚咚被敲响了，侯贵平直起身，喊了句"谁啊"，没人回答，门依然在被粗鲁地敲击着。

侯贵平只好起身套上衣服，把李静裹在被子里，走过去转开门锁，刚把门锁转开，门就被猛地推开，撞得他一个趔趄，还没等他反应过来，来人一脚就把他踢倒在地。

"你他妈一个支教大学生在公安局告我什么来着！老子今天废了你！"小板凳岳军一边从门外蹿进来，冲上去猛踹抱头蜷缩在地的侯贵平，一边破口大骂。

李静被这突发情况吓得措手不及，躲在床上大声叫喊"快住手"。

岳军回头一看，邪笑一声，跑过去一把掀翻被子，暴露出赤身裸体的李静，淫笑着："身材真不错啊，要不要找哥哥玩玩？"他回头指着侯贵平骂起来："你他妈大白天抱个女人在学校睡觉，老子被关在公安局里吃苦，你他妈说说这应该吗？"

小板凳岳军个头大概才一米六五，侯贵平整整一米八，身材高大强壮，刚刚是猝不及防被他踹倒，此时爬起身后，见女友受辱，顿时怒发冲冠，冲过去一把把岳军揪起来往门外拉。

岳军虽然打架经验丰富，但无奈对方个头比他大太多，几下子就被侯贵平重重揍了几拳。

闻声赶来的附近乡民围上来劝架，但也都是口头劝架，不敢上去拉住正在打斗中的两个男人。

岳军面对侯贵平的拳头，毫无还手之力，吃了很多亏。这时，他趁侯贵平一个不留意，突然跑到灶台旁，抓起上面的一把菜刀，冲过来挥舞着。"你动啊，你他妈再敢给我动一下试试！"

面对近在咫尺挥舞着的菜刀，侯贵平恢复了理智，这种亡命之徒打起架来不要命，谁也不敢保证他的刀不会挥过来。

侯贵平咬紧牙关，向后缓缓退到床沿。岳军同步上前，把他逼得坐倒在床，一只手拿菜刀靠着他的脖子，侯贵平面对这样的架势，根本无法反抗。随即，岳军冷笑着开始一巴掌一巴掌地抽他，骂着："你再动下试试？"

侯贵平整张脸都被抽红了，旁边人见这架势，哪敢上来劝。

李静裹着被子蜷缩在角落，吓得浑身瑟瑟发抖，不停地抽泣着。

"瞧你这呆样，大白天抱个女人在学校睡觉，还敢到公安局告我！老子告诉你，老子出来了，翁美香就是老子碰的又怎么样，你能拿老子怎么样！"

听到这话，侯贵平猛地抬起头，怒目而视，满腔怒火熊熊燃烧，吼起来："砍我，你砍我，你有种就砍死我啊！王八蛋！"

李静闭着眼睛摇头尖叫："不要！"

"老子现在就弄死你！"岳军举起菜刀，但举起来后，并没有挥过去，而是退后一步，用刀指着对方，"算你有种，老子今天放你一马，滚回你的大学去，别让老子再看见你！我告诉你，我是替孙红运办事的，你小心点！"岳军把菜刀扔到了地上，大摇大摆地走出了宿舍。

侯贵平在原地，呆呆地望着地上的菜刀，几秒钟后，他一把捡起菜刀，就朝岳军追去。

岳军听到身后传来声响，回头一看，见一个凶神恶煞的大个子举着菜刀追他，顿时吓得脸色惨白，拔腿就跑，但侯贵平人高马大，三两步就追到眼前，一把抓住他的衣领把他揪过来。岳军大喊救命，侯贵平举起菜刀，听到身后李静大喊："不要啊！"

侯贵平迟疑着，菜刀立在半空，过了一会儿，他把菜刀扔到一旁，抓起岳军的头发，拳头如雨点般把岳军一顿猛揍，最后在众人的拉劝下才松手。

岳军一瘸一拐地站起身，走出很远后，转头威胁道："你给我等着！"

侯贵平作势又要冲上去，岳军连忙逃走。

在众人的搀扶劝慰下，侯贵平回到宿舍，关上了门。

李静看着他红肿的脸颊，又不禁失声痛哭起来。

侯贵平摸着她的头，轻声抚慰着："没事，我没事。"

14

又过了一个多星期。

夜晚，侯贵平站在乡上的唯一一个公共电话柱前，疲倦地对着话简说："我又去了一趟平康县公安局。"

"警察怎么说？"电话那头的李静问。

他丧气道："态度很敷衍，说他们的调查已经排除了岳军的犯罪嫌疑。我说这不可能，他们说排除就是排除了。我问他们翁美香是不是遭人强奸了，他们态度很模糊，说阴道里是测出了精液，但究竟是强奸还是其他情况，还有待调查。完完全全不懂法，与未满十四周岁的少女发生性关系，就是强奸，居然还说其他情况！岳军带翁美香去了县城一天一夜，他们说岳军的精液不符，排除了嫌疑，所以把人放了。可就算岳军精液不符，他也最有可能知道发生了什么事，为什么不继续调查他！"

电话那头沉默了好久，传来一声李静的叹息："你还是回学校来吧，不要继续留在那里了。"

"那怎么行？翁美香就这样白死了吗？她可是我的学生啊，是我没拦住才发生了这样的事！"

"我跟张超老师说了你的情况。"张超是他们的班主任，"张老师的意思也是让你先回学校，他会把情况汇报给教务处，教务处会安排你去其他地方支教，如果你不想支教，也可以回来接着上大四。张老师说你是个没出过校门的大学生，对社会上的一切都想得太简单。大城市里我们可以讲法律，但很多小地方，法律意识都不强。张老师说岳军既然知道是你到公安局告发他的，说明有警察把你这举报人透露给了岳军，这是违法违纪的，一定有猫腻。为了你的人身安全，他希望你赶紧回来。"

侯贵平深深吸了一口夜晚的冷空气，摇摇头。"不能，我现在不能回去，我每天晚上闭上眼睛都会看到翁美香。你不是我，你无法体会那种感觉，再向前伸一点点手就能抓住她了，可她还是掉下去了。如果这样的事都不能用法律来解决，如果这样一个人就这么白死了，那我就真的不明白，我们读法律到底是为了什么。"

李静沉默了一会儿，叹口气，问："这几天岳军有没有来报复你？"

"没有，我不怕他。"侯贵平咬牙道。

"你今天又去了公安局，说不定岳军又会知道，我怕……我怕他还要来找你麻烦！"

"那正好！"侯贵平一脸不屑，脑海里又浮现出了坐在副驾驶座上的翁美香，他握紧拳头，指甲都钉进了肉里，"你别为我担心了，我根本不怕他，他打得过我吗？我还盼着他来呢！我真想狠狠揍他，揍死他！"

李静发出了抽泣声："你不要再招惹他了，他打不过你，可你一个外地人，他是当地的流氓，如果他多找几个人，他拿着刀找你，我……我怕……"她哽咽起来。

侯贵平冷笑一声："你说的情况我都考虑过，我也做好了这样或者那样的准备，我一点都不怕。他不敢真对我怎么样，如果闹出人命，当地警察再怎么样也包庇不了他了。"

李静哭出声："你不要说这种话。"

侯贵平深吸口气，一脸严肃。"如果这个案子我不是亲身经历，那么对我来说，这只是个新闻，可以为此痛心疾首几分钟，但几分钟后，这就是个报纸上的故事了，不会影响到我的生活，我也不会为这个故事浪费更多的精力。可我是亲身经历这一切的呀，我没办法袖手旁观。如果我不管了，就此回学校了，那翁美香的死谁来负责呢？我想我一辈子都会后悔的。"

"可是你已经多次找过警察了，岳军依然逍遥法外，你还能做什么？"

"县公安局不管，还有市公安局，市公安局不管，还有检察院。我这几天也在做一些调查，查到了一些很不寻常的事，我感到整个案子并没我一开始想的那么简单，包括葛丽怀孕生子。再给我一些时间，我一定能让真相大白。"

侯贵平紧紧握住话筒，他有把握，真相就在不远处。

15

2001 年 11 月 16 日，星期五。

大约半个月前，侯贵平得到一份关键证据，并且弄清了翁美香之死背后的真相。因为真相太过骇人，出于对平康县公安局的不信任，他没有把材料交给平康县公安局，而是交到了平康县检察院。检察院的一位办公室主任接待了他，详细了解了情况，又看了他提交的材

料，看得出，那位主任也非常震惊。

一个星期后，侯贵平再次来到平康县检察院催问结果，又是那位主任接待了他，这一次，主任专门把他叫到了小会议室，闭门商谈，告诉他这个案子他们不能查，反复劝他回大学去，把这件事放到一边不要再管了。

侯贵平很是失望，于是他在前几天多上了一些课，今天特意请一天假，一大早就坐车去了清市，找到清市公安局，交上了同样的证据并说明情况，工作人员表示需要向领导报告后再处理，到时会给他答复。

回到苗高乡已是傍晚，山区初冬日落早，此刻，乡上的那些房子都升起了袅袅炊烟，天际一抹红霞，即将沉到山的那头。

侯贵平伸直身体，深深吸了一口冷飕飕的空气，迈开步子走回学校。

快到宿舍时，他远远瞅见门口有人在徘徊，那人很好辨认，个头不高，染着黄毛！他警惕地停下脚步，与此同时，小板凳岳军也发现了他。

侯贵平眼角微微缩小，冷静地扫了眼周围，旁边地上有块砖，如果这家伙动手，他就马上操起砖块往对方头上砸。

不过看样子不必动手了，岳军手里没拿菜刀，而是一只手提了两瓶酒，另一只手提了一些菜，满脸堆笑地跑上来讨好。"侯老师，您总算回来了，以前是我不对，我错了，您要怎么我都行，我给您赔礼道歉，走走，去您屋里说。"

侯贵平弄不清楚对方在玩什么把戏，若是换成其他小流氓，不打不相识，浪子回头金不换，他倒愿意与对方交个朋友，但对方祸害他的学生，罪不可赦，完全无法原谅，他脚下没动，很冷漠地瞪着岳军。"你想干什么？"

"我们这儿啊，如果两个人打架闹纠纷了，大家坐一起，吃顿赔礼酒，道个歉，就好了。"

"我和你，不可能。"他毫不留情地一口回绝。

"你——"岳军脸色有些难看，但马上恢复笑容，"侯老师，翁美香的事真的跟我没关系，我们进屋，您听我慢慢跟您解释，怎么样？"

侯贵平迟疑不决地看着他，不知道他到底想干什么，犹豫中，被他半拖半拉地进了宿舍。

岳军很主动地把几盘荤素冷菜摆开，开了一瓶酒，给两人都倒上，自己先举起酒杯一口干完赔罪："侯老师，以前完完全全是我不对，我没文化，您是大学生，别跟我一般见识，如果您不满意，那您砍我一刀，我绝对不反抗，算是扯平了，怎么样？"

侯贵平皱眉看着他，道："你到底想干什么？"

"我们先干了这杯酒，我再和您具体解释。"岳军举起杯子，一直等着他，侯贵平看了他很久，反正也不惧怕他敢如何，便拿起酒杯一口喝完，仿佛是用足力气把满腔怒火压制下去。

"侯老师，今天您去了市公安局对吧？"

侯贵平一愣，顿时脊柱感到一阵寒意。

"你怎么知道我去了市公安局？你在市公安局里也认识人对不对？"侯贵平瞬间让酒气涨红了脸。

岳军连连摆手。"我哪能认识市公安局里的大警察啊，县公安局

的我也不认识啊。我这么跟您说吧，您去哪里举报，马上他们就都知道了。"

"他们是谁？"

"这我不能说，我跟您说过，我是替孙红运办事的，我是他厂里的司机。您是外地人，可能不知道我们老板，但平康没人不知道我们老板的。我只是帮老板做点事情，翁美香的事跟我一点关系都没有，我哪能想到翁美香会自杀呀。现在这事闹大了，谁都没想到，他们跟我说了，他们保证，以后绝对不会再发生这些事了，您啊，就高抬贵手，不要再管这事了。这里有三千块钱，补偿您这些日子的辛苦，如果您觉得不够——"

侯贵平一把打掉小板凳递过来的红包，顺带把他推翻在地，冷喝道："你们要用钱来收买我？这是人命，这是人命！"

岳军脸色一变，正想发火，但望着面前侯贵平正气凛然的高大身形，本能地畏缩了，便从地上爬起来，强忍脾气道："侯老师，大家都是在社会上讨个生活，没必要这么耿直。他们想知道您今天交到市公安局的材料，是不是还有备份，我不知道您交的是什么材料，但他们很重视您这份东西，说只要您愿意把这份东西给他们，多少钱您都可以开口。侯老师我偷偷告诉您，他们很有钱，您尽可以开高点。我只是跑跑腿，如果这件事办好了，我也能拿点奖励，我绝对不会忘记侯老师您的人情，如果您选择继续在这儿教书，我保证以后整个苗高乡没有人敢动您半分。"

侯贵平咬牙摇头。"不用跟我说了，我今天去市公安局你们马上就知道了，我算是领教了你们的能耐。不过想用钱买回我手里这个东西，不可能！不管多少钱，我都不会交给你们！"

岳军咬咬牙，冷声道："侯老师，我对您个人没有任何意见，我们井水不犯河水，您来我们镇教书，也算和我有缘。我跟您说句实话，我凭良心建议您这事不要管了，一是您根本管不了，二是您再管会有大麻烦！"

侯贵平握了握拳头，伸手狠狠指着对方。"你想威胁我是吧？"

岳军害怕再被他揍，向后退一步。"我只是按他们说的，把好话坏话都带给您，具体怎么做，您自己看着办吧。"

"滚出去！"

小板凳哼了一声，捡起地上的红包，转身开门就走。

侯贵平拿起桌上的酒，连倒三杯喝完，半斤白酒下肚，他红着脸喘着粗气，头脑却更加清醒。

他掏出笔，在信纸上写道：

小静：

我拿到了一些证据，翁美香的事远比我想象的复杂，这些罪犯很有势力，我不能在平康久留了。我不害怕他们会怎么对付我，但这件事在平康无法处理，我必须尽快回学校，学校里有更多的法律资源，我到时会把情况报到省公安厅和省检察院，我一定要给受害学生一个交代。明天早上我去给学生们做剩下的教学安排，下午我就回江市。

平

2001 年 11 月 16 日

写完信，酒劲涌上来，浑身燥热，他把信装进信封，贴上邮票，离开宿舍，把信投到了校门口的信箱里。

他站在原地，一阵冷风吹来，浑身一个激灵，望着这片山区夜晚层峦叠嶂的黑色天幕，满腔的愤懑无处发泄。

以前他觉得这片天空像黑宝石一样，宁静而美丽。

此刻，他突然发觉，这片天空黑得那么彻底，没有一丝光亮。

他想大声吼叫，又怕惊扰学校里的住宿生，他喘着粗气开始绕着学校的土操场一圈圈奔跑，挥洒着体内的酒精和汗水，尽情奔跑。

一直到汗水湿透了衣服，他再也跑不动了，才停下来，慢慢走回宿舍。

他架起煤炉，烧了一壶开水，准备好好洗个澡，然后好好地在这里睡最后一觉，等醒来后，天就亮了。

这时，门外传来了细碎的脚步声，由远及近，最后响起敲门声。

侯贵平警惕地回过身。"谁啊？"

"侯老师，是我，家里热水没了，你这儿有吗？"一个女声。

侯贵平打开门，门外是那个住学校外面的年轻小寡妇丁春妹，她穿着白色的鸡心领毛衣，很随意地扎了个马尾。大晚上的，有女人来访，侯贵平有些害羞地招呼了一声。

小寡妇看着烧热的炉子，露出雪白的牙齿，笑着说："侯老师您在烧水呀，我家柴火没了，正想烧水洗澡呢，借我点热水吧。"

"嗯……你拿吧。"

"那我借你热水瓶用用。"

她挪着婀娜的步子，走过去要拿桌下的热水瓶，突然一个趔趄，恰好摔倒在了侯贵平的怀里，侯贵平一愣，身体似乎不会动了，他粗重的酒气喷到了她的脸庞上。她突然把手伸进了侯贵平的秋衣，像跳蚤一样触及了胸膛的敏感点。

16

"侯贵平性侵留守女童，强奸妇女，最后畏罪跳河自杀？"严良合上这份当年的案卷材料复印件，和办公桌后的赵铁民对视一眼。

赵铁民点头道："我派人专门去了一趟平康县公安局调来这份材料，也找过当时大学里一些知情的老师核实。当初是平康县公安局派人到学校通报这个情况的，考虑到江华大学学生支教期间发生如此不堪的事，为了保护各方的声誉，学校对外宣称学生是支教期间在水库意外落水死亡的。"

"这……"严良皱眉，"我很难相信这是事实。"

"为什么？"

"他是名牌大学的学生，受过高等教育，他本身学的又是法律。"

一听这话，赵铁民忍不住哈哈大笑："老严，你就别摆知识分子的面孔了，你们这些知识分子的套路啊，我最懂，涉及性犯罪的挺多，没什么可大惊小怪的。"

严良不怀好意地瞪他一眼，道："你再派人详细查一遍，这案子很可能有问题。"

"这能有什么问题？事实清楚，证据充分。"

案卷记录，2001年11月16日晚上11点，苗高乡一名名叫丁春妹的妇女来到派出所报案，称支教老师侯贵平诱骗她到宿舍，强奸了她。

民警赶到宿舍后，屋里没人，但在床上发现了未干的精液。

第二天，县里的法医赶到乡上，提取到了丁春妹阴道内的精斑。警察在搜查侯贵平宿舍时，还找到一条女童的内裤，上面同样有侯贵平的精斑，这条内裤经过调查，是侯贵平班上一位叫翁美香的女生的。该女生几个星期前喝农药自杀身亡，当时警方在对女生尸检时发现，女生自杀前曾遭人性侵。走访当地乡民的记录证实，侯贵平支教期间行为极不检点，大量证人证实，他在大白天和陌生女人在学校宿舍发生性关系。

第三天，乡民在水库发现一具男尸，经辨认是侯贵平，丁春妹阴道内与女童内裤上的精斑，经过比对，都是他的。

所以警方认定，侯贵平性侵留守女童，强奸妇女，受害人报案后，他仓皇逃窜，最后畏罪跳河自杀。有物证有人证，证据链齐全。

严良微微摇着头。"表面看，案子没问题。可是你想，案子发生十多年了，照理早该被人遗忘了，那么江阳又为什么要在那本检察官的小册子上留下侯贵平的名字和身份证复印件呢？小册子是今年1月份刊印的，江阳死于3月，也就是说，江阳留下名字和身份证复印件是在他死前不久。一起扑朔迷离的命案，死者在死前不久，留下了一起十二年前案子的嫌疑人信息，这值得我们关注。"

他重新拿起材料，把里面的各项资料平铺在桌上，一页页仔细翻过，过了很久，他突然注意到一个很明显的问题："为什么材料里缺少侯贵平的尸检报告？"

"没有尸检报告？"赵铁民瞪起眼，将一页页材料都翻找一遍后，摊开手，"材料里只写了侯贵平溺毙的结论，还真没有尸检报告，有点奇怪啊。"

严良抬头严肃地瞧着赵铁民。"一份封存留档的结案报告里，居然没有最重要的尸检报告，这种纰漏很少会发生吧？"

赵铁民眯着眼，没答话。

"你让你们专案组里省高检派来的检察官联系平康县检察院，看看平康县检察院是否有这起案子的材料。"

"检察院肯定没有。"赵铁民摇头道，"刑事案件中，嫌疑人已经死亡的案子，自动销案，无须报给检察院。侯贵平的卷宗，只可能公安局留档，不会交给检察院的。"

严良不以为然地看着他。"如果平康县检察院没有这案子的记录，江阳这位曾经的检察官为什么会写下侯贵平的信息呢？"

两天后，赵铁民心急火燎地找到严良，带给了他一份案件材料。"平康县检察院果然有一份侯贵平的案件材料。"

严良意料之中地接过手，笑着问："这份里面有尸检报告？"

赵铁民特别严肃地点头。"有。"

严良奇怪地看着他。"是不是有什么问题？"

"你看了就知道。"

严良急忙拆开，找到侯贵平的尸检报告，目光投到结论上，结论依旧是溺毙。可当他浏览到对尸体的描述时，马上发现了问题。

"尸体上有多处不明原因外伤，死者胃部积水 150 毫升。"

严良忍不住惊呼："溺水死亡者胃部怎么可能只有 150 毫升积水？"

赵铁民转过身，冷哼一声："侯贵平只吞了一口水就淹死了，死个人原来那么容易。"

"果然这案子有问题！"严良微微皱眉，随即问，"嫌疑人已经死亡，按规定要撤案，公安局不必报到检察院，为什么平康县检察院也有侯贵平的卷宗？"

赵铁民摇摇头。"平康县检察院的几个主要领导都是近年调来的，对为什么这起本该销案的案子的案件材料会在他们院，都称不知道。"

严良把整份材料详细看了一遍，道："检察院和公安局的两份卷宗，内容完全一样，只是公安局的那份没有侯贵平的尸检报告。尸检是在公安局做的，他们却没有尸检报告，反而检察院的材料里有尸检报告，这太不寻常了。"

赵铁民表示认同。

严良目光悠悠地望向远处。"现在你该相信张超没有在误导我们了，我们找江阳的遗物，结果马上发现了一起很不寻常的陈年旧案。"

"你的意思是，这是张超故意让我们知道的？他的动机呢？翻案？可一起十多年前的旧案，人都死了，翻案有什么用，值得他自愿入狱吗？"

严良双手一摊。"我不知道答案，无法回答你。你可以再找张超问，不过我相信你问不出任何有价值的线索，他一定会说他对这件事不知情。现在，你只能继续查清楚侯贵平的事。"

赵铁民点点头，可是随即又皱皱眉，表现出一副为难的样子。"我拿到这份东西后，也给专案组其他同志看了，毫无疑问，大家都认为这起旧案有问题。不过大家有个分歧，大部分人只想尽快把江阳被杀一案了结，不愿意为十几年前小地方的一起普通命案分散精力。哪怕这案子有明显问题，可当地公安已经定性了，翻案是一件很麻烦的事，会涉及很多过去的当事人，会受到各种各样的阻力。"

严良不假思索地说："毫无疑问，侯贵平的案子，你们必须追查下去。"

赵铁民为难道："你很清楚我们的办案程序，案件调查要权衡投入和产出，如果凡是疑难案件都要查到底，全国警力翻三倍都不够。专案组是为了江阳被杀一案成立的，不是为了十多年前的普通命案。何况人都已经死了，谁愿意自讨没趣替一个死人翻案？地方上的各种办案阻力，你这位老师是没有亲身体会的。"

"不，"严良很认真地盯着他，"侯贵平的案子你们不查出真相，恐怕江阳被害一案永远破不了。张超建议我们查江阳的遗物，我们去查了，结果马上牵出一起充满疑点的旧案，这绝不是巧合。侯贵平的死与江阳被害，以及张超的先认罪再翻供，这几件事有什么关联，虽然现在没有答案，但我相信线索会逐渐串起来的。"

赵铁民扳着手指，思考着，过了很久，点头表示认同。"可是侯贵平的案子都发生十多年了，现在怎么查呢？"

"很简单。第一，调查侯贵平的卷宗为什么会存到检察院，我相信和江阳有关；第二，"他拿出尸检报告，指着末尾的签名，"找到这位负责尸检的法医陈明章，向他了解当时的情况；第三，和当年负责该案的经办人谈谈，问他为什么明显是谋杀的尸检报告，结论会变成

跳河自杀溺毙。"

赵铁民思索片刻，点头道："这几项调查都需要人手，专案组成员目前还是围绕着江阳被杀一案，他们不少人是省里单位的领导，级别比我高，让他们查一起旧案，我差遣不动，幸好我们支队有几百号人，我可以让我手下的刑警去调查。"

听他这么说，严良慢慢睁开了眼睛。"这次的案子社会影响那么大，省市两级三家单位破格组成专案组，照理组长应该由省厅的人担任，你这刑侦支队长级别是不够的，可是高栋却极力推荐你。我想最主要的原因是，级别比你高的人，手下却没你多。"

赵铁民惊讶道："让我当专案组组长，是高厅的刻意安排？"

严良点点头，把目光投向了窗外，喃喃道："高栋究竟知道些什么，他又在这案子里扮演了什么角色呢？"

17

2003 年，江阳来到了平康县。

江阳的人生无疑是幸运的，他从小就是学校里的尖子生，高考考上了江华大学法律系，2002 年顺利毕业。

那个时候，外企最吃香，宝洁、四大事务所是所有学生的向往，其次是金融业。当时，公务员不像后来那么热门，江阳尚未毕业就很轻松地考进了清市人民检察院。

他并不是清市本地人，却报考了清市的检察院，自有他特别的考虑。

当时他的选择很多，既可以报考最高检，也可以报考省高检或者省会江市检察院的职位，可是仔细权衡之下，这几家单位都是精英云集，论学校、论学历、论能力，他都比不上精英，论关系背景，他更是毫无优势。清市位于本省西部，经济排名省内垫底，一线法律专业的精英不会去报考清市检察院，矮子里面拔将军，他相信江华大学的招牌在落后城市的单位里，还是金光闪闪的，只要努力经营，很容易成为单位的重点培养对象，一步步坚实前进，仕途一片光明。

果然如他所料，他一来就成了单位里唯一的名校高才生，外加他是个帅哥，性格开朗，口才很好，一表人才，而任何机关单位都不缺爱撮合的大妈，很快，单位大妈络绎不绝地拿着各种女孩的照片找上他。他眼光很高，一律拒绝。

事实证明，他并没有因单身就随便挑个女朋友，他对自己的人生规划很是明确。

不久之后，他等来了值得爱的姑娘。

清市检察院吴副检的漂亮女儿吴爱可，遇见了穿着制服的江阳后，立刻产生了眼缘。吴爱可尖脸长发，曲线别致，也学法律，刚刚毕业，现在在一家律所当助理。

于是，两人在都是法律人的借口下，很快谈起了人生理想，对彼此的好感与日俱增。吴副检也在旁观察了他几个月，亲自找他谈过心，对他很是满意。

在机关单位生存，如果有一位大领导是未来的老丈人，那么一切就变得很容易了。再加上平时看点管理类的书，开会时装模作样说上几句莫名其妙的话，他自然成了单位的重点培养对象。

一切都很顺利。2003年，吴副检调去了平康县检察院任检察长，江阳也跟着去了平康县，任侦查监督科科长，副科级，手下带四名工作人员，这对毕业才一年的人来说很不容易，所有人都十分看好他。

那个时候手机刚刚开始流行，还没出智能手机，年轻人的主要聊天渠道是互联网。毕业后，他的大学同班同学建了一个QQ群，有一次江阳说到自己在平康县检察院任职，女同学李静马上对他发起了私聊，得知他任侦查监督科科长后，李静表示过几天来平康看看他。

李静是班上的美女，身材相貌都一流，不过她和侯贵平是男女朋友关系，所有人都知道，江阳对她自然不抱任何想法。她突然郑重提出要来平康看他时，江阳心里是拒绝的，心想，李静该不会对自己有意思吧？好吧，虽然他自认长得帅，可他正和领导的女儿谈着恋爱，可不敢开任何小差。

他只能一本正经地问她有什么事，对方却不回答，只说见面了会告诉他。

对这次会面，江阳不敢隐瞒，如实告诉了吴爱可，毕竟在这县城如果发生点什么风流韵事，一下子就传开了，要是谣言四起，传到吴检的耳朵里，他很快就会从科长变成门卫。

会面地点定在了县城唯一的一家西餐厅，吴爱可独自坐在一角"监视"，江阳和李静坐在不远处的偏僻一桌。

相互寒暄客套一番后，江阳做贼心虚地瞥了眼远处的吴爱可，压低声音直切主题："你跑来平康找我有什么事？"

李静思索一番后，缓缓开口："你记得侯贵平吗？"

"你男朋友？我当然知道，"江阳皱了皱眉，"对他发生的事，我很遗憾，好像就发生在我们平康吧？"

李静默默地点了点头。

江阳奇怪地看着她。"怎么回事，这都过去几年了，为什么突然提到他？"

她再三犹豫后，说："有件事我一直想弄明白，但又觉得这样会很麻烦你。"

听出不是爱慕自己，江阳松了口气，爽快地问："什么事，你说吧，老同学了，不违反工作原则的情况下我一定帮忙。"

"我……我怀疑侯贵平不是淹死的。"

江阳当即瞪眼。"那是什么？"

李静牙齿咬住嘴唇，半晌后，低声说："他死于谋杀！"

"你说什么！"江阳一声惊呼，引起了不远处吴爱可的注意，片刻后，他意识到自己失态，忙低声问，"为什么这么说？"

"侯贵平死后，平康县公安局警察带着结案材料找到学校，向学校通报了这件事，你知道材料里记录侯贵平是怎么死的吗？"

"不是下河游泳，不小心淹死的吗？"

李静轻轻地摇头。"通报说，侯贵平性侵留守女童，强奸妇女，在被警察逮捕期间逃走，最后畏罪跳河自杀。"

江阳瞪大了眼睛，连声道："这不可能，侯贵平不可能是这样的人。我跟他虽然不熟，可我知道他不可能是这样的人！"

他脑海中浮现出侯贵平的身影：一个高高大大的阳光男孩，爱运动，很强壮，一身正气，绝不是那种躲在角落里看片的猥琐男生。他还记得，有一次，有个偷车贼被他们班男生抓到，很多人要去揍小偷，侯贵平靠他的个头拦住大家，坚持不打人，将之扭送派出所。这么个阳光正义又善良的大男生，怎么可能跟性侵案连在一起？

李静眼眶微微泛红。"我也绝对不信他会做那样的事。而且有件事你不知道，在他支教时，我去过他所在的苗高乡，在我去之前不久，他班上的一个女学生喝农药自杀了，警察发现女孩自杀前曾遭人性侵，侯贵平一直在为此事向上级举报，要求调查，怎么可能是他干的？"

"你说他举报学生遭性侵而被谋杀，最后警方的结论却是，侯贵平性侵了那个女生？"

李静缓缓点了点头。

听到这儿，江阳的脸沉了下来，脸上覆了一层阴霾。

李静继续说："平康县公安局警方来学校通报这件事时，张超老师看过他们带来的结案报告，张老师后来告诉我，材料上有问题。侯贵平的尸检报告结论写着溺水死亡，而尸检描述上写着，胃部积水150毫升。"

江阳不是专业人员，一时不明白。"那又说明了什么？"

"张老师说，一个人如果是溺死的，会吞下大量积水，150毫升只是一大口而已，所以他不可能是溺死的。"

江阳骤然动容。"既然如此，张老师有没有把这个疑点告诉平康县公安局警方？"

李静摇了摇头。"没有。我问过他，他说地方上办案，可能有黑幕，这个疑点既然被他看出来了，相信当事法医自然更清楚，可最终还是送来了这份结论。侯贵平在举报时，平康县公安局就有内鬼向被举报人透露是他举报的，这案子可能牵涉范围很广。张老师说，要在地方上推翻一起案件，非常困难，会牵涉很多人，尤其这样一件疑点重重的案子，我们未出校门的法律人不懂实际工作的困难，侯贵平已经死了，不管翻案与否都改变不了侯贵平已死的事实。"

江阳闭上嘴，思索着。

从事检察官工作一年多，他已经不是那个未经世事的天真大学生了，他知道实际办案的困难，有些案件明明存在疑点，最后却由于这样或那样的原因妥协了。

学会妥协，是一个人成熟的标志。

李静看着他的表情，过了一会儿，试探地问："如果可以的话，你能不能帮我确认一下案件材料，看那份尸检报告的记录，是不是真如张老师看到的那样？"

"如果是的话呢？"

"你……你是侦查监督科的科长，你能不能……"面对一件很麻烦别人的事，李静很难说出口。

"你想替他翻案，还他清白？"江阳表现出并不十分热心的样子。

李静慢慢地点了点头，眼泪止不住流了下来。"那次事情后，我听说侯贵平的妈妈精神失常，后来就失踪了，他爸爸不久后也跳河自杀了……"

这时，大概是见到潜在情敌在自己男朋友面前哭，吴爱可忍不住走了过去，刚走到那儿，却发现气氛不像自己预想的那样。

两人都很沉默，李静无声地哭着，而江阳则正襟危坐，眉头皱在了一起，从未见过他如此严肃。

李静蓦然抬起泪眼看到一副古怪表情的吴爱可，顿时有些不知

所措。

江阳忙收敛情绪，替双方介绍了一番，随后把侯贵平的事向吴爱可转述一遍，吴爱可脸上渐渐浮现了怒容，突然一拳击打在桌上，冷声道："如果事情真是这样，江阳，你要查，一定要查！必须还人清白，抓到真凶！"

江阳考虑着如果去调查兄弟单位公安局的案子，不但会遇到阻力，他这个新人也会得罪体制里的人，犹豫着不敢下决心做保证。

李静看出了他的犹豫，勉强地笑了一下，抿抿嘴："我知道这件事很为难，让你很难做，我……我只是想确认一下侯贵平到底是怎么死的，我没有什么其他要求。"

吴爱可果断道："怎么可以只确认一下，这件案子一定要一查到底啊！江阳，你还犹豫什么，你是不是检察官啊？你不查，我就找我爸去了。"

李静疑惑道："你爸？"

"我爸是检察长，管着江阳。"吴爱可脸上浮现出得意的表情。

江阳无奈地撇撇嘴，表示这是不争的事实。

李静马上抹了抹眼泪，满怀期待。"如果……如果真的可以，我希望——"

江阳说："我知道了，我尽力吧。"

18

把李静送上回江市的大巴后，江阳和吴爱可走在回家的路上，他沉默不语，眉头紧蹙。

吴爱可不满地数落起来："怎么回事！你对你同学的案子好像很不情愿帮忙。"

江阳有他的顾虑。"如果真是李静说的那样，这件事处理起来不太容易。我工作才一年多，如果要去翻侯贵平的案子，会得罪不少人的。"

吴爱可鄙夷地望着他。"你还是检察官吗？你还是侦查监督科科长吗？你不就是处理冤假错案的？"

江阳无奈叹气道："实际工作不是这么简单的，我……我还没有平反过案子。"

"我真是不明白，凡事都有第一次，那就把这案子当成你平反的第一个案子来做啊。你有什么可犹豫的？如果是冤案，你这侦查监督科科长当然要义无反顾平反，按着法律规定来办不就行了，天塌下来我爸会帮你顶着，你怕什么呢？回头我跟我爸说一下这事，他一定支持你。"

"可是——"

"别可是了！"吴爱可激动起来，停下脚步，回头严肃地瞪着江阳，"你没听到李静说的吗？侯贵平明明是去举报他的学生被人性侵，结果被人谋杀了，死后还被扣上了性侵女童、强奸妇女的帽子。这事害得他妈妈精神失常，失踪，他爸爸羞愧自杀。一起冤案害了整整一个家庭，如果这样的事情你都不去阻止，你凭什么继续当检察官？我对你太失望了。"

江阳咬了下嘴唇，马上笑着讨好："好好好，我一定遵照您的最高指示，尽我所能去调查，可以了吧？"

"这不是为了我查，这是为了你检察官的职责。我不希望你变成一个什么事都要考虑利弊的官员，这样的伪君子我见得太多了！"吴爱可表情很是认真。

江阳深吸一口气，挺胸道："好，为了我检察官的职责，好了，我错了，我不该犯官僚主义，这案子我马上去查，中纪委大小姐饶过我这一次吧。"

吴爱瞪着他，保持了很久一脸正气的表情，最后，总算被他逗笑了："这还差不多，记住，去公安局的时候制服穿帅点，别给我丢脸！"

"那是当然的，我是平康县最帅检察官嘛——哦，我是第二帅，第一帅是我的岳父大人。"

第二天，江阳亲自带人去了平康县公安局，要调侯贵平的案卷材料。接待他的是刑侦大队长李建国。李建国四十岁左右，个头不高，体态略发福但仍十分强壮。虽然行政级别和江阳一样，但刑侦大队长手下的人可多了，大队下面还有中队，合计有六七十号人，管了这么多人，自然生出领导的气场，远不是江阳这手下就四个工作人员的科长能比的。

得知他的来意后，又见他是个年轻的愣头小子，李建国很不屑。"侯贵平那案子，罪犯本人已经死亡，撤案了，案卷材料都封存在档案室，按规定不用交到检察院，你们检察院调这份材料干什么？"

"我们接到一些情况反映，需要对这起案件做一次复查。"

李建国眉头微皱。"什么情况反映？谁反映的？"

"按规定,这方面不能透露。"

李建国冷笑,一副桀骜的样子。"那我也是按规定办事,案子已经销案封存,不关检察院的事,你们回去吧。"

江阳忍着脾气没有发作,拿出了阅卷的调令,李建国接过瞥了眼,直接还给他,笑着说:"给我没用,我不管档案。"说完转身就走。

江阳在手下面前失了面子,心中大为恼怒,在公安局又没法发作。他只好去找档案室工作人员,结果档案室工作人员说刑事案件的卷宗调档需要李建国签字同意,他只能再去找李建国,可大队刑警说李建国有事外出,离开单位了,将他们几人晾在了一边。

19

江阳没料到调份卷宗就直接碰壁,左思右想之下,既然李静说谋杀的证据在尸检报告上,经过打听,平康县公安局所有尸检报告均出自法医陈明章之手,于是他第二天早上去找了陈明章。

技侦中心门口,这是他和陈明章第一次见面。

陈明章三十五六岁,戴一副眼镜,长相斯文却带着一股独特的狡黠。

听到江阳想了解一起两年前案子的死者死因时,陈明章表现出一副拒人于千里之外的冰冷模样。"这个找我干什么?所有材料都在档案室,你们检察院可以凭手续去档案室要啊。"

江阳皱了皱眉,坦白说:"你们单位档案室的工作人员不是很配合。"

"那你找领导协调,你们是检察院的,公安这帮人最怕你们,你

们要份东西还怕他们不给？"

江阳无法对着公安工作人员抱怨公安的推诿，只能耐着性子恳求："陈法医，能不能请您通融一下帮个忙，核实一下死因，这个结果对我很重要。"

陈明章打量了他一会儿，皱眉道："你明明可以走公文程序，却不走，这个死者跟你什么关系？"

"死去的嫌疑人是我朋友，那个案子很特殊，我想陈法医您一定对此会有印象，我想——"

"等等，你说死去的嫌疑人是你朋友？"

"是我的大学同学。"

陈明章想了想，微微一笑，问："也就是说，你对你同学的死因有所怀疑？"

"对对，但我绝对不是怀疑您的工作能力，我只是——"

陈明章打断他，爽快道："没关系，工作都会有疏漏，怀疑我工作能力也无妨。"他突然凑过去，压低声音道："这算你私事还是公事？"

江阳不理解为什么对方态度会突然转变，只好说："目前是我私事，一旦查到证据，我就会按公事办。"

"这样子……"陈法医挠了挠头，欲言又止。

江阳连忙道："您放心，无论结果如何，我都不会给您添麻烦，以后也不会给您添麻烦。"

"你误会了，添麻烦我倒一点都不担心，我是怕麻烦的人吗？不是的，只不过嘛……"陈明章一脸为难地说，"这是你私事，我帮助你办私事，自然会动用我工作外的私人时间，我私人时间是很宝贵的，俗话说，时间就是金钱……"

江阳渐渐听明白了，心中咒骂着小地方的机关人员实在太过龌龊，想方设法捞钱，但现在有求于人，只得忍下气来，问："多少钱？"

"哎呀，这怎么说呢，"陈明章伸出一只手，摇了摇，"你觉得合适，我就帮你翻下记录。"

"五十块？"

"喀喀，这个嘛，你知道，现在物价涨得快。"

"五百块？"江阳瞪圆了眼。

陈明章红起脸，嘿嘿一笑，很不好意思地点了点头。

江阳咬了咬牙，心中激烈斗争一番，想起女朋友一定要他查清真相的态度，只好吐血同意。"行。"

陈明章很开心地笑了起来："你要查哪个人？我下班了来找你。"

"两年前苗高乡上一个淹死的支教老师侯贵平。"

"侯贵平？"陈明章脸色一变，过了片刻，连忙摇头，"这个不行。"

江阳瞬间警惕起来，盯着他问："为什么不行？这起案子有什么特别？侯贵平的死是不是有什么问题？"

陈明章严肃道："这起案子确实很特别，所以五百块不行，必须得一千块。"

"一千块，将近我一个月的工资！"江阳忍不住叫道。

陈明章连声嘘着，看了看周围，确认没人听到他们说话，立刻压低声音道："我虽然是技术人员，不算职能警察，偶尔靠技术接私活不算违纪，但传出去也不好听啊，你小声点。我告诉你，县里就我和我徒弟两个法医，我一年要碰三四十具尸体，我哪里记得住这么多名字。侯贵平这名字我记住了，说明这案子肯定有特别之处啊。不过嘛，我这人还是很厚道的，他毕竟是我的尸体，你是尸体的同学，看在尸体的分上，给你个友情价，八百块，怎么样？如果你接受，除了侯贵平的尸检报告外，我再送你一条绝对物超所值的重磅信息。"

江阳心中对他一通咒骂，无论从哪个角度看，这人都不像个法医，而是个实实在在的生意人，讨价还价了一番最后还是看在尸体的面子上，才勉为其难地给了个"友情价"。

他思虑了好一会儿，想到除尸体的信息外，还有一条重磅信息，显然陈明章绝对知道很多事，恐怕这案子大有隐情。

既然已经向吴爱可承诺了会尽全力查清真相，如果一开始就放弃，恐怕女朋友会对自己失望。江阳纠结了半天，大半个月工资，虽然心疼，不过好在身处公职单位没有其他花销，就咬牙答应了下来，约了陈明章和吴爱可晚上一起吃饭。

20

江阳和吴爱可坐在餐厅的包厢里焦急地等待着，房门半开，他们时不时看向门外。

"黑，实在太黑了，怎么会有这样的人！讹了你整整八百块！你一个月工资才多少！"吴爱可足足在那里抱怨了半个小时，不断计算着八百块需要江阳上几天班，八百块能买几件衣服，能在外吃多少顿，而陈明章简简单单的举手之劳，就敢要价八百块。

末了，她只好把抱怨转到了江阳头上，说他这个男人就是不会讨价还价，如果是她，一定还到三百块，不能再多了，如果陈明章犹豫，她扭头就走，对方一定会叫住她说再加一百块吧，她坚决说一分钱都不能加了，继续摆出随时扭头要走的架势，最后对方肯定愿意三百块成交。

想到早上江阳就这么轻松答应下来，她就一阵火大。

江阳虽然为八百块肉痛，但心中也是一阵得意。想着吴爱可这回可明白他爱得深沉了，要知道，这八百块纯粹是为了吴爱可才掏的，他和侯贵平虽是同学，可彼此不熟，他们的交情值不了八百块。

他笑着说："既然已经答应他了，只能我下个月省着点了。早上看他的样子，侯贵平的案子八成另有隐情，我还怕他反悔不来了。"

"他敢！"吴爱可怒道，"你钱不是还没给他吗？瞧这种人的样子，贪财不要命，他肯定舍不得八百块。哼，居然有警察敢向检察官索贿，简直不要命。你记着，待会儿一定要他开张收据，等案子查清后，你再把他带回检察院审他，说他索贿，要他连本带利还钱。"

江阳撇嘴无奈道："他不是警察，他是技术岗，不是职权岗，我们这算私事，不是索贿。"

正说话间，陈明章推门而入，反客为主地拉过凳子一把坐下，笑眯眯地瞧着他们。"这是你的女朋友？很漂亮。怎么样，钱准备好了吗？"他没有过多废话，开场直接谈钱，伸出手，好像正在做一场毒品交易。

吴爱可忍不住说："这对你来说是很简单的一件事，八百块太贵了，三百块！"

陈明章笑着望向江阳。"这个价格是我和你男朋友谈妥的，他同意的，对吧？"

江阳不说话表示默认。

"可是太贵了！"

陈明章摊开双手，表示无奈。"小姑娘，人要讲诚信，而且男人要一诺千金，你男朋友既然已经答应下来这个价格，你作为女朋友应该支持，要不然，别人会以为你不够爱他呢。"

这话怼得吴爱可闭了嘴，只能更加生气地瞪着他。

他丝毫不以为意，从江阳手中很是心安理得地把八百块现金收入囊中，还拍了拍口袋，表示很满意，笑着说，既然生意成交，那么今天这顿饭他请了。结果他却只点了三碗面条，惹得吴爱可心中大骂这也太抠了吧。

江阳不关心吃什么，只想早点知道结果，着急问："陈法医，你查的事……"

"放心，以诚待人是我的原则！"陈明章笑眯眯地从包里拿出一份文件，江阳刚准备接过，他又把文件往后一抽，按在桌上，郑重地说，"我提醒你一下，你走之后，我了解到了侯贵平案子的后续情况。虽说侯贵平是你朋友，但其实这案子跟你并没多大关系，你如果执意要看这份尸检报告，恐怕会给你带来一点麻烦。如果现在你放弃，我会把钱还你。当然——这顿的面条钱你们出。"

吴爱可心中大叫，这么严肃的话题，为什么还要提面条！

江阳犹豫不决，回头看了眼吴爱可坚决要把案子管到底的表情，丝毫没有妥协余地，只好硬着头皮说："我不怕麻烦，你给我吧。"

"嗯……那当然没问题，不介意的话，容我再问你几个问题？"

"你说。"

"对侯贵平的案子，你了解多少？"

"我还没见到结案报告，我知道的就是当年平康县公安局向学校通报的那些。"

"他们跟学校是怎么通报的？"

江阳深吸一口气，缓缓道："侯贵平在平康支教期间，性侵留守女童，强奸妇女，最后在民警抓捕过程中，走投无路之下跳河自杀。"

陈明章眼角微微跳动了下。"他们是这样通报的？"

江阳点点头。

陈明章抿了抿嘴唇。"你去我们单位档案室要过结案材料了吧？"

"对。"

"为什么没拿到？"

"档案室的工作人员说要刑侦大队长李建国签字。"

陈明章皱眉道："李建国不肯签？"

"他说这件事归档案室管。"

陈明章点点头，脸上露出了思索的表情，过了一阵子，他重新抬头，微微笑着问："如果你发现侯贵平不是淹死的，你接下来要怎么做？"

"侯贵平真的不是淹死的？"江阳和吴爱可同时坐直了身子。

陈明章目光毫不回避地迎着，慢慢点头。"没错，我从来没说过侯贵平是淹死的。"

"可是据说当初的尸检报告写的是溺毙。"

陈明章不屑道："那份尸检报告的结论一定不是我写的。"

"可我听说平康所有刑事命案的尸检报告都出自你手？"

"很简单，有人篡改了我的结论呗。"

听到这话，江阳和吴爱可都知道事情比预想的还严重，双双陷入了沉默。

陈明章笑了笑，看着他们俩。"现在你们还想买侯贵平真正的尸检报告吗？"

江阳心里更加动摇了，他知道这件事大概会牵涉很广。伪造尸检报告，那是严重的职务犯罪，该不该继续深入调查下去？他一个年轻检察官，并没有多少经验，更谈不上人际关系网，目前在吴检的提拔下当上科长，如果平平稳稳走下去，相信未来会很顺利。但如果牵扯进地方上的一些复杂事情里，不管结果如何，恐怕都得不到任何好处。

陈明章不动声色地打量着他，没有说话，表现出很大的耐心。

这时，吴爱可果断地开口："我们买，这件事情我们查定了！"

"这得看你男朋友的意见。"

江阳咬着嘴唇不作声。

吴爱可瞪眼道："江阳！"

江阳马上抬起头，道："我买，案子有隐情，我作为侦查监督科的检察官，我要查下去。"

吴爱可瞬间用欣赏的眼神望着他。

"行吧，那我就把尸检报告交给你吧。"陈明章笑了笑，把材料交了过去，接着缓缓说，"我这儿的结论很明确，侯贵平不是溺亡的，而是死于谋杀。在他落水前，他已经死了或者正处于濒死状态。因为他胃里积水只有不到 150 毫升，溺死的人可远远不止这些了。他身上有多处外伤，但都不是致命的，直接的致死原因是窒息，他脖子没有勒痕，嘴唇破损，大概是被人强行用布之类的东西闷死的。他体形高大，要把他闷死，一个人是不够的，凶手至少两人。这些是我的结论。"

陈明章三天两头跟尸体打交道，描述起死人来，仿佛说着鸡鸭牛羊一般，吴爱可听得心中一阵发怵，脑海中不禁刻画起侯贵平尸体的模样。

陈明章笑称："我这份尸检报告的结论是经得住检验的。不是我吹牛，我在这方面的职业技能很出色，我是法医学博士，我老家在这儿，需要照顾爸妈，才来平康这小地方上班。我的水平不输大城市公安局的法医，所以你们对我这份尸检报告的准确性，大可以放心。"

过了会儿，陈明章调侃般瞧着江阳，又说："现在你拿到这份报告了，也知道公安局里的那份案卷材料有问题，我很好奇，你真的打算为一个死去的人翻案吗？"

江阳看了吴爱可一眼，马上把心头的犹豫打压回去，稳住正气凛然的检察官形象。"我要为侯贵平翻案！"

"恕我直言，你和这同学关系很要好吗？"

"一般般，普通同学关系。"

"那我建议你还是算了吧，这不是一件容易的事。翻案，从来都不容易，要得罪人的。你还年轻，不要拿自己的前途冒险，这案子，比你想象的复杂，翻案，嗯……你级别不够。"

吴爱可不服气。"他是科长。"

"科长？"陈明章不屑地笑了笑，"一个县级机关的科长，也就副科级吧？而且还是个很年轻的科长。李建国和你级别一样，你还是他的监督部门，你连他都摆不平，还怎么翻案？"

吴爱可听到江阳被他说得一文不值，不由得恼怒道："照你说翻案要多大级别？"

陈明章指着江阳。"等他当上检察长还差不多。"

吴爱可笑称："我爸就是平康县检察长，正职，一把手。"

"呃……这样啊？"陈明章重新打量起他们俩，"难怪。我想这事你知道没那么简单，小地方事情处理起来特别复杂，更别提翻案，但你一个刚工作的检察官就敢出头，果然是靠吃软——喀喀，"他强行把"饭"字吞了回去，"有大靠山啊。"

江阳看了一遍尸检报告，把材料放到一边，不解地问："你为什么会有这份最原始的尸检报告，你们的报告不都是并到结案报告里一起放档案室了吗？"

"这个问题问得好。"陈明章不由得笑了起来，一脸欣赏地看着江阳，冲吴爱可道，"小姑娘，光情绪用事是没用的，你男朋友比你聪明多了。"

吴爱可嘴里哼了声，但听到他这么夸江阳，心里不禁得意。

陈明章继续道："事情是这样的，当初大队长李建国带人送来了侯贵平的尸体，我还没得出结论呢，他就四处告诉其他警察，说侯贵平是畏罪自杀淹死的。后来我找到他，说出了我的结论，侯贵平不是淹死的，而是死于谋杀，还没等我说完，他就跟我说，侯贵平一定是自杀淹死的，不会有第二种可能，让我就按这个结论写。我不同意，因为这明显违背我的职业道德嘛，万一将来翻案，说尸检报告有问题，岂不变成我的责任？他一直劝我，说他们刑警有破案考核压力，如果侯贵平不是死于自杀的，他们不好交代。我很怀疑他说法的真实性，还没展开调查呢，怎么就知道案子破不了？所以我最终依旧不同意，于是他让我只要写好尸检过程就行了，后面的结论他来写，所有责任他来承担。没有办法，他是刑侦大队长，这块他说了算，我只能做好我的本职工作。所以如果档案室的卷宗里，尸检报告的结论写着侯贵平溺毙，那一定是李建国写的。"

江阳不解地问："那么你手里的这份尸检报告原件？"

陈明章笑眯眯回答道："既然尸检报告结论由他来代笔，若将来翻案，变成我和他共同伪造尸检报告，那我岂不是很倒霉？所以呢，我自己重新写了一份尸检报告，签下名字，盖好章，一直保留着，作为我完全清白的证据。"

江阳思索着，他理解陈明章故意留一手的做法，一个法医的权力是有限的，他只能保证自己的工作没风险，管不了刑警队长最后会把案子如何处理。

过了一会儿，他又问："关于侯贵平性侵留守女童和强奸妇女的事，你知道多少？"

陈明章皱眉道："性侵女童这件事，侯贵平有没有做过，不好说。可能有，也可能没有。"

江阳不解地看着他。

陈明章露出回忆的神情。"侯贵平尸体被发现前一天，刑警送来了一条小女孩的内裤，上面有精斑。侯贵平尸体被找到后，我从他身上提取精斑，比对后，两者确实是一样的。"

江阳和吴爱可都不可思议地瞪大了眼睛，心中都在呼喊，怎么可能，难道侯贵平真的性侵了女童？

陈明章又道："但是光凭一条内裤上的精斑是不能下结论侯贵平性侵女童的。那名死去的女童也是我做的尸检，我从她阴道里提取到了精斑，不过从来没和侯贵平的精斑比对过。"

"为什么？"

陈明章脸上表情复杂。"因为在侯贵平死的前几天，法医实验室有人进来过，丢失了一些物品，包括从女童体内提取的精斑也不见了。"

江阳吃惊道："小偷怎么会跑到公安局的法医实验室偷东西？"

陈明章笑了笑。"是不是小偷干的，没有证据，我们就不要下结论了。"他吐了口气，道，"女童内裤上的精斑确实是侯贵平的，但体内精斑没有比对过，所以我说侯贵平是否性侵了女童，结论是不知道。不过嘛，他强奸妇女有可能是真的。"

江阳和吴爱可张大了嘴巴。

"那名妇女被强奸的第二天一早，我就去了苗高乡，提取了她阴道里的黏液，上面有精斑，后来侯贵平尸体被找到后，经过比对，这确实是他的，他与那名妇女发生过体内射精行为，这是不可能伪造的。"

江阳听到这话，半晌默默无言，这个结论彻底打破了侯贵平在他心中的形象。李静是站在侯贵平女朋友的角度看问题，自然深信侯贵平绝对不会做出那些事，但是证据上，侯贵平确实这么做了啊。

替一个强奸犯翻案，值得吗？

陈明章似乎看出他心里的想法，笑道："是不是在考虑，该不该为一个强奸犯翻案？"

江阳默认。

"其实侯贵平也未必是强奸犯吧，我的结论只能证明侯贵平与那名妇女发生过性关系，是不是自愿的谁知道呢。"

即使是自愿的又怎么样呢？背着女朋友，在支教期间与其他妇女发生性关系，在江阳看来，同样是件很龌龊的事，侯贵平的人品该打上一个大大的问号。

陈明章站起身，道："后面怎么办，都看你个人的决定。"

江阳表情沉重地点点头，说了句："不管怎么样，还是谢谢你。"

陈法医拍拍装了钱的胸口，道："助人为乐嘛。"

江阳看着他问："你跟我说了这么多内情，你就不担心……不担心给你带来麻烦吗？"

陈法医不屑地说："这有什么好担心的。首先，法医在单位里是技术岗，是相对独立的部门，领导顶多看我不顺眼，不能把我怎么样。其次呢，就算有人因为我多管闲事想办法调走我，那也无所谓喽，法医工资本来就低，要不然我也不会私下接活，不光这次跟你，我还有很多赚钱门道，医学、物鉴学、微观测量学，这些我都很精通的。不干法医，还有很多单位排队请我呢，现在无非是有点职业理想罢了。"

他豁达地笑起来，也感染了另两人，江阳和吴爱可走出了刚刚一席话带来的无形阴霾，跟着笑出了声。

这时，江阳突然想起一件事，连忙问："对了，你说除了侯贵平的事外，你还要告诉我一条——"

"一条绝对物超所值的重磅信息。"陈法医没忘记这事，他咳嗽两声，带着仿佛蒙娜丽莎一般神秘的微笑看着他们，"我刚说我有很多赚钱的门道，其中一样是炒股。中国股市自从2001年见顶后，已经跌了两年多了，你们现在如果有钱，可以多买一些贵州茅台这只股票，拿上个五年十年，你们准会发财的。"

两人刚刚被鼓动得满怀期待的脸顿时像被戳破的气球般泄了气。"这就是你说的重磅信息啊？"

"对啊，你们如果不信，十年后一定后悔没听我的。来，服务员，买单。什么！餐具也要一块一份，赚钱要不要这么拼命啊？"

21

江市刑侦支队的大院里，一辆奔驰S级轿车缓缓驶进停下，从车上走下一位四十多岁、戴着眼镜、一身休闲装扮的男人，他迈着轻松的步子朝办公楼走去。

赵铁民透过落地玻璃指着他。"我们的客人来了。"

"他就是法医陈明章？"严良颇感意外。

赵铁民揶揄他："你是在想凭法医那点微薄收入，怎么开上大奔了？你一个正教授都开不起，这陈明章嘛，要么富二代，要么拆迁户，要么靠脸吃饭吧？"

"最后一条对他有点困难，赵大队长可以把这碗饭吃得很香。"

赵铁民情不自禁地摸了下脸庞，哈哈一笑："法医有钱不奇怪，你过去那位姓骆的朋友不也很有钱吗？"

提起那位姓骆的朋友，严良苦笑着摇摇头，脸上泛着落寞。

"这位陈法医呢，比你那位朋友更有钱，因为他是你那位朋友的老板。"

严良哑然。"他是骆闻的老板？"

"没错。我听别人说，这位陈法医当年私下很有赚钱的门道，炒股特别厉害，早年买了贵州茅台的股票，一口气拿到 2007 年大牛市卖了，赚了一百倍，后来就辞职到江市创业当老板，开了家微测量仪器公司，几年后他邀请骆闻以技术入股，成立了现在这家专门对口我们公安的物鉴设备公司。待会儿关于江阳和张超，你有什么问题尽管问他，我们是甲方嘛。"

不消片刻，陈明章来到了办公室。

十年过去，现在的陈明章是个四十五六岁的中年人，面容虽比起当年少了很多胶原蛋白，眉宇间倒是依然带着一分和他年纪不相符的玩世不恭。

这一次他可没像当年"勒索"江阳八百块那样，管赵铁民和严良要钱，他现在的公司有一大半业务对口公安部门，作为乙方，他进门就掏名片，一口一个"领导"。

寒暄完毕，赵铁民又找了几位专案组成员和记录员共同参加这次会议，彼此介绍一番，表明会议是响应省公安厅号召，大家要本着知无不言言无不尽的态度，共同努力攻克大案。末了，赵铁民笑眯眯地暗示对方，如果你陈明章有所隐瞒，那我赵铁民就会放大招。

立场表达清晰后，严良就开始发问了："陈先生，你还记不记得

2003年有一起命案，嫌疑人同时也是死者，名字叫侯贵平？"

"记得，是我做的尸检。"陈明章没有任何犹豫，脱口而出。

严良拿出了从平康县检察院拿到的尸检报告，出示给他。"这份尸检报告是你写的吗？"

陈明章瞥了一眼就点头。"没错，是我写的。不过——"他微微皱起眉，"你们怎么拿到这份东西的？"

赵铁民微眯起眼打量他。"我们是公安机关，拿到这份材料很奇怪吗？"

"当然奇怪了，这份报告只在平康县检察院有，你们公安跑检察院拿到这份报告，好像不太常见。"

赵铁民和严良相视一眼，连忙道："你说这份尸检报告只在平康县检察院有？"

"对啊。"

"平康县公安局呢？"

陈明章望了他们一圈，随后漫不经心地说："公安局以前有一份伪造的尸检报告，现在可能没有了。"

"伪造的尸检报告？"专案组其他成员都瞪大了眼睛。

陈明章回忆起来："案子经办人是李建国，当时的刑侦大队长，他要我在尸检报告的结论上写溺毙。我是个很有职业操守的人，当然不同意，于是他拿了我的尸检报告，自己在结论上写下溺毙，所以平康县公安局的那份尸检报告上只有盖章，没有我本人的签名。我知道他这么干，为防以后翻案，变成我的责任，我当时就另外写了一份真实的尸检报告保留下来。"

严良问他："就是检察院的这份吗？"

"对。"

严良微微皱眉。"你这份真实的尸检报告为什么会放在检察院？本该销案的案子又为什么会报到了检察院？"

陈明章脸上露出尴尬的笑容。"我……我把尸检报告卖给了江阳。"

"卖给了江阳？"所有人都以为自己听错了，重新确认一遍后，他确实是说卖给了江阳。

严良咽了口唾沫。"好吧，你说说怎么卖给江阳的。"

陈明章只好把当年的交易一五一十地向他们讲述了一遍。原来江阳拿到报告后，费了很大力气，最后才在检察院把侯贵平的案子重新立案，所以检察院保留了这份报告。

严良思索着，又道："李建国擅自伪造了尸检报告，可是我们从公安局拿到的结案材料，里面根本没有尸检报告，伪造的那份去哪儿了？"

"很简单，江阳拿到我的尸检报告后，就开始为此翻案，公安的报告有明显漏洞，自然被人拿掉了。"

"被谁拿掉了？李建国吗？"严良追问。

"也许是他，也许是其他人。法医不管这些。"陈明章含糊地说着。

严良观察了一会儿他的表情，他很自然，不过做大生意的人演技总不至于太过浮夸，不太容易判断他究竟透露了几分信息。过了一会儿，严良问："对江阳你了解多少？"

陈明章双手一摊。"我和江阳只是做了那一次交易，后来又见过几次，我 2007 年就离开了平康，来到江市，交情并不深。"

"你觉得他的为人怎么样?"

陈明章哈哈笑起来:"你们的意思是指他因受贿入狱,还有赌博、有不正当男女关系这些事?"

严良点头。

陈明章摇摇头。"他后来怎么变成这样我不知道,至少一开始我认识的江阳,绝不是这样的人。"

站在落地窗前,严良注视着陈明章坐上奔驰车,渐渐驶出了支队大院。

一旁的赵铁民撇撇嘴。"这家伙,没说实话。"

"至少我们提问的,他都如实回答了,只不过我们没问的,他也没说,他有所保留。"

"你认为他为什么有所保留?"

"也许他不想牵扯到自己,也许……我也不知道。不过我感觉得到,他对江阳的人品持肯定态度。"

赵铁民连连点头。"当说到江阳受贿、赌博、有不正当男女关系时,他语气很不屑。"

"对江阳这个人,我们还需要找更多的人了解。不过首先,我们应该调查一下李建国,照陈明章所说,是李建国伪造的尸检报告。"

这时,赵铁民接了一通电话,过后,他皱着眉有些无奈地说:"恐怕调查李建国会比较困难,他现在的级别可不低。"

"什么级别?"

"清市公安局政委。"

"比你还高。"严良倒吸口冷气,意识到这是个很麻烦的问题,赵铁民是江市支队的队长，根本没权力去调查一个异地城市、级别比他更高的警察。

赵铁民无奈道："我只能找专案组里省高检的同志，说服他们相信侯贵平的这宗案子一定与江阳被害一案存在关联，请他们派人向李建国了解情况。"

严良微微眯着眼。"如果李建国当年在侯贵平的案子上存在某些违法犯罪问题，你会怎么办？"

"不管他当年做了什么，都不在我权力管辖范围内。我只对江阳被害一案负责，如果他与案件有关，也是由省级机关处理。"

一听到这话，严良突然眼睛微微收缩，陷入了思考。

赵铁民发现了他的异常。"你是不是想到了什么？"

"动机。"

"什么动机？"

严良眼神望向窗外，喃喃自语："张超自愿入狱，难道是为了逼迫专案组去调查李建国，为当年的案子平反？不对，为了李建国不需要这么大动静，翻案也不需要付出这种代价。动机到底是什么……"

PART

4

失踪

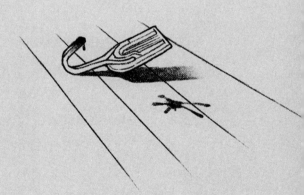

22

2004 年 3 月。

早春时节，寒意依旧。

外面的雨淅淅沥沥，火锅店里，三人围坐在冒着袅袅白气的电磁炉边，听江阳讲述这几个月来的进展。

自从拿到尸检报告，江阳多次跑公安局，要求对侯贵平的案卷材料提档，李建国推诿了几次后，江阳找上了公安局领导，他手续齐全，合法合规，公安局只得按照规定，把材料做了副本交给他。

随后，他开始了重新立案复查的工作。不过在此之前，他还需要找一个申诉人。

当然，刑事案件检察院发现疑点，无须申诉人就可重新立案，但机关单位向来讲究团结，在没有申诉人的情况下，他贸然拿一起两年前的旧案要公安局重查，难免有故意找碴儿的嫌疑。

于是，他和吴爱可去了一趟侯贵平老家，想让其亲属向平康县检察院提出申诉，可是遇到了困难。

侯贵平家在农村。他死后，派出所向家里通报，侯贵平因强奸妇女、性侵女童畏罪自杀，没多久，他母亲就疯了，整天在村里游荡，吃垃圾，又过了些时间，再也没人见过她，不知道她去了哪里，也不知道她是死是活。他父亲是个中学老师，一直是当地受人尊敬的人物，却因儿子的事，羞愧难当，不久之后也自杀了。

侯贵平没有兄弟姐妹，直系亲属都已不在，其他亲戚担心在申诉书上签字会给自己惹麻烦，都拒绝代表侯贵平家属申诉。江阳和吴爱可做了很多工作，告诉他们材料都准备好了，只需要家属签个字，后续不需要再出面，所有事情由他们来负责。最后，终于有一位表舅签了字，表舅为此还和家里人吵了一架。

拿到申诉书后，江阳马上以侦查监督科的名义重新立案，要求公安局复查。

可是立案决定书送达公安局后，大队长李建国亲自把文书送了回来，要他撤销立案，说两年前的案子早有了定论，现在凭一份尸检报告就要翻案，让他们以后工作怎么做？江阳据理力争，说尸检报告明显和结论不符，侯贵平是被人谋杀的，必须彻查抓出真凶。李建国笑称这事他不管，两年前的命案他可没本事查出真相，检察院有本事，就自己去抓真凶吧。

面对如此态度，江阳只好找了吴检。吴检听了事情经过后，起初有些犹豫，怕影响兄弟单位往后的工作，但吴爱可在一旁积极游说，讲述了侯贵平因此家破人亡的事，吴检也不禁为之动容，亲自派人把立案决定书再次送到公安局。

吴检的面子对方还是给的，这一次立案决定书没被直接退回，几

天后，公安局副局长打电话约江阳晚上吃饭。

对方领导邀约，他不得不去。

去了才知道，这顿饭请客的是李建国，副局长是作陪的。李建国先向他赔礼道歉，说过去态度不好，他承认两年前这起案子确实有瑕疵，但那是因为侯贵平死在水库，没有人证物证，案子没法查，临近年底刑警有命案考核的压力，又因侯贵平确实强奸了丁春妹，无奈才把他的死因归结于畏罪自杀。

李建国又劝说，案子过去两年，查出真相没有希望，重新立案也于事无补，只会让当事刑警难堪。副局长也一同劝说，并讲了刑警工作的重重压力。

末了，李建国拿出了几盒烟酒送他。他没拿东西，不过面对公安局的领导，他不能一口回绝，给对方难堪。

回来后，江阳向吴爱可讲了情况，他再一次深陷矛盾之中。

一方面，侯贵平已经死了，现在只知道他死于谋杀，重新立案调查，无非是要查出当年谁杀了他。可案子过去两年，人证物证都没有，就算复查也很难发现真凶。强奸案有精斑留存，证据确凿，这点连陈明章也没有否认。可见侯贵平的人品不值得自己如此辛苦替他翻案。另一方面，公安局副局长说情，大队长道歉，如果他一意孤行，强行要求立案复查，这简直是让他一人顶翻整个公安局，他以后在平康该怎么立足呢？

陈明章听完江阳这几个月来遇到的事，很是理解地点了点头，目光投向吴爱可。"看来小江要放弃立案了，你觉得呢？"

这一次的吴爱可，大概一同经历了几个月来的波折，一开始坚决要彻查到底的锐气没了，变成了向无奈的现实低头，她握住江阳的手，告诉陈明章："他已经尽力了，我也没想到会这么困难。"

陈明章叹口气："是啊，翻案会牵涉很多人，很困难。"

江阳愧疚道："你那时不顾得罪人，把尸检报告给我，现在我放弃了，我……我很过意不去——"

"所以你今天突然打电话来，说要请我吃饭？"陈明章微微一笑。

江阳默然。

陈明章摊手。"其实你没必要自责，当初你给我钱了，我提供尸检报告是应该的。"他从口袋里摸出一个信封，递过去，"你说请我吃饭，我就猜到你大概要放弃立案了，钱我准备好了，还你吧。"

"我不是这个意思。"江阳慌忙推却。

"拿去吧，这里面还是你当初给的那八百块，我分文未动，不过是和你开了个玩笑。"他笑了笑，"我们第一次见面，当我听到你为了侯贵平的案子而来时，我就没想过要收你的钱。之所以和你开这个玩笑，是想试探你是否真有决心为侯贵平翻案。如果这件事在你心中的分量还比不上八百块钱，我一定会建议你不要管。当初见你如此坚决，我才决定把尸检报告交给你。"

江阳红着脸道："我当初是很坚决，可是后来遇到这些事，我——"

陈明章把手一摆。"我完全理解，很明白你的困难，如果我在你这个位置，大概早就放弃了，你已经做了很多。人嘛，总会遇到一些自己想坚持最后却放弃的事。放弃也好，坚持也好，说不上哪个对哪个错。坚持也未必会有好结果。我当年读大学时，苦追过一个女孩，她一早就拒绝我了，可我没放弃，相信迟早会感动她，结果人家毕业

就出国了，我真是要问世间情为何物了。"

在他的调侃中，三人哈哈大笑起来，江阳和吴爱可的手握得更紧了。

这时，陈明章手机响了，他拿起手机看了眼，说了句抱歉，转身离开包厢接电话，过了几分钟，他返回屋内，说："不知这顿火锅能不能再加双筷子，我有个朋友想过来坐一坐，这顿我买单。"

吴爱可揶揄着："陈法医什么时候变这么大方了？"

"喂，我一向很大方的好不好！"

江阳笑着问："还有位朋友是谁？"

陈明章朝门外喊道："八戒，进来吧——他叫朱伟，是个警察，你们可以叫他八戒，也可以叫他猪八戒。"

23

门口探进一张圆圆胖胖的脸，他穿着便服，年纪看着四十岁出头，身材高大，相当魁梧强壮。

朱伟一进屋，就露出一副无奈的表情。"老陈你当着外人的面，能不能积点口德？"

"没事，都是朋友，叫叫无妨，别人又不知道你叫猪八戒。"

"别人还不知道？"朱伟向他们一对年轻人诉苦，"老陈没来我们单位前，我从来没这个绰号，自从有一年夏天他看到我在单位吃西瓜，就开始叫我猪八戒，结果整个单位都知道了，连我老婆跟我吵架都骂我猪八戒。不就吃个西瓜嘛，我哪里招惹他了。"

吴爱可掩嘴笑出声："看得出朱伟大哥脾气好啊，叫你猪八戒你也不生气。"

"他脾气好？"陈明章哈哈大笑，连朱伟本人也笑了起来。

陈明章一脸得意地说："公安局其他人可不敢叫他猪八戒，这是我的特权。来吧，我为你们正式介绍一下我们平康最有知名度的猪八戒警官。"他指着朱伟的脸庞："朱伟呢，正式的外号叫平康白雪。"

"平康白雪？"两人都不解。

"没错，就是平康白雪。"陈明章脸上顿时神采飞扬起来，"我们平康 20 世纪 80 年代出过一位大领导，那位领导退休后呢，有一次回乡探亲，八九十年代嘛，警察力量薄弱，装备也差，安保水平很低，那位领导过来时，只带了一名警卫员。当时那位领导的一个族内长辈被县城信用社人员骗了钱，他就带那位长辈去协商，结果刚好那天有伙人抢劫信用社，包括那位领导在内，很多人被困在里面，虽然警察很快赶到并包围了信用社，但里面的歹徒带了土枪，挟持着人质，警方不敢轻举妄动。这时候我们年轻的阿雪同志，单枪匹马，不带武器进去和歹徒谈判。最后呢，阿雪瞅准机会，使出失传已久的擒拿绝技，三下五除二——"

"行了行了，你就别替我吹了，"朱伟打断道，"真实情况是那伙人也没料到人质里有位大领导，所以一出事，全县警察就马上赶到，里里外外包围了信用社，歹徒自知逃不出去，我用了一些技巧他们就投降了。"

陈法医笑起来："我呢，是夸大了一些，阿雪呢，则过分谦虚了。实际上拿枪的歹徒就一个，阿雪当时制伏住那人后，其他人也就跟着投降了，不过阿雪肚子上中了光荣的一枪。这事外面新闻从没报过，不过平康人都知道。事后，那位领导评价他是平康白雪，在我们土话里，白雪就是最纯洁的意思。阿雪后来果然不负众望，这些年抓了很多歹徒，破过很多案件，最重要的是，他为人刚正不阿，要论在老百姓那儿的口碑，他是当之无愧的平康第一人。"

陈明章把大拇指伸到了朱伟面前，朱伟一把拍开。"好了好了，就这样吧，真受不了你。"

"你们看你们看，他什么都好，就是有一点，脾气不太好，单位里的人都怕他。小江，总是跟你作对的那个李建国，最怕他了，见了他跟见了爹一样。"

朱伟鼻子冷哼一声："那都是以前的事了，现在他可不怕我。"

江阳好奇地问："他为什么怕你？"

陈明章替他回答："原先阿雪是刑侦大队长，李建国是副队长，有一回，阿雪抓了个歹徒，阿雪对待某些罪大恶极的歹徒，确实不太讲究人道主义，结果李建国居然联合歹徒家属，告阿雪殴打犯人，导致阿雪被降级，李建国当了大队长。李建国这家伙因为背后捅刀理亏，全警队都鄙视他，他当然怕阿雪了。现在他做了几年大队长，站稳脚跟了，倒是腰杆硬了，底气足喽。"

"那你们几位局长呢？"

"局里几位领导倒不是怕他，而是烦他。"陈明章苦笑说，"他最爱抓人了，而且抓了就不肯放，为此呢，得罪了不少人。比如打架斗殴这种事，可以行政处罚，也可以刑拘，他老把人往重了处理，我们这小地方人情复杂，常有人跟局里的领导求情，他全不理会，所以嘛，领导很讨厌他，要不然就凭李建国告个状，哪会把他们俩位置对调？不过，阿雪脾气可一点也没改，还是那么正直，这点是我最欣赏的。领导们虽然烦他，可也拿他没办法。"

吴爱可不解地问："为什么拿他没办法？"

"一个嘛，自然是阿雪名声在外，随便把代表正义的平康白雪调走，不论哪个领导下的令，大家都会怀疑这领导有问题。另一个就是机关单位的特点了，你想混得好，自然得巴结领导，不过一个人如果对仕途无所谓，那就没人能奈何得了他。公司里老板讨厌员工，直接开除了事。机关单位里开掉一个人是很难的，他没犯罪，凭什么开除他？顶多调岗。不过朱伟这脾气，领导也不敢随便惹他，谁知道他一怒之下会不会打人呢？所以我一直评价他本质上是个披着警服的流氓。"

大家哈哈大笑，朱伟非但不生气，反而一副很受用的样子。

"那为什么陈法医你不怕他？"吴爱可问。

"我嘛……"陈明章凭空摸了把事实上并不存在的胡子，晃着脑袋，"他想抓人，要没我这个法医鉴定伤情级别，他凭什么抓？"

四人说笑间，新一拨食材煮沸了，便纷纷下筷子吃起来，又叫了几瓶啤酒，觥筹交错，很快相互熟络起来。

酒精作用下，朱伟渐渐红了脸，他又倒了满满一杯酒，突然双手举起来，朝着江阳道："小江，我敬你一杯，我听说了你这几个月的奔波努力，辛苦你了，我先干了。"

江阳看着他突然这么郑重的样子，有些不自在。

"我听老陈说你要放弃立案，唉……"他重重叹了口气，还要继续说点什么。

陈明章连忙打断他："小江有他为难的地方，你要理解一下。不是所有人都像你对前途无所谓，你几岁，小江才几岁？"

江阳略不解地看着他们俩，迟疑道："朱大哥想说什么？"

"我——"

"别说了，吃完就走吧。"陈明章催促道。

朱伟吞了口气，又倒了杯啤酒，一饮而尽，默不作声。

江阳心中已经隐约猜到了什么，但还是忍不住问出来："朱大哥想说什么？说出来吧。"

朱伟点起一支烟，重重吸了口，拍了一下桌子，愤恨道："侯贵平被杀就是因为他举报女孩被性侵，李建国枉法操纵，难道这真相就要永远被埋起来吗？"

江阳干张着嘴，没有开口，不知该说点什么。

陈明章则沉默地坐在一旁，好像肚子很饿，又开始吃起了火锅。

朱伟这句话说完，重重叹了口气，又拿起酒杯喝起来。

四个人的沉默不知过了多久，陈明章拿纸巾擦了擦嘴，道："阿雪，到此为止吧，我去买单。"

朱伟看了江阳一眼，叹口气，别过头去，跟着起身离开。

就在两人已经走到门口之时，江阳不知怎么心中鬼使神差一闪，突然站起身，严肃问："朱大哥，你说侯贵平是因为举报女孩被性侵被人谋杀的，有证据吗？"

朱伟慢慢转过身，停顿了几秒，摇摇头。"我没有证据。"

"那你为什么这么说？"

"有个人告诉我的。"

24

地点换到了茶楼，朱伟点着烟，顾及吴爱可，他拣了靠窗的位置。烟雾缭绕中，他讲述起侯贵平的案子。

案发时，朱伟正在外地办案，过了一个多月才赶回平康。回来后，陈明章告诉了他这起案子。朱伟找到李建国，李建国始终不肯给他看卷宗。他私下调查，却始终毫无头绪。

几天后，突然有个神秘男人打他电话，告诉他，侯贵平死前曾一直举报他的学生因遭到性侵而自杀，而且侯贵平手里握有一份极其重要的证据，这才导致他被人灭口。事后，朱伟查找神秘男子的身份时，却发现对方是在一个公用电话亭打的电话。

联想到李建国如此匆忙结案，还把性侵未成年女性的事嫁祸到了侯贵平头上，而这之前法医实验室遭窃，从受害女生处提取的精斑也恰好失踪了，朱伟不得不开始怀疑，这件事，李建国这位刑侦大队长也牵涉其中。

可是案子已经销案，他手上又无证据，只能眼睁睁看着调查的黄金期流逝。

直到这次江阳出现，以检察院的名义重新立案，他才看到了让真相重新浮出水面的希望。

江阳思索后问："你觉得那名打电话的神秘男子说侯贵平手里有一份极其重要的证据，是真的吗？"

朱伟点点头。"我相信是真的。侯贵平死前已经连续举报了一段

时间，可警方查证后认为他举报的证据不实。既然他举报不实，幕后真凶任凭他继续举报好了，为何冒着最高可判死刑的风险派人杀了他？唯一的解释就是，他手里确实掌握了某个证据，能对真凶构成实在的威胁。"

江阳暗自点头。

朱伟又道："从侯贵平被杀的整件事来看，他举报学生遭人性侵，随后从学生体内提取的精斑在公安局里丢失了，然后他又被人谋杀，并被扣上性侵女童的帽子。这中间几件事，必须有警察配合，加上李建国对案件的处理态度，所以我怀疑李建国涉案。"

江阳小心地问："难道……难道性侵女童是李建国干的？"

"不可能。"朱伟马上否认。

陈明章也摇摇头。

"为什么不可能？不然他为什么要嫁祸侯贵平？"

朱伟给出了一个很简单实用的理由："他怕老婆。"

陈明章笑着点头。"他怕老婆是出了名的，其他方面我不清楚，但男女问题上，李建国一向很干净。"

江阳皱眉道："那他作为一个警察，没理由冒如此大的风险参与其中。伪造罪证，制造冤案，这些可都是重罪。"

朱伟深吸了口烟，叹气道："所以问题也出在这儿。"

陈明章皱着眉，跟着慢慢点头。

江阳不解地看着他们俩。"什么问题？"

朱伟解释道："既然性侵女童绝不是李建国干的，他又甘愿冒如此大的风险参与其中，能指挥得动他冒险干这些事的真凶，势力绝对不一般。"

陈明章看着江阳。"情况就是这些，我们没有保留，案情很复杂，牵涉警察，立不立案，决定权在你。"

朱伟激动起来："小学女生被性侵，举报人被谋杀还被泼上脏水，举报人父母因此羞愧自杀，家破人亡啊！小江，这样的案子如果不能翻过来，我真是……我真是……"

吴爱可忍不住跟着眼眶一红，也开始劝说："立案吧，不管多困难，我和我爸都会支持你的。"

江阳犹豫着道："案子已经过去两年，如果现在重新立案，嗯……能不能查得出来呢？"

陈明章道："当初侯贵平一直举报苗高乡一个叫岳军的小流氓性侵他的学生，岳军被抓了，可我比对过精斑，不是岳军干的，证明另有其人，但岳军一定是知情人。并且我一直怀疑，侯贵平强奸丁春妹与他被谋杀发生在同一天，哪有这么巧合？既然性侵女童是别人陷害他的，为什么强奸妇女不能也是被陷害的呢？如果重新立案，找到这两个当事人，我相信真相一定会水落石出的。"

朱伟从江阳犹豫的态度中看到了希望，拍着胸口保证："只要你立案，我一定毫不保留地用行动支持你！"

江阳低头思考着，案子的复杂程度逐渐浮出了水面，明面上的涉案人就有李建国这级别的，背后能指挥李建国的势力可想而知。他一个年轻检察官，光为立案就折腾了几个月，而要翻案，查出真凶，牵出所有涉案人，难度可想而知。

可是如此一起冤案，如果不能平反，那他为什么要当检察官，

难道只为了以后能当官？这样的自己，渐渐变成了一个让他很讨厌的人。

其他三人都在盯着他，等他做出最后的决定。

过了很久，他抬起头，望着他们期待的眼神，缓缓点头。"好，那就查个水落石出！"

25

2004 年 7 月。

李静再一次来到了平康县。

毕业两年后的李静，已经当上了一家外企的小主管，白色短袖衬衫紧紧包裹着她美好的身材，职业女性比起当年的学生，又多了一种魅力。

"他是？"李静看到走进茶楼包厢的江阳、吴爱可身后，还跟着一个中年男人。

江阳介绍说："他是负责复查侯贵平案子的刑警，我们常叫他小雪，你也可以叫他雪哥。"

"小雪？"李静见一个粗壮的中年男人叫小雪，很是别扭，只好害羞地跟着点头打招呼。

江阳揶揄着："他本名叫朱伟，总不能叫他伟哥吧？他可是平康刑警一哥，正义的化身，外号平康白雪，所以我们叫他小雪。"

朱伟轻笑一下，几个月接触下来，他和江阳已经熟络，丝毫不在意江阳的玩笑。

江阳又道："小雪听说你来平康找我们，执意要过来跟你见一面，希望能亲眼看到当年侯贵平写给你的最后一封信。"

"信我带来了。"

四人落座后，李静拿出了信，信用透明塑料纸小心地包着，看得出她很细心。

朱伟接过信，很仔细地看了一遍，点头道："这是你男朋友——"

李静尴尬地打断他："我现在有男朋友了，如果可以的话，我希望——"

朱伟连忙拍着脑袋，道："抱歉，是我口误，都过去好几年了，你现在还能过来已经太好了，我非常感谢你。"

"不不，我很关心侯贵平的案子，江阳一跟我说，我就过来了。只是……只是我不想再提及男朋友这个称呼，希望您能理解。"李静礼貌地解释。

"当然理解。"朱伟马上纠正了称呼，"侯贵平在给你的信上提到他发现了一个重要证据，这和我们的猜测也是一样的，不知道他有没有向你说过证据是什么？"

李静回忆了一阵，摇摇头。"没有。"

"他经常和你打电话吗？"

"不，那时我们都还没手机，他那儿打电话不太方便，要跑到离学校挺远的一个公共电话机旁，我只能在寝室接电话，我又经常要上晚自习，听课，参加各种活动，回到寝室的时间不固定，所以我们大部分靠写信联络。"

"那除了这最后一封信，其他信里还有提到过什么吗？"

"没有，他不想给我压力，很少谈到举报的事，只会安慰我。小板凳没来找过他麻烦，江阳说小板凳不是侵犯女孩的凶手，我就不知道还能有谁了。"她抿起了嘴巴，过了几秒，突然想起来，"对了，那段时间他曾经问我借过相机，我就把一台新买不到半年的相机邮寄给他了，后来他死了，我也没见过那台相机了。"

朱伟皱起了眉头。

江阳思索着说："答案应该就是那台相机了，卷宗里有一份现场遗物清单，我记得没有相机。"

朱伟道："看样子侯贵平是拍到了某些照片。"

江阳不解地摇起头来。"性侵女童案都已经发生了，女童也自杀了，侯贵平能拍到什么作为实质性证据的照片，让对方这么害怕？不可能啊。"

朱伟冷哼一声："不管拍到了什么，现在都没用了，相机既然丢了，自然是被人销毁了。"

听着他俩自顾自地分析，李静不懂，只好问："你们案子查得怎么样了？"

他们脸上瞬间都没了表情。

吴爱可嘟着嘴说道："案子上个月才重新立案，他们刚刚开始着手查。"

"怎么花了这么久啊？"李静不由得露出了失望的表情。

江阳愧疚道："和你上一次见面，隔了一年了，确实……确实太久了，我很对不起你。"

朱伟替他开脱："你不要怪小江，这并不是机关单位办事拖沓，相反，小江一直在为这件事奔波。重新立案很不容易，小江做了很多工作，克服了重重阻力。"

李静点点头。"接下来就可以正式调查了吗？还要多久能翻案？"

朱伟咬了咬牙。"现在虽然立案了，但这案子牵涉众多，单位里也有人阻挠，没办法大规模展开复查。坦白说，我手下人手有限，至于最终水落石出的时间，我并不知道。"

李静低头道："张老师说的是对的，就算立案了也没用，调查肯定很困难。"

"又是你们那个班主任！"朱伟不由得恼怒，他听江阳说起过这事，"你们那个张老师这么聪明，一开始就发现了尸检报告的问题，为什么当初不举报？事情藏着掖着能让真相大白吗？"

"张老师说举报了也没用。"

朱伟一下子激动起来。"放屁！要是人人都这么想，案子还怎么破？要是人人都息事宁人，谁为死者讨公道，谁为犯罪付出代价！"

李静默不作声。

江阳劝说道："张老师也没恶意，毕竟是他先发现了侯贵平案子的疑点，他只是个大学老师，能做的有限。"

"他第一时间发现疑点，可是什么也没做，这有什么用？如果他第一时间举报，说不定第一时间就能重新立案调查，说不定早就真相大白了，还需要拖到几年后调查？无非是他怕自己惹上麻烦，可死的是他的学生，这样的大学老师，哼，我看也就这样了！"朱伟愤愤不平。

李静的脸上阴晴变化着，默不作声。

过了一会儿，吴爱可岔开话题："雪哥，现在追究这些也没用，我们得想个办法看看怎么查几年前的案子，只要证据拿出来，翻案、抓获真凶都是迟早的事！"

朱伟伸出大拇指。"果然是检察长的女儿，一身正气，比什么大学老师高明得不知道到哪里去了。"

吴爱可连忙谦虚道："哪里哪里，比起平康白雪，我只能站在雪山脚下抬头仰望了。"

四人不禁笑起来，刚才沉闷的氛围一扫而空。

朱伟指着侯贵平的信。"你现在有了男朋友，留着侯贵平的东西也不合适，不如这份东西让我保管吧？"

"当然，"李静点头表示感谢，"侯贵平的案子，就全拜托你们了。"

朱伟眼睛一瞪。"什么话！查清这案子的真相，本就是我们的工作。"

26

赵铁民带着严良进审讯室后，转身关上门离去，张超奇怪地看了严良一眼，脸上却露出了微笑。"严老师，今天就我们两个？"

严良点点头，同样微笑地望着他。"对，就我们两个。"

"这好像不符合审讯规定。"

"所以，今天不是审讯，也不需要做笔录，只是我们俩的一场私人谈话，谈话内容我会有选择性地保密，包括对刚刚那位赵队长。"严良指着头顶的监控探头，"监控关了，探头对着空白处，拍不到你，也没有录音，如果你依然有所怀疑，我可以让警察暂时解除对你的限制，你来搜我的身。"

张超身体向后微仰着，面无表情地观察了对方一会儿，突然从容地笑起来："不用，我深信不疑。"

"很好，"严良缓慢地点头，认真地看着他，然后依旧缓慢地问，"你到底是什么动机？"

"我不明白你说什么，我是被冤枉的，我没有杀人。"

"我从没怀疑是你杀害了江阳，只是……"他略一沉吟，忽笑道，"好吧，这个问题留到最后再问。我们先聊聊，江阳是个什么样的人？"

"一个检察官中的败类，一个受贿、赌博、有不正当男女关系的前公务员。"

"既然他人品这么坏，那你为何要交这么个朋友，又借钱帮他？你可是个事业有成家庭幸福的大律师，人以群分，说不通。"

"我博爱，普度众生嘛。"

两人同时大笑起来。

严良饶有兴味地望着他。"侯贵平也是你的学生，侯贵平是个什么样的人？"

"你的印象呢？"

严良盯着他。"你在试探我们的调查进度吧？"

张超没有说话。

"我们已经找过陈明章，知道侯贵平是被人谋杀的，而不是自杀的，但是仅有的案件材料里，并没有记录他死亡前后发生了哪些事。我想最直截了当的办法是来问你。"

张超依然望着他没有说话。

"你不需要试探我的诚意,我是个大学老师,并不是警察,更不是官员,我的工作,只是寻找最后的真相。"

张超慢慢地挺直了身体,开口道:"侯贵平是个好人,一个正直、善良、阳光的孩子。那会儿他在苗高乡当支教老师,他的一个女学生自杀,而且他发现,女生死前曾遭人性侵,此后,他一直在举报,直到他死。"

"他在举报谁?"

"一个当地的小流氓。"

"警察查了吗?"

"查了,不过比对过精斑,不是那个小流氓的。"

严良思索了一会儿,微微皱眉。"既然举报的内容不实,那么最终性侵女生的犯罪者就任他举报好了,为何要冒险把侯贵平杀了呢?"

张超笑着摇摇头,没有答话。

"你知道答案?"

"知道。"

"现在还不能告诉我?"

"现在没必要说,你迟早会知道的。"

严良没有勉强他,笑了笑:"那我就不急于一时了。我们来谈谈另外一个人,李建国,你一定知道他吧,他是个什么样的人?"

张超轻蔑一笑:"侯贵平的尸体被发现后,李建国第一时间下结论侯贵平是畏罪自杀的,江阳得到尸检报告后,要求立案复查,他也百般阻挠,最后在江阳的各种努力下,才重新立案。至于李建国究竟是为了破案率、个人面子，还是有某些其他目的，我没有任何证据，就不做衍生性猜想了。"

"照你的表述，当年的江阳是个正直的检察官，为什么会变成后来这个样子呢？"

张超笑起来："如果仅仅从几份材料中就能看出这是一个什么样的人，那么对人的定性未免跟那些材料的纸张一样，太单薄了。"

严良点点头。"我明白了。"

"你早晚会明白的。"

严良吸了口气，道："不如回到我们最初的问题。如果仅仅是平反案子，根本不需要如此大动静。如果想让当时的罪犯和责任人伏法，也没必要绕这么大圈子。我实在不理解，你的动机到底是什么？换句话说，你最终想让我们怎么样？"

张超笑了笑："你们继续查下去，很快就会知道我想要什么。"

"我知道是这样，不过给点提示会更快吧？"严良调侃着。

张超思索片刻，道："最了解江阳的人，是朱伟，你们可以找他谈谈。"

"朱伟是什么人？"

"平康白雪！"

27

2004 年的夏天，江阳第一次来到苗高乡。

他们一行三人，朱伟还带着一个入职不久的年轻刑警，专门负责

记录，因为调查至少要两个警察同行，否则结果无效。

顶着炽热的太阳，站在公交车下车口，望着面前多是破旧房子的苗高乡，江阳不由得感慨："果然是贫困山区啊。"

相比周围近乎原生态的环境，他们携带的手机、笔记本电脑等现代工具，显得格格不入。

朱伟笑道："比我几年前来时有进步，你瞧，那边有好几栋水泥房了，过去这里可全是黄泥房。"

江阳抹了抹头上的汗珠，感到吸进的每口气都是火烧过的，抱怨道："小雪啊，你要真是白雪该多好啊，这天气烤死人了。"

朱伟拍了下他的脑袋。"你们检察官办公室坐惯了，哪里知道我们一线调查人员的苦，今天已经很好了，我们是去找活人谈，这天气要是出个命案，跟死人打交道，那才叫惨。走吧，早点找到人问完情况，要是晚了没回去的公交，怕是得找农户借宿了。乡下跳蚤多，你这细皮嫩肉的吃不消。先去找那个报警说自己被强奸的寡妇丁春妹吧。"

他们俩此前商量过怎么调查这起案件，发现困难重重。

物证方面，只有尸检报告证明侯贵平并非死于自杀，其他一概没有。可究竟是谁杀的？不知道。就算是岳军杀的，他们也没证据。

所以只剩下人证了。

他们相信这起案子牵涉众多，肯定会有相关人证。只要找出人证，再进一步调查，自然会有物证冒出来，到时收集齐所有证据就行了。

经过简单打听，他们很快问清了寡妇丁春妹的家。她家离学校不远，开了间小店，卖些食品饮料和儿童玩具等杂货。

柜台里没人——除了一个两三岁的小男孩，小男孩正专心致志地研究手里一个会发光的溜溜球。

江阳朝里喊了句："有人吗？"

男孩抬头看到他们，立马转身跑进屋，大声喊着："妈妈，妈妈，有人来买东西。"

听着孩子喊丁春妹"妈妈"，两人心下一阵疑惑。

转眼间，孩子跟着一个妇女走了出来，妇女看起来三十多岁，穿了件白色的 T 恤，身材丰腴却不失婀娜，面容比一般农村妇女好看多了，看着他们用土话问："要买什么？"

江阳用普通话回答她："拿三瓶雪碧，再拿三支棒冰。"

他自己开了冰柜，拿出东西，给了钱。

妇女听他是外地口音，好奇问了句："你们是贩子吧，这季节来收什么？"

朱伟掏出警官证，在她面前晃动了下。"我们不是贩子，是警察。"

妇女微微一愣，笑了笑，没有答话。

朱伟从江阳手里接过棒冰，边吃边问："你是丁春妹吧？"

"对，你们认识我？"她有些忐忑，无论谁面对警察找上门，都会忐忑。

朱伟指了指她身边的男孩。"这是你的小孩？"

"对。"

"什么时候生的？"

"这……"

"你这几年好像没有结婚吧？"

135

"是……"

"是你生的吗？"

"我……"丁春妹有些惊慌。

"你这小孩怕是——"

朱伟话说到一半，被江阳打断："你让孩子回屋子后面玩会儿，我们有话问你。"

丁春妹唯唯诺诺地应承着，拿了支棒冰，哄孩子到屋后自己吃去。

待她回来后，江阳道："听说农村有很多买小孩的，你这孩子该不会是从人贩子手里买的吧？"

丁春妹连忙摆手否认："不是不是，不是买的。"

江阳冷笑道："乡里对严禁买卖儿童肯定宣传很多遍了，你这行为——"

丁春妹忙说："这不是我小孩，是我朋友的，我帮忙带这孩子。"

江阳思索了片刻，心想帮朋友带孩子，孩子不至于喊她妈妈吧，其中必有缘故，他们本是找她问当晚报案强奸的事，谁承想竟发现个疑似被拐卖的小孩，正好抓住这个把柄来让她交代实情，便道："你哪个朋友的小孩，为什么会叫你妈妈？这事情我们要查仔细了，如果孩子是拐来的，你这是要坐牢的。"

"真是……真是我朋友的小孩。"她显得很慌乱，手足无措。

"哪个朋友？叫过来。"江阳看出了她的惊慌，更觉孩子有问题。

丁春妹掏出一只蓝屏手机，拨起电话，打了好几次，都没人接，她更是焦急。过了几分钟，她终于放弃，转身道："电话现在没人接，等下看到了他会回我的，真是我朋友的小孩，我没骗你们。"

"行，这事情先放一边，我们会调查清楚的。"江阳道，"我们来找你，是要问你一件事。"

朱伟示意带来的年轻刑警开始做记录。

"什么事？"

"三年前你到派出所报案，侯贵平的事，你应该不会忘记吧？"

听到"侯贵平"这三个字，丁春妹的脸瞬间变了颜色。

28

丁春妹的表情传递出来的信息逃不过他们的眼睛。

朱伟板起脸问她："三年前那晚，你跑到派出所报案，说侯贵平强奸了你，这事情你应该记得很清楚吧？"

丁春妹低头没说话，似是默认状。

"他是直接把你从家里拉到他宿舍的吗？"

"不是，我……我去他宿舍借热水，他……他趁机强奸了我。"

"几点的事？"

"7……7点多。"

"是吗？"朱伟口气很冷硬，"为什么你要跑去学校借热水，你这附近住了这么多人家，7点多大家还没睡吧？你从这里走到侯贵平宿舍要五六分钟，为什么近的不去，跑那么远？"他指了指周围，几十米外还有几户石头房子。

丁春妹顿时脸色发白，当初警察并没有问过她这个问题，她迟迟不语。

江阳冷声道:"好好回答!在警察面前不要撒谎,你如果说假话是要吃苦头的。"

"是……是,我去旁边人家家里借过了,别人家没热水,所以……所以我跑学校里去看看。"

朱伟冷笑:"是吗?你都借过了,别人家没热水,对吧?"

"对……是这样。"

"那么,这户借过了?"朱伟手指向旁边一户最近的人家。

"借……借过。"

"那户呢?"他指向稍远点的一户。

"借过。"

"那户呢?"他指向斜对面的一户。

"我……我想不起来了,都……都这么久了,我忘了,我只记得借了几户都没有,才跑学校里去看看。"

朱伟看向年轻刑警。"这几户人家都记好了吗?"得到肯定答复后,他满意地点了点头。

江阳咳嗽一声,瞪着她。"你说借过的这几户人家,我们都会去调查的,如果发现你撒谎,那么——"他冷哼一声,没再言语。

丁春妹脸色更是惨白,一直低着头,不敢看他们。

朱伟又继续追问:"你到侯贵平宿舍后,他就强行把你拉进去,这过程没人听到动静吗?他宿舍对面就是学生宿舍,也就隔着二三十米。"

"我……我被他吓住了,不敢叫出声。"

"侯贵平放了你后,你马上去报警了?"

"是。"

"在这期间你有没有遇到什么人，告诉他侯贵平强奸你的事？"

"没……没有。"她眼神中透着慌张。

"你说你 7 点多去了他宿舍，后来派出所记录里写着你 11 点多跑到派出所报警，扣掉你跑到派出所的时间，也就是说，侯贵平强迫你在他宿舍待了足足三个多小时？"

"是。"

"这期间你一次都没呼救过吗？"

"没……没有。"

"这期间有谁来找过侯贵平吗？"

"没有。"

"侯贵平后来死了，你觉得他是因为你这件事畏罪自杀吗？"

"我……我不知道，他自作自受。"

朱伟鼻子哼了声，刚想继续问她，便被身后传来的一个男人的土话声打断："春妹，打我电话有事啊？"

朱伟和江阳同时转过身去，朱伟眼中一亮，认出了走过来的这个男人——小板凳岳军。

29

江阳三人都穿着便服，朱伟认识岳军，岳军不认识朱伟。他原以为站在店门口的两个人是顾客，走近了看到还有一个人坐着做记录，又注意到丁春妹的脸，隐约觉得不对劲。

"小板凳。"朱伟脸上挂着怪笑。

岳军隐约觉得来者不善，但还是强撑气势，没好气地反问："你谁啊？"

朱伟走上前，伸出一只手抓住他肩膀，凶巴巴地问他："屋子里那小孩是你的？"

岳军一把打开他的手。"你他妈谁啊？"

朱伟掏出警官证，在他面前晃了晃。

岳军马上萎靡了，但嘴巴还是很硬："找我干吗？我又没犯事。"

"丁春妹说屋里那小孩是你的，对吧？"

岳军脸色微微变了变，兀自道："是我的，怎么了？"

"你结婚了吗？哪儿来的小孩？"

"我……我捡来的！"

朱伟哈哈一笑："哪里这么容易捡？帮我也捡个来。"

"我……我就是捡来的，有人放我家门口，我总不能把这孩子饿死吧？是我捡来的！民政局都登记过！"

"登记过了，也不一定就是合法的啊。"朱伟打量着他，突然压低声音，严肃喝道，"群众举报你诱拐小孩，跟我走！到派出所老实交代清楚，小孩到底是怎么来的！"

朱伟撸起短袖走上前，一把揪住他胳膊，岳军本能地打开朱伟的手，朱伟一个巴掌呼到了他头上。原本朱伟就很壮实，岳军哪里是朱伟的对手，加上这些年朱伟抓罪犯养成的气势，岳军在下一秒就放弃了反抗的念头，连声哀求："放手放手，我跟你走，哎哟哎哟。"

朱伟从包里掏出手铐，把他铐了起来，放到一边，走过来凑到江阳耳边，神秘一笑："你和丁春妹先聊着，等我好消息。"

他们走后，江阳自行拉了条店里的凳子坐下，示意对方也坐，摆出办案的架势，道："我现在问你的话，你要老老实实地回答，年轻刑警的录音和笔录都会一五一十记下，明白没有！"

他工作时间不长，实际办案经验不多，不过纪委和检察院是联合办公的，违纪官员被带到检察院审问他看得很多了。

朱伟也传授了他一些经验，审问时态度一定要严厉，严厉并不是凶，因为遇到有些老油条，审讯人员越凶，他们反而会看透你手里压根儿没牌，是在故意吓唬人呢。玩同花顺不能把把都梭哈^[1]"偷鸡"，自然，审问时也要真真假假。

果然，丁春妹很顺从地回答："明白了。"

"说，你和岳军是什么关系？"

"我们……我们……"

"说实话！"

"我们……有时候他在我这里过夜。"

江阳点点头，这关系从刚刚两人的神情中也可猜出大半，城市里叫情人，农村叫姘头。

"他经常来找你吗？"

"嗯……有时候。"

"一个月几次？"

"不好说，三四次，五六次。"

---

[1] 网络流行词，指将全部资产作为赌注，孤注一掷的行为。

"你和他是从什么时候开始这种关系的？"

"几年前。"

"具体什么时候！"

"大概……大概 2001 年。"

"侯贵平死前你和岳军已经是这种关系了？"

"对。"

江阳微微眯了下眼睛，停顿着没说话。丁春妹抬起头，发现对方正在盯着她的眼睛。

江阳放慢了语速。"我们现在已经查出来，侯贵平不是自杀的，他是被人谋杀的！"

丁春妹瞬间眼角抖动起来，指甲掐进了肉里。

"谁杀了侯贵平？"

"我……我不知道。"丁春妹很是慌张。

"侯贵平死前和岳军多次发生冲突，岳军扬言要弄死侯贵平，你说侯贵平强奸了你，以你和岳军的关系，你自然会把这件事告诉岳军，他怀恨在心，所以跑去杀了侯贵平，对不对！"

"不是不是，他没有杀侯贵平。"

"这件事你也知道，你也有份，对吧？"

"没有没有，不关我们的事，侯贵平真的不是他杀的！"丁春妹紧张地叫起来。

江阳一动不动地盯着她。"那是谁杀的？"

丁春妹慌忙低下头。"我不知道。"

此后，无论江阳怎么问，丁春妹始终否认她和岳军杀了侯贵平，在谁杀了侯贵平这个问题上，她坚称不知道。

一个多小时后，朱伟满头大汗地赶回来，把江阳拉到一旁，低声道："岳军坚称孩子是捡来的，还去民政局办过收养手续，是用他父母的名义。不过很奇怪，派出所户口登记里，这小孩没姓岳，姓夏天的夏。"

"为什么？"

"不知道，这孩子户口是冬天上的，又不是夏天捡来的，岳军只说他有个朋友姓夏，当孩子干爹，所以跟着他朋友姓。这事先别管了，我刚才问了旁边的几户人家，他们说丁春妹从来没去借过热水，农村最不缺的就是柴火，哪里会没热水。"

江阳心领神会。

朱伟转过身，望着坐立不安的丁春妹，肃然喝道："周围那几户人家我都问过了，你从来没有向他们借过热水，你撒谎！"

"可能……可能隔了几年，他们忘记了。"丁春妹连忙想出这个理由。

朱伟冷笑："是吗？可是岳军在派出所交代了一些对你很不利的事情。"

他们注意到丁春妹的神情更加慌张了。

江阳轻轻握住了拳，试探性地问了一句："说实话！侯贵平到底有没有强奸你！"

丁春妹脸色一瞬间惨白，嘴角微微抖着。

看到这个表情，两人都是一喜，江阳是根据丁春妹撒谎说借热水这一点，怀疑强奸一事很可能存在隐情，于是故意试探，她这副表情毫无疑问证明他们的猜测是对的。

江阳更加有信心了。"他说你报了假警，此外，他还交代了一些事情，我们要跟你好好核实，你不要想着继续隐瞒了，他都招了，你坦白交代，我们会从宽处理。否则——"

"我……"丁春妹眼睛一红，忍不住哭了出来，"我没想到事情会这样，我真没想到侯贵平会死。"

30

在朱伟和江阳的连番攻势下，丁春妹这个并没有多少应付调查经验的农村妇女的心理防线很快崩溃，交代了当年的真相。

当初岳军给了丁春妹一万块钱。

2001年，一万块钱还是很值钱的，在县城上班的普通人，工资是四五百块，一万块差不多抵普通人上班两年的收入，对农民而言则更多。岳军要丁春妹做的事很简单，勾引侯贵平睡觉，然后到派出所告他强奸。

对丁春妹而言，勾引侯贵平睡觉并不会让她为难。她年轻守寡，又有姿色，总有年轻人来勾搭，贞节牌坊是不用立的。可是跑到派出所告对方强奸这事，丁春妹犹豫了，这是诬告，谁愿意没事跑到派出所找麻烦？

岳军几句话就打消了她的顾虑：只要侯贵平和她睡了，谁能证明她是诬告？只要一口咬定侯贵平强奸就行了，派出所肯定向着本地人，哪能帮外地人？何况，简简单单的一件事，一万块到手，这个诱惑实在太大了。

丁春妹唯一的顾虑是侯贵平拒绝她，但岳军说侯贵平喝了酒，酒里有药，他又处于欲望最强的年纪，独自待在他们这穷乡僻壤，这捆柴，一点火准着。

那天晚上岳军找到她，说侯贵平把酒喝了，让她现在过去。她去找了侯贵平，借口借热水，进屋勾引侯贵平，于是就和侯贵平发生了关系。她按照岳军的吩咐，用毛巾擦了些侯贵平的精液，带了回来。

朱伟和江阳听完这段讲述，震惊了。

他们马上推断出下一个结论：在侯贵平屋内发现的女童内裤上的精斑，就是那块毛巾擦上去的。

先拿到精液，再谋杀侯贵平，然后陷害，这是一个完整的局啊！

江阳强压下心头怒火，这件事太恐怖了！在警察去找侯贵平之前，侯贵平已经被人带走杀害了，而歹徒把带着精斑的女童内裤藏在了他宿舍内，将性侵女童导致其自杀之罪嫁祸给侯贵平。而此前从女童体内提取的精斑在公安局里丢失，导致无法与侯贵平的精斑进行比对，才让嫁祸顺理成章。此案再次超出了他的想象。

胆大包天！

朱伟紧握着拳头，嘴唇颤抖着问："这一切都是岳军指使的？"

丁春妹老实地点了点头。

"侯贵平是岳军杀的？"

"不是不是，"听到这个问题，丁春妹连连摇头，"侯贵平在水库被找到后，岳军也很害怕，跟我说，他不知道侯贵平会出事，闹出人命来，他也吓坏了。"

朱伟慢慢凝神盯住她，道："一万块钱是岳军给你的？"

"对。"

"这钱是他自己的，还是哪里来的？"

丁春妹慌张道："我不知道。"

"你和他相处好几年了，这件事你怎么可能没问过他，你怎么可能不知道？"

"我真不知道，你别问我，你去问他吧。"

朱伟怒喝道："他我自然会问，你现在给我交代清楚，这钱到底是谁出的！"

丁春妹无言以对。过了一会儿，她双手捂起脸，大哭起来。

朱伟喝了句："号个屁，再浪费时间，现在就把你带看守所关起来审！"

丁春妹马上止住了哭。

"说，谁出的钱！"

丁春妹哽咽着，显得万分犹豫。"我……我问过岳军，他说，他说这件事千万千万不要传出去，我们得罪不起，要不然下场跟侯贵平一样。"

"我问你，他们是谁！"

"我……我不是很清楚，听岳军提过一次，好像……好像是孙红运的人。"

"孙红运！"朱伟咬了咬牙，手指关节捏出了响声。

这个名字，江阳倒是第一次听说，但看朱伟的样子，他显然知道这人。

朱伟深吸一口气，又问："那块毛巾去哪儿了？"

"我拿回毛巾后，先赶回家，岳军看我拿回了毛巾，就给他们打了电话，他们让他马上就把毛巾送过去。"

"后来你过了多久去报的警？"

"岳军回来后，就让我一起在屋里等着，大概过了一个小时，岳军接到他们电话，让我马上去报警。"

江阳思索着这些信息，显然，对方拿到毛巾后，趁精液未凝固涂到了女童内裤上，然后去侯贵平宿舍下了手，布置妥当后，让丁春妹去派出所报警，一切都在计划中！

问完后，江阳把笔录递给丁春妹，让她把笔录抄一遍，做成认罪书。

这时，他看到朱伟紧皱着眉头，兀自走到门口，点起一支烟，用力地吸着。他也跟了出去，道："怎么了？是不是……你刚刚听到孙红运这名字，好像神情就不太对劲。"

朱伟眼睛瞪着远处的天空，猛抽了几口烟，又续上一支，恼怒地点点头。

江阳狐疑问："孙红运是谁？"

朱伟冷哼道："县里一个做生意的。"

"这个人是不是比较难处理？"

朱伟深吸一口气，过了许久，才叹息道："这人听说年轻时在社会上混得很好，黑白通吃。20世纪90年代我们县里的老国营造纸厂改制，当时资不抵债，孙红运把造纸厂收购了，我想你也猜到了，那家造纸厂后来改名叫卡恩纸业。被他收购后，厂子效益越来越好，成了县里的财政支柱。就在几天前，卡恩纸业在深交所上市了，不光是平康县，这可是清市第一家上市公司。"

　　江阳沉默着。平康县最高的一座楼就是卡恩集团的，最大的一片地也是卡恩集团的。清市位于本省西部，多是山区地形，经济远比不上本省东部的那几个城市，平康县自然更加落后。而卡恩是全县最大的企业，贡献了县财政三分之一的收入。厂里更是有着几千名员工，是关乎社会稳定的基石。卡恩纸业在深交所挂牌上市，市领导班子集体到县里庆祝，全县都在热烈宣传。

　　如果是卡恩的老板孙红运涉案，这个时候抓了老板，会怎么样？

　　清市唯一一家上市公司，刚上市老板就被抓？厂里还有几千名员工，这在领导看来，是影响社会稳定的大事。

　　怎么抓？

　　县公安局会批吗？市公安局会批吗？当地政府班子会同意吗？

　　江阳瞬间感到前所未有地困难，仿佛前路一片渺茫，就算现在眼睁睁看到孙红运亲手杀人，要办他恐怕也要颇费周折吧。

　　这时，朱伟接到一个电话，挂断后，回头道："局里通知我晚上要抓捕一个盗抢团伙，我先走一步。你留在这儿等她写完材料，人先不用带去派出所，你是检察官，办不了公安的手续，谅她一个人也跑不了。等过几天抓捕行动处理完了，我再来找你。"他顿了顿，胸膛起伏着道："管他什么上市公司老板，这么大的刑事命案一旦证据确凿，天王老子也保不了他，看着吧！"

31

　　接下来的几天，江阳打过几次朱伟手机，朱伟总是关机，只有一次回复他正在带队日夜蹲点抓捕犯罪团伙，等过几天再找江阳。

而从苗高乡回来，知道了孙红运这个名字后，江阳每天上下班，都会绕一圈远路，经过卡恩集团的大楼看一看。

他并不指望朝里张望一眼能发现什么线索，只是自从知道孙红运涉案，他本能地想亲眼看一看孙红运到底是个什么样的人。

不过未能如他所愿，他一次也没见过孙红运，可是有一天下班回家的路上，他看见岳军抱着那个疑似被拐来的小孩从卡恩大楼走出来，他心中莫名有种不太好的预感。

第二天他坐上中巴车重新回到苗高乡，找到了丁春妹的小店，却见店门紧闭，敲了好一阵，无人应答，向旁边邻居一打听，得知丁春妹这几天都没开过店门，像是不在家。

畏罪潜逃！

他急忙掏出手机打给朱伟，幸好朱伟此刻手机开着。

"丁春妹家里没人，旁边邻居说她这几天都不在家，怕是潜逃了！"

朱伟做梦也没想到丁春妹这样一个女人会选择潜逃，她虽然报假警，但侯贵平不是她杀的，那天他们也向她宣传了政策，她的行为虽然属于犯罪，做伪证，但性质并不严重，主观上她并未预料到侯贵平会死的结果，并且有主动交代的从宽情节，只要她将来出庭做证，检方就会建议法院判缓刑。

可是她却潜逃了！

一个可以适用缓刑的证人，却选择了最笨的方法——逃跑！

朱伟连忙叮嘱："你等着别走，我马上带人过来！"

一个小时后，朱伟开着警车，带着两名刑警和陈明章赶到丁春妹

家门口。

江阳奇怪地问："陈法医来是……"

朱伟冷声道："跟你打完电话后，我细想这事情蹊跷，我不相信丁春妹会为这事潜逃当通缉犯，老陈听了后说他来现场看看。"

朱伟打电话叫来了镇上的派出所警察做见证，他们撬开了小店的木门，初一看就觉得不对劲。

店里的货柜上，有一片玻璃裂了，从一个点发散出辐射状的裂纹，另一片玻璃不知所终。

陈明章缓缓地走进屋，站在原地看着这一幕，道："玻璃本来就这样吗？"

江阳和朱伟异口同声地回答："不是。"

陈明章摸了摸额头，慢慢地绕着屋子走了一圈，讲解道："从地上的痕迹看，屋子新近被人用扫帚打扫过。"

他走到货柜旁的一面墙边，那里钉了枚挂钩，他低头仔细地看着这枚挂钩，咂咂嘴："有血。"

江阳他们连忙上去观察，果然，挂钩前端有少许的淡红色痕迹，不注意根本发现不了。

朱伟皱眉道："你肯定是血？"

陈明章笑道："我的专业水平不可能把血和油漆搞混，是血，时间不太久，没几天工夫。"

这时，江阳说出了昨天傍晚的事，他下班路过卡恩大楼，看到岳军抱着那个小男孩从里面出来，小男孩本该是丁春妹在抚养，现在在岳军手里抱着，所以他才会有不好的预感。

朱伟咬着牙，过了好一阵，他一拳砸到墙上，怒道："抓岳军，带回去！"

他转头离开小店，到了外面，嘱咐两名一同过来的刑警去向周围的人打听这几天的异常情况，他则带着民警直奔岳军家。

32

"我不跟你多说，打发他律师走，岳军我关定了。岳军那小子哪里来的律师！你替他请的吧！你说我手里没证据，哼，我等下就带证据过来！"小餐馆里，朱伟嘴里叼着的香烟像旧时代的轮船一样往外吐烟。

挂断电话，朱伟撸起袖子怒骂："人他妈才抓了一天，李建国就催着我放人，管到我案子上来，他百分百是孙红运养的！"

"你是不是还没把我们手里有丁春妹认罪书的事告诉局里？"

"当然，我故意留着的，不让他们知道我们的底牌。我就是要看看，到底单位里哪些人对这案子着急。岳军抓来才一天，你看，李建国就急了。"

江阳不无担忧地问："你们大领导呢？"

"几个局长倒没说什么，如果他们都跟孙红运一伙，那公安局岂不成孙红运开的了？本来我们当天就能把丁春妹带回来，顺便抓了岳军审，那天李建国打我电话让我去抓捕一个盗抢团伙，耽误了，丁春妹这边才出了事。昨天我抓了岳军回来，要亲自审，李建国又故意给我个案子想支开我，孕妇盗窃团伙！去他妈的孕妇盗窃团伙，整个平康就剩我一个警察了？抓几个孕妇还要我去带人蹲点？要不是被人拦着，我早跟他动手了。"朱伟气冲冲地又续上了一支烟。

"原来是李建国通知你回单位的……"江阳顿时思索起来，"那天我们刚做完调查，你就接到李建国的电话，临时要你回去办案，这未免有点巧合吧？好像是故意把你引回去，不然丁春妹和岳军当天就被带回去审了。"

朱伟眉头瞬间皱了起来，琢磨道："照你这么分析……那个盗抢团伙我们确实跟了一段时间，但侦查员还没对情况完全摸底，那天晚上我带队蹲点时，还跟他们说主犯没有现身，现在抓捕会打草惊蛇，但他们说李建国命令当晚就要抓。我觉得时机不成熟，所以没急着动手，安排人轮流蹲守了几天。这李建国那天下令抓捕的时机，确实太早了。"

江阳想了一会儿，道："如果是李建国故意找借口把你引回去，那么是谁通知他的？"

"肯定是孙红运的人。"

"孙红运怎么知道我们在苗高乡调查岳军和丁春妹？"

朱伟眼睛一亮。"我把岳军带到派出所，让民警调查他小孩的来历，随后我就往你那边赶，一定是岳军趁我走后，找机会拿手机打了电话。"

江阳点头笑起来："你那儿应该能查到岳军的手机打给谁了吧？"

"当然能查。"

江阳嘴角冷笑："一种可能是岳军直接打给了李建国，嫌疑人在拘押期间打刑侦队长电话，我是检察官，我有理由叫李建国到我们单位来聊一聊。另一种可能是岳军打给了孙红运的人，随后孙红运的人通知了李建国，只要把三方人员对电话的解释比照一下，如果说辞有漏洞，我同样有理由叫李建国来趟检察院。"

朱伟忍不住拍手叫道："太好了，我这就派人去查。"

"不急，关于丁春妹的事，有什么进展？"

"昨天审了一晚，岳军坚称不知道丁春妹去哪儿了。他说那天我们走后，丁春妹把小男孩送回了他家，此后就不知所终。丁春妹的邻居说，那天晚上大概11点，听到过玻璃打碎的声音，还听到了一声女人的哭喊，他不确定是不是丁春妹。农村都养狗，那时他家狗听到声音叫了起来，他还起床出门看过，但外面一片漆黑，也没听到后续动静，他以为是哪户人家夫妻吵架，就没有在意。看来，丁春妹应该是在那时出事的。"

"会不会是岳军干的呢？"

朱伟苦恼摇头。"不会，那天岳军在派出所拘留过夜，直到第二天早上民警找民政局核对过，岳军确实有合法的领养手续，才放了他。"

"我们刚调查过丁春妹，这个证人就出事了。"江阳恨得直咬牙。

朱伟握紧拳头怒道："老陈说，结合邻居的说法和现场的勘查结果，他判断当天晚上11点丁春妹出事了，不止一个人动的手。对方还把现场打扫过，丁春妹恐怕凶多吉少。实在是胆大包天，在警察眼皮底下动证人。如果这事查出是孙红运派人干的，我不惜一切代价也要把这王八蛋抓起来！"

33

第二天早上，朱伟打电话把江阳从单位叫出来，两辆警车停在检察院门口，朱伟从前一辆车里探出身，满面红光地招呼他上车。

"去哪儿？"

"带你抓人去。"

朱伟迫不及待地告诉他案子的最新进展。岳军果然在派出所时用手机打了个电话，对方叫胡一浪，是卡恩集团的副总经理兼孙红运的助理。并且胡一浪在接到岳军电话后没多久，用手机打了一个电话到刑侦大队长办公室，通话整整五分钟。只可惜岳军这小子一直不肯交代他打电话是通风报信。

"你要抓谁？"江阳问。

"当然是胡一浪。"

江阳质疑道："你有什么证据直接抓他？"

"没证据，先抓了审，我有把握他会交代犯罪事实的。"

"他又不是傻瓜，突然良心发现吗？"

朱伟一声冷笑："如果我把孙红运也抓了呢？胡一浪一慌，自然就交代了！"

"你要直接抓孙红运？"

"当然。"

"到现在为止，没有任何证据表明他跟这些事有关，你怎么抓他？"

"理由不重要，"朱伟鼻子一哼，道，"把这两人刑拘后，审上几个星期。嘿嘿，我们警察审讯自有一套办法，大灯一照，连着几天睡眠不足，人的情绪就会变得很糟糕，思维也会混乱，到时用点审问技巧，通常嫌疑人不出五天就会招供的，我还没见过心理素质能强大到硬撑几个星期的罪犯。侯贵平都死了快三年了，上哪儿找直接物证，只能靠口供突破。"

江阳是个很遵守程序正义的检察官，听了他的话，顿时连连摇头。"你无凭无据抓人，这完全不符合规矩。"

"规矩？我也想守规矩，可他们守规矩了吗？"朱伟瞪起眼，"侯贵平怎么死的？我们刚调查丁春妹，她就遭遇不测。这帮人穷凶极恶，你跟他们谈规矩？别指望了，对付他们，就不能用正常手段。现在我们手里只剩下丁春妹一张单薄的认罪书，其他什么证据都没有，只能先强制拘留他们，逼他们交代出真相，再搜集相关证据。"

江阳依旧表示反对，说："你要直接拘留孙红运，拘留证拿到了？"

朱伟露出了笑容，得意地从公文包里掏出几张纸，扬了扬。

江阳接到手里看了眼，拘留证上是他们副局长签的名，不由得惊奇："你们副局长居然支持你拘留孙红运？"

朱伟凑到他耳边说："这事局里领导不知道，我这几天抓了好几拨人，今早拿着一堆拘留证找副局长签字盖章，只不过里面多了两张。待会儿我们抓了人后，不带回局里，直接带去派出所，那里我找人偷偷安排了两间屋子借我用几天，我和我几个手下都把手机关了，谁也联系不到，谁都不知道孙红运被关在这儿，没法阻止我们审讯。这些我都安排好了，局长和管刑侦的副局长下午都去市里开几天会，今天是最好的机会。不过，这事早晚会被领导知道，我得抓紧时间，赶在领导们知道前审出结果。嘿嘿，只要有了证据，木已成舟……"

"你……你还想把他们偷偷关起来，你这是非法拘留！"江阳惊讶得合不上嘴。

"管他合法非法，我一想到他们敢在警察眼皮底下对证人动手就忍不了！"朱伟一副满不在乎的样子。

"你……可你还骗取领导签名，又加上非法拘留，你这么做……"

"说不定他们不配合审问，那就再给我加一条刑讯逼供吧。"他不屑地笑起来，"我在单位本来就不求上进，这么胆大包天的罪犯要是继续逍遥法外，我见了头痛，所以我也胆大包天一回。放心，带你去是做见证的，到时不管出了什么事，你都要说是被我蒙蔽了，责任我一人扛。"朱伟无所谓地哈哈一笑。

江阳心里动荡着。

这么做对朱伟个人没有一丝好处。

这案子即便破了，也会闹出很大动静，全市唯一一家上市公司，刚上市老板就涉嫌刑事重罪被抓了，政府领导会高兴吗？这也就罢了，如果最后审不出，副局长知道朱伟夹带拘留证骗取签名和公章，私底下把这个开会能和市领导坐一起的大老板非法拘留了，甚至搞刑讯逼供，会怎么样？朱伟很可能会入狱！

无论哪种结果，朱伟都会受到严厉处罚。可是他还是铤而走险地做了。

他有些不理解，朱伟到底追求的是什么？

江阳自问追查这案子，刚开始只是因为同学间的情谊，但很快就动摇了，在吴爱可的"强迫"下才坚持下来，后来遇到那么多困难，

他再次动摇了，是其他人的鼓励才使他最终决定立案。再后来的坚持，更像是上了发条的齿轮，已经做了那么多工作，不想付出的一切都付诸东流，于是就像已经上了高速公路的车辆，不得已地前进着。

可是如果让江阳为这案子骗取领导签名和单位公章，他是绝对不会干的。

他的一切行动都在框架内，既要对得起职业，又要对得起良心，还要对得起自己的前途。

职业、良心、前途，这注定是一个不可能的三角形吗？

他不知道，但他希望活在一个干净、稳定的三角形里。

目前他们最大的困难，就是缺少证据，唯一的突破口，正是朱伟所说的，先让嫌疑人们交代口供，既然朱伟豁出去了，自己也热血一次，陪着走一趟吧。

34

很快，他们到了卡恩集团，朱伟带人大步流星闯进去，前台小姑娘一看是警察，哪敢阻拦，承认老板在公司，马上带他们上楼。

顶楼是集团高层的办公区，他们直接闯向董事长办公室，这时，一名三十五六岁的戴眼镜的男子从旁边一间办公室走出来，拦住了他们。"你们是？"

朱伟出示了警官证和两张拘留证，道："胡一浪和孙红运在哪儿？我们要带走。"

那人表情微微一变，然后说："我是胡一浪。"

朱伟朝他打量了一会儿，他长相很斯文，小眼睛却透着一股狡猾的气息。

朱伟冷笑一声："孙红运在哪儿？你们俩都跟我们走一趟。"

胡一浪镇定自若地拿起拘留证，反复看了几遍，抬头不慌不忙地微笑问："刑拘啊，啧啧，不知道是什么原因要对我和孙总进行刑拘？"

"涉嫌多起刑事案件，去了自然知道。"

"是吗？好像有一点点麻烦呀。"胡一浪低头叹息一声。

这时，办公区里的人都走过来围观。

朱伟丝毫不为所动，冷喝道："别废话，跟我们走！"

他掏出了手铐，准备采取强制手段。

"等一下，"围观者身后传出一个平稳厚重的男声，人们自然地让到两边，一个四十多岁穿着一件干净的短袖休闲衫的男人走了出来，朝他们看了眼，镇定地询问，"发生什么事了？"

"孙总。"胡一浪走到他身边，递上拘留证，解释了一番。

孙红运皱眉看着拘留证，朝胡一浪耳语几句。

胡一浪转身微笑说："警察同志，你们的手续好像有点问题。"

朱伟不由得心虚，但还是粗着嗓子问："什么问题？"

"孙总是省人大代表，受拘留，你们需要先去省人大常委会申请，省人大常委会同意后他才能跟你们走。"

他们顿时一惊。

江阳并不知道孙红运是省人大代表，朱伟更是一阵懊恼，他忽略了，但本不该忽略的，孙红运这么个人物，怎么可能没点社会地

位？他太焦急了，他急着要破案，这才铤而走险骗取签名和公章，可他没想周全，以为把人偷偷抓走强制审讯就成了，可最终，功亏一篑！

朱伟脸色发黑，孙红运双手圈住胳膊，像看戏一般瞧着他。

江阳突然道："孙红运暂时不用跟我们走，胡一浪，你不是人大代表吧？"

胡一浪脸上闪过一丝慌张。

"那你跟我们走吧。"

胡一浪腮帮子微微抽动着，他抬头看着孙红运，仿佛是在求援，孙红运脸上毫无表情。

江阳用手臂碰了下朱伟，朱伟咬咬牙，重新振作起来，想起已经骗了拘留证，责任肯定了，既然不能抓两个，抓一个也好，拿起手铐道："胡一浪，走吧。"

这时，孙红运又重新开口了："小胡，你刚才介绍这位警官叫什么来着？"

"朱伟。"

"哦，"他故作惊讶地连连点头，"朱伟，我知道，我们平康人都知道。平康白雪，警界的名片！嗯，朱警官，原本从手续上，我是不需要跟你们走的，不过你的大名在平康无人不知，既然是你来亲自调查，拿了拘留证，我和小胡大概是在某些方面有嫌疑了，如果我仗着人大代表的身份不配合你调查，那平康的老百姓知道了，肯定要骂我，也会在背后传我谣言。你放心，你的面子我一定给，我跟小胡都跟你走，会非常配合你的调查。"

说完，他在胡一浪耳边低声说了几句，又跟公司其他人悄声嘱托了几句，满是自信地迎了上去。

35

朱伟知道已经没办法把孙红运私下抓走强制审讯，他不想拖累江阳，让江阳先回检察院。朱伟一脸阴沉地带着孙红运和胡一浪回到局里，那里却已经站着分管政法的副县长、县委办公室主任和局里的其他几位领导。一干人等斥责的眼神，他视若无睹，依然让手下带着胡一浪去做笔录，随后与其他人一起到了单位会议室。

没等朱伟说完经过，孙红运就开始侃侃而谈："各位领导大概都知道，早些年我从县国资委手里买下这个实际已经破产的造纸厂，保住了几百个职工的饭碗，一开始经营很困难，资金、技术、人员素质都是难题，我们平康本身不发达，交通不便利，那时我整天想的都是怎么养活这么多人。后来，企业经营逐渐上了轨道，我们卡恩集团也进步很快，这个月在深交所上市，成了市里第一家上市公司，总算是取得了一点点成绩。以前我经营困难时，社会上没人说我不好，厂里的几百个职工知道我不容易，都很亲切地叫我孙厂长。现在我们卡恩有了一些发展，集团解决了平康几千个人的就业问题，有钱了，社会上就开始传出一些谣言。有说我早年是靠黑道起家的，有说我侵吞国有资产的，有说我现在还在从事一些非法犯罪活动的，对这些传言，我个人从来没回应过，身正不怕影子歪，各级组织也都对我们卡恩做过调查，如果真有问题，卡恩能上市吗？"

领导们纷纷点头表示赞同。

他继续说："老百姓是什么心态？老百姓可以跟你一起穷，但就是见不得你比他们好。我们平康在省里又是落后山区，老百姓很多还是小农思想，谣言这东西，一传十传百，起先我倒觉得这没什么，但今天朱警官都亲自找上门了，我觉得谣言再这么传下去，会影响到我们集团的经营稳定，我想有必要做个澄清。"

在座领导都开始数落起朱伟来，副县长严厉斥责："朱伟，我们知道你在办案方面尽职尽责，但你在办案的时候也要讲政治顾大局，讲究方法。人红是非多，孙总是我们平康杰出的企业家，你没有经过深入的调查取证，直接要拘留人家，人大代表能随便拘留吗？你懂不懂法律！谁给你批的拘留证，你们副局长？这传出去怎么办？社会上会怎么说？老百姓会怎么看？卡恩是县里的支柱，是清市的名片，你这么随意地拘留集团董事长，会影响到一个企业的经营稳定，你懂不懂！"

显然，这个时候他们还不知道朱伟骗取了领导的签名，对他还是保留了几分客气。

朱伟深深吸了口气，咬住了牙齿，选择继续绷住脸，以沉默表示对抗。

"也没这么严重，"孙红运反而笑着替朱伟开脱，"朱警官的正义感我们都知道的，我在平康听过很多朱警官的事迹，对他也是很佩服的。朱警官大概是听了社会上一些乱七八糟的传言，所以对我个人有所怀疑。这样调查一下也好，能证明我的清白，堵上一些人的嘴。"

朱伟再也无法忍受，开口冷声质问："丁春妹去哪里了，你肯定清楚！"

孙红运一脸茫然。"什么丁春妹？你说的这名字我是第一次听到，这是什么人？我认识吗？"

朱伟从胸口的内层口袋里拿出一个信封，掏出丁春妹写的认罪书，摆在桌上。"你自己看。"

孙红运接过去看了一遍，随后几位领导也接过去看了一遍。

孙红运不解道："这上面出现的侯贵平、岳军是谁？我都不认识啊。"

副县长问："你这份材料哪里来的？"

"丁春妹亲笔写的认罪书。"

"丁春妹是什么人？"

"苗高乡的一名妇女。"

"哪几个刑警监督记录的？"

"我和手下一名队员，还有一位朋友。"朱伟临时替江阳瞒下了名字，面对县政府的领导，他不想把江阳这位年轻的检察官拖下水。

"你朋友？"副县长皱眉道，"是警察吗？"

朱伟否认："不是。"

"你带了一位不是警察的朋友找丁春妹做调查，她当你们面写下了这份认罪材料？"

"对。"

"那现在丁春妹人呢？"

"我调查结束的当天晚上丁春妹就失踪了，初步怀疑被人劫持了，现在得问问孙老板，人去哪儿了？"

孙红运摇头一番苦笑。

副县长道:"既然她写下这份认罪书,不管材料内容是真是假,和孙总有没有关系,你都应该把丁春妹带回单位继续调查,人怎么会失踪了呢?在公安局被人劫走的?"

朱伟脸色难看,低头道:"我当天临时有事,一时疏忽,那时没把她带回来。"

副县长冷笑:"苗高乡的一名妇女,怎么会认识孙总呢?单单一份笔录,能当证据?现在人也找不到,这份材料的真实性怎么保证?"

朱伟无可辩驳。

"上面的侯贵平是什么身份?"

"是支教老师。"

副县长笑起来:"材料上写,岳军拿钱给丁春妹,让她勾引侯贵平,最后报假警,这笔钱是孙总出的,孙总能跟一个苗高乡的支教老师有深仇大恨吗?孙总又不是苗高乡的人,两人怎么会有过节?"

孙红运道:"是啊,我在平康这么多年,还从没去过苗高乡,更不认识一个支教老师,也不认识岳军这个人。"

朱伟紧紧咬着牙,他现在无凭无据,如果说孙红运和女童性侵案有关,简直是无稽之谈,恐怕在座的所有人都会当场发怒,斥责他凭空捏造企业家谣言。

过了片刻,他盯着孙红运,道:"岳军和胡一浪都关在后面,现在就等着看他们的口供吧!"

孙红运不急不慢地道:"胡一浪是我的助理,我相信他的为人,我也从没听说他和一个苗高乡的支教老师有什么过节,希望朱警官今天的调查能给出一个可靠的结论，小胡到底有没有犯罪。如果他涉嫌犯罪，我绝对不包庇，一定积极配合公安调查。如果他是清白的……"孙红运顿了顿，咳嗽一声，声音突然冷了下来："我也绝不允许这种莫名其妙的谣言存在，一定要向上级部门举报！"

36

"太可恶，实在太可恶了！"餐馆里，朱伟咕噜咕噜喝下一整瓶啤酒，冲江阳抱怨着。

中午孙红运在公安局谈了不到半小时，就借口公司有事，先行离开。所有领导都斥责朱伟办事莽撞，要他马上放了胡一浪。他执意不肯，摘下警徽，以辞职威胁，结果领导们纷纷让他马上辞职，他们绝不挽留。

朱伟无奈，只能收起警徽，不理众人，走到审讯室里把门关了起来，在里面亲自审问胡一浪。

审了一下午，毫无结果。

胡一浪坚称和岳军只是普通朋友关系，那天打电话的内容，他忘记了，反正不是重要的事。至于后来打电话到李建国办公室，他也不记得说了什么。

岳军也是如此，说不记得在电话里说了什么，丁春妹去了哪里，他更是毫不知情。

后来，还在市里开会的正、副局长都打来电话，怒批朱伟骗取领导签名，声称回来后再找他算账，李建国和其他领导更是强行要他放

人，律师也到了公安局，手下刑警都不敢再接着审了，所有人都站在了他的对立面。

他孤掌难鸣，只好作罢，把两个人都放了。

胡一浪坚持要公安局开无罪证明，还他清白，免得卡恩集团和孙总受人非议，局里领导同意，最后朱伟无奈在无罪证明上签了字。

江阳感到前路一片昏暗，垂头丧气。"现在路都被堵死了，人证物证都没有，还能怎么办呢？"

朱伟厉声道："查，必须查！越是这样，越是要查！我虽然拿孙红运没办法，但岳军我总对付得了！"

"可最后他不也被放了吗？"

朱伟皱眉思索着，目露凶光，过了好一阵，沉声道："岳军必然知道内情，直接逼他交代，我们再根据他交代的情况找证据！"

江阳带着忧色。"你说逼他交代，怎么逼？你骗取领导签名已经违纪了，幸好最后你没非法拘留，对付他，难道你要……"

"你猜对了，对付这种无赖，我要揍到他坦白为止！"

"这……"江阳强烈反对，"这不符合程序！"

"要什么程序！这种货色我见得多了，什么法律程序最后都成了他们的挡箭牌，只有用手段！"

江阳脸色发青，对这个主意感到恐惧。他和朱伟这老刑警不同，他是正规名牌大学法律系毕业的，带着书生气，一直讲究程序正义，刑讯逼供，这是他绝对不愿涉足的。

朱伟看了他一眼，劝慰着："你别怕，有什么责任都是我背，你不用担心。你还是愿意继续一起追查下去的吧？"

江阳一脸纠结，听着朱伟的话，心中有了退缩的念头。

他工作不久，有着大好前途，人生刚刚起航，这件事已经给他带来了很多麻烦，单位里不少人悄悄建议他，不要再跟着朱伟胡闹了，就算孙红运真有问题，也不是他这级别能办的。

可是他看着朱伟周身散发出来的正义感，想到朱伟虽然冲动，心思却也细腻，早上让他先行离开，避免了他面对县领导的尴尬，也避免了给检察院带去麻烦，这让他颇为感激。

他考虑了许久，沉重地道："如果……如果你一定要对岳军刑讯逼供，那这案子我退出。"

"如果只是吓唬一下呢？"

江阳思考了一会儿，很认真地看着他。"态度上，我始终站在你这边，但是你绝对不能对嫌疑人造成人身伤害，这是我的原则。"

朱伟松了口气："你放心，我做了这么多年刑警，有分寸。岳军这种货色我见得多了，吓唬一下就全招了，不会伤害他的。"

江阳问："你打算怎么做？"

朱伟思索片刻，道："不如就今晚连夜赶去苗高乡，今天岳军放出来后，孙红运那边肯定会指点他以后怎么应对我的调查，今夜就要打他个措手不及，免得时间长了他有了心理准备，到时更难问出话来。"

江阳想了一会儿，觉得既然决定了要用非常规的侦查手段，自然越早越好。

朱伟继续道："我去单位借辆侦查用的社会车辆，免得这小子一看到警车就逃。待会儿你来开车，我嘛……"他指了指面前立着的一

排啤酒瓶，醉酒驾驶可不太好，他挤了下眼，"我回局里拿把枪"。

"带枪？"江阳惊慌地问。

"放心，我不要命了，难道真崩了他？吓唬一下，戏当然要演真了。"

37

夜幕降临，江阳开着车，载着朱伟前往苗高乡。

他们聊着各自的家庭、生活、经历。

朱伟家庭很幸福，有个当小学老师的贤内助，有个刚念高中的儿子，儿子像他，个头高，又很壮，从小喜欢体育，练过武术，性格也像他一样，很有正义感。初中时见同学被流氓学生收保护费，儿子路见不平，一人单挑三人，还把三个人都打伤了，老师叫来了各方家长，于是流氓学生和校外混混得知他有个号称"平康白雪"的老爸，威名远播，再也不敢惹他。这孩子唯独学习不怎么样，他志向是考警校，毕业后也当警察。

谈到儿子，朱伟脸上总是洋溢着得意的笑容，好像看到了若干年后父子联手抓罪犯的场面。

江阳也谈到了他的过去。他出生在一个小乡镇，上小学的时候，母亲就病故了，后来父亲又组建了一个家庭，生了个女儿，在这个新家里，父亲把爱更多偏向了他的现任妻子和女儿，所以江阳对此一直有心结。自中学起，他就住校，不到万不得已绝不回家。他对现在的生活很满意，顺利从大学毕业，遇到了一见钟情的女朋友，人生刚起步，对未来的日子充满了向往。

交谈中，时间过得很快。

他们到苗高乡时大约晚上 9 点，当地人生活单调，大半人不太热衷于响应计划生育，都早早关灯上床办事。乡里没路灯，一片漆黑。

通往岳军家的路上路过一片鱼塘，车子经过时，突然，他们听到一声"救——"。他们连忙停下车，侧耳倾听了片刻，但声音消失了。

"小江，你听见了没有？"朱伟全神贯注地倾听动静。

"好像……好像刚刚有人喊救命？"江阳不太确信地向四周张望，除了车灯照出的前方一块路面外，周围及更远处都是一片黑乎乎的。

"下车看看。"那声音听着真切，朱伟不敢怠慢。

下车后，朱伟打起手电，朝发出声音的一侧探去，前方有片空地，他们没走出几步，就看到空地上停着一辆面包车，车外站着一个人，正盯着他们。

这时，面包车后又传来一声清晰的"救命"，但马上声音就消失了，朱伟注意到面包车后还有人影，他马上冲了上去。

那人冲他们喝了句："滚开！"然后一把拉开驾驶座的门，跳上去，车后又蹿出三个人，其中两人正抓着另一个人，捂住他的嘴，想强行把他推上车，但那人双脚赖在地上，使劲挣扎，不愿上车。

朱伟眼见是歹徒行凶，急忙从腰间掏出手枪，朝天开了一枪。"别跑，警察！"

两人听到枪响，立刻撒手把人抛在车外，跳上车，关上车门，一脚油门，面包车朝他们猛冲过来。朱伟和江阳不得不避让，跳到一边，眼睁睁看着面包车逃走。面包车上没有牌照，显然是辆专门用来

犯事的黑车。

朱伟回头紧张地看着江阳。"你没事吧？"

江阳站起身拍拍手。"没事，先去看看那人。"

这时，还没等他们靠近，倒地的那人却一下爬起身，拔腿就跑。

"站住，我是警察，你跑什么啊！"朱伟大叫着追赶，江阳也在身后紧追不舍。

没跑出多远，朱伟拉住了那人的衣领，用大力一把揪过来那人，将其压倒在地，看清那人的脸后，朱伟冷笑起来："踏破铁鞋无觅处，得来全不费功夫，小板凳，没想到老子救了你啊！"

38

"说，到底怎么回事！"朱伟松开手，让岳军起身。

"没……没怎么回事啊。"岳军依旧一副无赖的嘴脸。

江阳对刚才差点被面包车撞死心有余悸，见他此刻还是这副嘴脸，不由得怒上心头，喝道："我们救了你的命，你还不交代？刚才逃走的那三个是不是孙红运的人？"

"我……我不知道，我不认识他们，什么三个人？"

朱伟一把抓过他的衣领，眼神简直要把他吞下去。"刚才要不是我们，你今晚是死是活都没人知道！孙红运都要杀你灭口了，你还要替他瞒多久！"

岳军不敢与他对视，侧着头看着江阳。

江阳道："孙红运为什么要抓你？他们要把你怎么样，杀了你灭口？"

"我不知道，你们别问我了行吗？"

"你他妈——"

江阳拦住动怒的朱伟，道："你最好老实一点，好好跟我们说实话，只有把孙红运抓起来，你才能真正安全，否则以后你还会有今天的遭遇。我问你，丁春妹是不是就这样被抓走了？"

"我真不知道丁春妹去哪儿了。"

江阳呼了口气，对这小流氓彻底丧失了耐心，冲朱伟道："行吧，你看着办。"

"很好！"朱伟冷喝一句，一只手拎着岳军的后衣领，另一只手狠狠往他头上肚子上连连几拳砸去，痛得岳军哇哇直叫，求饶不已。

江阳此刻没有丝毫同情，冷眼看着他。"现在你该知道了吧？"

"我真不知道，你们别问我了，求你们了，孙红运的事我一点都不知道，我都不认识他。"

"嘴够硬！"朱伟顿时火冒三丈，直接摸出手枪，顶住他的睾丸，唾沫星子喷到了他脸上，"你今天害老子脸面全无，你今晚要是不招，老子就一枪崩了你。"

岳军脸上表情渐渐僵硬，艰难地咧嘴干笑："你……你是警察，你……你……你杀了我要坐牢，你……你不会的。"

"你赌我会不会！"

朱伟的枪更用力地顶了出去，岳军感到下体一阵麻木，他闭起眼摇头。"你是好警察，你不会的，杀我你要坐牢，你不敢，你一定不敢！"

朱伟冷笑："就这么杀了你我当然要坐牢。可是如果你袭警呢？"他收回枪，从腰间掏出一把匕首，递给江阳。

江阳不解地问："干什么？"

"你拿去。"

江阳接过来。"给我干什么？"

"你往自己身上割上几刀。"

"我往自己身上割？"江阳瞪大了眼。

朱伟一副理所当然的样子说："岳军逃避调查，持刀袭击你，我为了保护你，于是无奈开枪将其击毙。"

听着好像很合情合理啊。可是江阳还是不理解。"等一等，为什么是我？你很厉害，你往自己身上割几刀，然后再击毙他，不是很好？"

朱伟笑道："正因为我很厉害，岳军持刀袭击我，我还用得着拔枪对付这小泼皮？说出来监督处也不信。所以今天需要你做出一点牺牲。"

"一点牺牲，我……"江阳艰难地咽了口唾沫，摸着月光下透着寒意的匕首，看着自己单薄的衣衫，此刻他觉得自己是个乖宝宝，只想要一个大大的拥抱。

"就当是无偿献血了。"朱伟朝他挤了下眼。

他马上心领神会，冲岳军道："好，你今天不交代害得我们俩在单位里名声扫地，这笔账一定要算！我自残，然后平康白雪把你击毙，这事算告一段落，我们在单位也有了脸面。"

岳军不可思议地看着江阳，江阳正渐渐把匕首朝自己的胳膊移去，整个过程仿佛变得很漫长，他能感受到额头的汗珠渐渐渗透出来。

正在这时，突然砰的一声，朱伟竟然直接开枪，把江阳吓得一激灵，第一次如此近距离听到枪声，江阳简直跳了起来。岳军闭上眼睛连声哭喊着大叫："我说我说我全说！"

子弹并没有击中岳军，而是从他裆下穿过，射入了岳军身后的地面。朱伟松开了他，他直接滑倒瘫软在地。

朱伟使劲地甩着手，因为他手上和枪上都是湿漉漉的一片。岳军裆下全是腥臭液体。

39

岳军被带到车内，江阳当即问："说，今天面包车上那几个人是谁？"

"是……是胡一浪派来的。"岳军眼中满是惶恐不安。

"派来做什么？"

"我……我不知道，也许——"

"也许什么？"

"我不知道。"岳军低下头。

江阳冷笑："是要杀你灭口吧？"

岳军垂着头，慢慢点了几下。"他们……他们把我叫出来，那时，我……我看情况不对，就反抗。后来你们车子经过，我抓住机会喊救命，他们捂住我嘴巴，不让喊。幸亏……幸亏你们赶过来，我才……我才逃脱。"

"丁春妹失踪，是不是也是被他们杀人灭口了？"

"我不知道。"

朱伟揪起他的头发。"你还不肯招？"

"我真的不知道，胡一浪没跟我说过，我更不敢问，我猜……我猜就是这样吧。"

江阳道："你在公安局什么也没透露给我们，他们也知道这一点，为什么还要冒险杀你灭口？"

岳军哭丧着脸。"胡一浪认为是我把他供出去的，要不然你们不会知道我打电话给他，我怎么解释他都不信。"

原来如此，两人明白了，胡一浪不知道他们是通过岳军当天打的电话查过来的，还以为是岳军把他供出来的，既然供出第一次，以后就难保不会透露更多的事，这才冒险杀人灭口。

江阳点点头，道："很好，你终于开始配合了。"江阳拿出手机，打开录音功能，开始录音："胡一浪这次派人要杀你灭口，即便你今天活着回去，将来他也会继续找机会做了你。你自己可得想清楚了，你想要平安无事的唯一机会就握在自己手里，只有配合我们调查，把胡一浪、孙红运一干人等全部捉拿归案，才能保证你以后的安全。要不然，留着你这样一个定时炸弹，他们能安心吗？至于你自己，如果愿意当证人，将来会得到宽大处理，甚至可能免于刑事处罚。"

岳军默不作声地思考着。

"你同意配合我们工作吗？"

过了一会儿，岳军缓缓点头。"同意。"

"那你先跟我们详细说说丁春妹、侯贵平的事。"

岳军承认，当年胡一浪找他，让他找个女人勾引侯贵平，再诬告侯贵平强奸，给了自己两万块，自己把其中一万块给了丁春妹。但岳军坚称绝不知道后来侯贵平会死，如果知道会闹出人命，他绝对不敢收这笔钱。至于谁杀了侯贵平，他毫不知情。

"胡一浪为什么要对付侯贵平？侯贵平当初举报你强奸了他的学生，最后公安调查排除了你，不是把你放了吗？侯贵平就算继续举报你也没用。侯贵平应该不知道你上面是胡一浪吧？"

"是……不过……不过……"

"不过什么？"江阳问。

朱伟怒喝一声："快说！"

岳军吓得马上脱口而出："不过他有一份被侵害学生的名单，还拍到了照片。"

"什么！"江阳和朱伟面面相觑。

江阳强忍住剧烈的心跳，问道："你的意思是被侵害的女生不止一个？"

岳军点点头。

"有几个？"

"我……我知道的应该有四个……"

江阳的心越发沉了下去，这案子越发深不见底了。他深深吸了口气，平复一下剧烈的心跳，此刻，他最关心的是侯贵平究竟拍到了什么照片，竟会让他们杀人灭口。

岳军交代："我只是听胡一浪提过一句，说侯贵平拍了一些照片，我不知道具体是什么照片。"

"照片在哪儿？"

"侯贵平当时交给公安局了。"

江阳望着朱伟，朱伟深深地叹息一声："我从没在单位见过侯贵平拍的照片。"

江阳问朱伟："当年侯贵平来公安局举报，接待他的是李建国吧？"

朱伟沉重地点了点头。

江阳转头对岳军道："现在带你回公安局，你愿不愿意把知道的一切详细写下来？"

听到要把事实都写下来，岳军又开始犹豫了。

江阳只好再做思想工作。"你看到了，胡一浪对你下手，而且你刚刚也向我们透露了关键信息，我们自然会据此展开调查。你想想，他知道了你告诉我们这些事，他以后能放过你吗？只有一个办法能救你，就是配合我们的调查工作，将胡一浪等人捉拿归案。至于你个人的犯罪行为，我是检察官，我向你保证，结案时我会替你争取最宽大的处理机会。"

岳军考虑了很久，最后点头。"我跟你们去。"

40

在回去的路上，岳军交代了更多的事。

他几年前开始在卡恩集团当司机，由此认识了胡一浪。胡一浪得知他是苗高乡上的混混后，有一次跟他说，如果他能带女生到县城来玩玩，可以给他钱，远比工资多的钱。于是，他从2000年开始威逼利诱乡里的女孩,把她们带到卡恩大酒店,交给胡一浪。这些女孩大都是父母在外地打工的留守儿童,或是孤儿,性格软弱,胆小怕事。他前后一共带过四个女孩,每次他把女孩送到酒店后,由胡一浪接应,岳军第二天再把她们接回去,胡一浪每次会给他一千块钱。女孩在酒店发生了什么事,他没问但能猜得出来。此外他还听说,胡一浪找了好几个类似他这样的混混帮助找女孩,所以受害女生的数量远超他所知的四个。至于他所带去的四个女孩,除了翁美香外,其他三个他只知道小名,不知道真实姓名,但如果拿到学校的名册,他能找出来。

江阳开着车,内心在剧烈起伏着。

受害女童原来远不止一个!

这起案件牵扯出来的新案情完全超出了他们的想象。

触目惊心,令人发指!

到了公安局后,朱伟让值班警察安排审讯室,他带两名刑警一起去审问岳军,江阳在旁监督。

刚开始审问没多久,审讯室的门就被人推开,李建国急匆匆冲进来,指着他们嚷着:"都出去,出去!"

朱伟站起身,拦在两名欲走的刑警身前,怒视李建国。"为什么要出去?"

"你刚传唤了岳军,审不出结果,把他放走了,现在你又把人抓回来,这是连续拘传,是严重违法行为!"

"违法?"朱伟冷笑,"我新发现了重大线索,再次调查,他本人也同意配合调查,不行吗?"

"程序不到位,就是不行,出去,都出去!"他朝另两名刑警呼

喝着。

两名刑警不知所措，考虑到李建国是大队长，更有话语权，片刻后，他们还是向门口挪动了脚步。

"都别动！"朱伟大吼一声拦住他们，伸手指着李建国，"你大半夜赶来管我的案子干什么？你是不是怕我查出什么证据！"

"我……我有什么好怕的，你这是违法行为，我作为大队长，你的领导，我得纠正你。"李建国挺了一下背，让气势看起来更盛些。

"纠正我的违法行为？哈哈，李建国，老子问你，当年侯贵平来报案是你接待的吧？照片在哪里？照片在哪里？！"

"什么照片，我不知道，你在说什么？"李建国略有惶恐。

"你继续装吧，你要是和孙红运、胡一浪没关系，老子二十年警察白干了！这种未成年女孩集体性侵案你都敢包庇，你还是不是人！"

李建国怒叫起来："朱伟！我告诉你，你再胡说八道，我就把你关起来！"

朱伟双臂一张。"来啊，谁敢关我，谁敢关我，就凭你？败类，害群之马！"

"你嘴巴放干净点！"李建国怒指着他。

"我骂你是警察败类，黑社会保护伞！"朱伟丝毫不畏惧地与之对视着。

"你他妈再说一遍！"李建国再也忍不住，冲了上去。

朱伟毫不示弱地拿拳头迎接他，两人瞬间扭打在一起，单位所有值班警察都被惊动了，纷纷跑过来拉架。

两人被强行拉开后，依然在兀自叫骂着，朱伟大骂他是孙红运的保护伞、警察里的败类，李建国则面红耳赤地喝止他，扬言要把他关起来，但其手下也不敢真对朱伟动手。

这时，一群人走进来，带头一个穿西装的男人拿出证件，自称是岳军律师，要和岳军单独会面。

朱伟怒骂道："岳军一个农村小鬼哪儿来的律师，不就是卡恩集团的律师吗？"

律师微笑着看向岳军。"我是岳军请的委托律师。"

朱伟回头看岳军。"他是你请的律师吗？"

岳军低下头，不敢承认，也不敢否认。

律师看向朱伟。"现在可以让我和岳军单独会面了吗？"

"不行！"朱伟喝道，"刑事侦查保密阶段，公安有权拒绝。"

李建国冷喝道："你有刑侦调查的手续吗？你没有，你违法。"

江阳突然开口道："我有手续，这是我们检察院立的案，我们要调查岳军。"

李建国对他不屑一顾。"那你带你们检察院的人来啊，跑公安局干什么，有本事自己去调查。可你记住，这里是公安局，还轮不到你一个小小的检察官来发威。"

"你——"江阳气急，却在这公安局里势孤力薄，周围都是李建国的人，他气势上就矮了一截，后半句硬生生说不出来。

朱伟挡在江阳身前，喝道："李建国，我告诉你，在我审完之前，岳军这人，我绝对不会放，我知道你为什么会狗急跳墙，哼，口供一出来我就抓胡一浪，过几天你也跑不了。"

李建国冲动地要挣脱其他人的阻拦，叫骂道："朱伟，你今天口

口声声侮辱我，我一定向督查处举报，你等着！岳军的律师在这里，你必须按照规定来！今天你骗取领导签名，非法逮捕人大代表，已经严重违法，这笔账还没算，现在你还知法犯法，这事我跟你说没用，我打电话给两位局长，让他们跟你说！"

李建国转身走出去，到一旁，掏出手机打了领导电话。过后，主管刑侦的副局长打电话到单位，说不反对朱伟调查，但必须按照规矩办，既然岳军的律师已经到场，就该安排他们单独会面。至于朱伟骗取签名的事，回头再处理。

朱伟没有办法，他可以跟李建国叫板，但没法跟正、副局长叫板。李建国叫其他刑警把朱伟抓起来关了，没人敢动手，但如果局长下令，他们将不得不这么做。没有刑警敢违抗正、副局长的命令。

朱伟吞了一肚子气，最后，只好带着江阳到外面的办公室等着，让岳军和律师单独会面。

到了凌晨3点，李建国突然带人推开门闯进来，手里拿着一副手铐，大声道："朱伟，你严重违法，市公安局警风监督处正式对你立案调查，现在先把你拘留，你没有意见吧？"

朱伟不可思议地看着他。"这不可能，你——"

"手续还在路上，监督处的人一早就到，刚刚监督处打来的电话，其他同事都可以做证。"

两个刑警接过手铐，胆怯地走上前，低声道："朱哥，实在对不住了。"

朱伟如烈士一般伸出手，让他们铐住，冷眼望着李建国。"我没想到你们做到这个份上，很好，很好！"

他回过头，郑重地看了江阳一眼，江阳咬住嘴唇艰难地朝他点了点头。

朱伟被带走后，李建国轻蔑地看了江阳一眼，道："现在还没到检察院的程序吧？早点回去歇着吧。"

江阳深吸一口气，一言不发地走出门，手里紧紧攥着有岳军录音的手机。

来到外面，他抬头看天，夜色尚深，这夜出奇地长⋯⋯

41

赵铁民递给严良一份银行对账单，说："江阳在死前一个星期，给他前妻汇了一笔款，一共五十万元。"

"他哪儿来这么多钱？"

"根据账户流水，其中三十万元是张超在几个月前打给他的，他一直没动过这笔钱。"

严良皱眉问："也就是说，他并没有如张超一开始所说，把这笔借款拿去赌博？"

"对。"

"那么，关于江阳人品的定性，赌博这一条值得商榷？"

赵铁民自然领会他的意思，只是含糊地笑着："看得出，案子的水越来越深了。"

"另外一笔二十万元是怎么回事？"

"经过查实，那二十万元是卡恩集团的一名财务在一个多星期前

汇给江阳的，汇款没用公司账户，走的个人转账。"

"卡恩集团？"严良琢磨了一下，"是那个……"

"对，就是我们江市的大牌房地产公司卡恩集团，卡恩天都城是全江市最大的楼盘。"

严良不解地问："江阳过去是平康县的一个小小检察官，怎么会和卡恩集团扯上关系的？卡恩集团的财务为什么要给他汇这样一笔钱？"

"卡恩集团一开始是平康县的公司，老板孙红运在20世纪90年代收购了县城的国营造纸厂，后来规模越做越大，上市了。没过几年，集团业务拓展到江市做地产，在房地产井喷的几年里，很快成了江市最大的几家地产公司之一，集团总部也迁到了江市。所以，我想江阳与卡恩集团的关系，应该是在他当平康检察官期间建立的。"

他继续说："更有意思的是，我们查江阳的手机通话记录，发现他死前一段时间，一直频繁地和一个号码在相互打电话，这个号码的主人叫胡一浪，是卡恩集团的董事兼卡恩纸业的董事会秘书。"

严良分析道："如果江阳还是检察官，说不定他们之间存在权钱交易，可江阳早不是检察官了，他们为什么要给他这么一笔钱？是不是江阳手里有卡恩集团或者这位胡一浪的把柄，甚至这起案子牵扯到了他们？"

赵铁民摸了摸前额，低头轻叹一声："这也是我担心的，如果仅仅胡一浪个人存在某些问题，倒也不麻烦。如果是卡恩集团涉及这案子，调查就有些麻烦了。民企做到卡恩这么大规模，接触的圈子很复杂，有句话叫牵一发而动全身。"

严良点点头表示理解赵铁民的苦衷，虽然他不愿意但不得不承认，对警察来说，有些案子不是想查就能查的。思索片刻，他突然眼睛一亮。"高栋对你说过，你只管负责找出真相，你只是在尽一名专案组组长的职责，对背后其他因素你要佯装不知，看来高栋这句话是对今天的你说的。"

赵铁民一愣，左右踱步几圈，随后缓缓笑起来，仿佛松了一口气，转而说："我知道该怎么做了。对了，省高检派人约谈过李建国，他说那么多年前的案子，他记不清楚了，如果当时办案有瑕疵，也是因为当时环境的制约，不是他个人能控制的。"

"那他为什么在案发后第一时间就急着销案？"

"他不承认他急着销案，具体细节一概称记不住。"

"检察院的同志相信他的话吗？"

赵铁民笑笑："你会相信吗？"

"不会。"

"不相信又能怎么样？谁有证据证明那是他故意办的冤案？只不过是草率结案，追究起来，顶多是工作能力问题。"

严良皱眉独自思索着，如果张超的动机是为了翻案，查办李建国，此刻他应该已经亮出底牌了，可他没有。他想对付卡恩集团？他也从未暗示过。他究竟想要什么？

严良依旧想不明白。

42

"这一次，朱伟的麻烦不小啊。"陈明章皱眉望着江阳。

江阳急切地问："市公安局到底是凭什么把雪哥刑拘的？"

陈明章抿了抿嘴唇，瞥了他一眼。"这事你也在场，他用枪指着岳军，并且最后开枪了。"

江阳顿时变了脸色。

陈明章继续道："他被监督处带走后，他们发现他的警备登记里少了两颗子弹。监督处问他子弹去哪儿了，他说当时看到岳军被人劫持，情急之下朝天开了两枪警告，事后还没来得及写开枪报告，就被带走了。监督处随即询问了岳军，可岳军不是这么说的。"

"岳军怎么说？"

"岳军说当天晚上你和朱伟来找他，他看到朱伟喝醉了酒，气势汹汹要抓走他，朱伟说他害得朱伟下午在单位面子全失，要教训他。岳军害怕要逃跑，朱伟朝天开了一枪警告他，他只好停下来，结果朱伟不但揍了他，还掏枪顶着他的生殖器，要他非得做证孙红运是黑社会，否则直接杀了他，理由是他攻击你这个检察官，朱伟为了保护你开枪杀了他。岳军说他只在卡恩集团打工，认识胡一浪，完全不认识孙红运，朱伟不信，在他裆下开了一枪，把他都吓得尿失禁了，他无奈编造了胡一浪的犯罪事实，你们才罢休，接着又把他带回了局里。监督处查了朱伟的枪，上面确实有岳军的尿液，也去过你们吃饭的小饭馆，小饭馆的老板承认朱伟当天喝了多瓶啤酒，于是认定朱伟作为警察，酗酒开枪威胁民众，暴力执法。"

江阳急道："岳军在说谎！监督处为什么没有来调查我，我当天和朱伟寸步不离，为什么不找我问清事实？"

陈明章叹息道："监督处把岳军交代的情况跟朱伟核实后，朱伟说一切都是他干的，是他胁迫你这个检察官跟他一起去做调查，他喝醉了，你受他暴力胁迫，不得不去，不关你的事。而且我听说他们来找过你们吴检，吴检保下了你，所以，他们才没有找你。"

江阳感到一阵天旋地转，当即表示："不行，我要去找监督处，我要说明情况，绝对不是岳军说的那样。"

"没用的，"陈明章摇摇头，"我问你，朱伟是不是用枪顶着岳军的裆部，最后还开了枪？"

"是，可是——"

"你不要再去自找麻烦了。两颗子弹都找到了，弹道经过了分析，枪上有岳军的尿液，这是错不了的，这是事实，对吗？"

"可是——"

"事实就是事实，无论你们有多么感人的理由，朱伟用枪顶着岳军裆部并开枪了，这就是事实。这个事情性质很严重，比刑讯逼供还严重得多，你是检察官，你很了解。警察用枪威胁手无寸铁的普通百姓，最后还开枪了，这事情放大了可以说故意杀人未遂。而且，李建国举报朱伟在单位公开辱骂他，骂他是黑社会保护伞，对他个人声誉造成严重损害。孙红运举报朱伟当天要非法拘留他这个人大代表，在没有任何事实证据的情况下，给他个人名声和企业的正常经营都带来了很坏的影响。副局长说朱伟私自盗取签名，伪造拘留证。这些都是事实，唉……"

江阳听得全身都起了鸡皮疙瘩，如果这些指控全部成立，恐怕朱伟就要被判重刑了！他无法遏制地叫起来："不行，我必须把情况说出来，我不能让朱伟这样平白坐牢，让真正的罪犯逍遥法外！"

陈明章道："这个时候你绝对不能站出来，绝对！"

"为什么！"江阳眼睛里血丝密布。

"你不能辜负朱伟，他说你完全是受他胁迫的，他一个人揽下了所有责任，你们吴检为了保你想必也做了很多工作。因为他们都知道，你还年轻。现在，你什么都不要做。"

"可是这案子牵涉很广，不止一个受害女童啊，远远不止一个啊！"

陈明章叹息着："我知道，是朱伟让我转告你，这件案子，到此为止吧。"

江阳仿佛身体被掏空一般向后倒在椅子上。

细小的红点

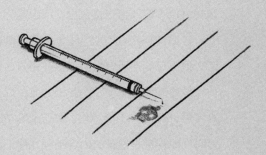

43

"吴检，岳军虽然是被我们逼迫交代的，但他交代的绝对是事实，我请求对性侵女童案进行立案调查。"

"就凭这个吗？"检察长把手机递回给江阳，撇撇嘴，"你知道，录音材料不能作为直接证据，何况是你们非法获取的证据。"

江阳急声道："虽然是非法获得的证据，可如果岳军交代的是谎话，他不可能把所有细节都供述得这么详尽。"

检察长叹息一声："小江，坦白说，我个人相信这份录音内容的真实性，可法律不会相信。如果你现在再去找岳军，他会承认录音内容吗？他一定是说录音内容纯属在你们暴力胁迫下临时胡诌出来的。"

江阳咬住牙，眼中尽是无奈和失望。

检察长又道："你那位叫平康白雪的朋友朱伟警官，已经被拘留，市公安局对他立案调查，刑拘申请已经打到了市检察院，他们也来我们单位找你，我拦住了，动用了许多市里的关系把对你的调查压了下来。为了你和爱可，这件事，就到此为止吧。"他脸上透着疲倦。

"怎么能到此为止呢?"江阳忍不住激动起来,"多名女童被性侵,一名女童自杀,侯贵平被人谋杀遭诬陷,证人丁春妹突然失踪生死不明,对嫌疑人岳军的审问被无故打断,主办警察朱伟被拘留,这样的案子怎么能到此为止!"

检察长平静地看了他一会儿,还是耐着性子劝他:"工作中不要带着情绪。"

江阳深吸了一口气收敛情绪,抬头正色道:"吴检,你过去是支持我调查这个案子的。"

"过去我是支持的,但你要清楚目前的处境,不要意气用事。照道理,除了贪腐案件外,其他刑事案件通常都是公安机关负责侦查,检察院在侦查阶段不会介入。我们就算立案了,谁去调查?你吗,你有刑侦能力吗?还不是得要公安去查。过去是朱伟和你一起调查,现在朱伟不在了,公安局里谁帮你查?"

江阳据理力争:"就算我一个人去调查也不怕,我一定会找出证据的,这案子我绝对不会放弃。"

检察长坐在椅子上沉默了许久,慢慢道:"对录音里的多名女童被性侵一案,我同样痛心疾首,我也很想立案调查,想要查出真相,可是我也束手无策。这案子的水很深,朱伟进去了,如果你再继续追查下去,说不定,你也会成为下一个他。"

"这不可能,我不像朱伟那么冲动,我追求程序正义。"江阳一脸坦然。

检察长摇了摇头。"我相信朱伟不是第一次这么冲动了,过去他的冲动破案获得了嘉奖,成为单位里的美谈,可是这一次他进去了。

为什么同样的冲动会换来截然不同的结果？你怎么能保证你不会成为下一个朱伟？"

"我一切行为都在法律框架内，我不会做任何出格的事。"

"那侯贵平犯了什么法吗？"

江阳突然闭上了嘴。

"我相信你是个好检察官，我从不怀疑，我也很欣赏你。"检察长叹口气，诚挚地看着他，"但在这件事上，我真心实意劝你停下脚步。"

"我不会停，"江阳回答得很果断，"一开始接触侯贵平的案子，我确实很犹豫，但得知了更多事实后，我就没办法停下来了。吴检，我只求检察院立案，一切调查，我会尽我自己的能力去完成。"

"不行。"检察长的回答同样很果断。

两人就这么对视着，沉默了许久。检察长的脸色渐渐变得冷漠，眼中透出了失望的神色，他抿了抿嘴唇，看向江阳。"吴爱可准备报考国家公务员，我想你……不要打扰她了，让她好好备考吧。"

江阳脸上的肌肉抽搐着，过了会儿，他点点头，转身走出了办公室。

44

2005 年 3 月，江市风光湖畔。

"我早就猜想，侯贵平是自愿和那个女人发生关系的。"李静摇头叹息着，放下了手中的香茗。

江阳试图解释："可是他一个人在异地他乡，又喝了酒，酒里据说有药，他刚好在热血年纪——"

李静打断他的话："我一点也没有责怪他，也不认为他背叛了我，更不会觉得他的死罪有应得，大部分男人在那样的时刻面对一个陌生女人的勾引，都会禁不住诱惑的。"她苦笑一下，又说："他在做的事和他是否与其他女人发生关系，没有任何关系。私德上的瑕疵掩盖不了他为之努力的这些事的正义。"

江阳对此表示认同，他发现老同学也变了，不再是校园里的女孩，渐渐成了走上社会的成熟女性。

人啊，都在成长，都在改变。

李静微微一笑，换了个话题："我没想到你和吴爱可会分手。"

江阳苦笑一下，似是无所谓。"我想她是真的害怕了。一开始接触侯贵平的案子，我很犹豫，是她一直很坚定地支持我，要不然，我早就放弃了。不过自从朱伟进去后，她的态度明显转变了，她劝我放弃，我不同意。渐渐地，我们俩的联系越来越少了，后来过了几个月，吴检调回市里去了，我和吴爱可再也没联系过。最近听说她找了个当法官的男朋友，希望她能过得好吧。"

李静望着江阳的眼睛，出神地盯了一会儿，摇摇头。"你们检察长调回市里了，没让你跟着回去？"

"吴检问了我的意愿，我表示要留在平康，他没有强行调走我，我想，这也是他一种无奈的支持吧。"

李静点点头。"朱警官后来怎么样了？"

谈到这个话题，江阳不由得笑了起来："他逃过了一劫。我听老陈说，市里对怎么处理朱伟有很大争议，一开始检察院批了刑拘单，他被关进了看守所，有人要求对他进行司法审判。后来多名政法界人士站出来发声，要求从轻处理，他们写信给各级领导，还有一些朱伟以前破案帮助过的人自发写联名信替他求情，外地的一些公安系统人员也向省里提出该案存在的疑点。在众人的努力下，上级平衡各方声音后，最后决定对他取保候审，暂时免去他一切职务，将他送去警校进修三年。过年时我去了趟他家，他一切正常，身心健康，唯独一提到'李建国'这三个字，他就一副要吃人的样子。他说三年后他依然是刑警，会继续追查下去的。"

"你也会吗？"

"当然了，我如果要放弃调查，早回市里了，我留在平康就是因为要追查到底。"

李静欣慰地点了点头。"好在朱警官只是去进修三年，如果他真的坐牢，这个世界也太不公平了。"

"世界本就不公平，"江阳爽朗地笑道，"所以我们想要通过努力，在我们的职责范围内，让世界公平那么一点点。"

李静戏谑他："你好像把自己当成了拯救世界的大英雄。"

"拯救世界不敢当，把这帮歹徒绳之以法是我的愿望。"江阳笑道。

"看你的样子，好像案件有新的进展？"

江阳点头应道："我几个月前拿到了侯贵平当年教书的学生名册，然后对上面的女学生一家家走访，调查背景。当时岳军跟我们说，他挑的女孩都是留守儿童或者孤儿，父母不在身边，我调查了一圈下来，锁定了几个疑似受害人的女学生，我准备找她们谈谈，看看能否得到更多的线索。"

"这些都是你一个人做的调查？"

"对啊。"

"那一定很不容易。"

江阳笑了笑："一开始调查确实比较艰难，我一个外地人去当地农村，不懂方言，交流起来很困难。好在案子过去这么久，重新调查也不必急于一时，每个周末只要天气好，我就去苗高乡走访一圈，几个月下来大致锁定了几个疑似受害女生。"

"那些女孩子现在都念高中了吧？"

"对，当年她们在小学毕业班，如今都已上高中，那几个疑似受害者，有的随父母去了外地，有的在外面打工，有的在县城的高中读书。我名单里刚好有一个女孩在县城职高，我准备先找她谈谈。"

"你自己去问女孩性侵案的事？"

"是的，现在朱伟还在进修，我只能一个人去调查了。"

李静不由得掩嘴笑起来："你一个大男人问女孩在小学时有没有遭到性侵？合适吗？"

"那我能怎么办？"

"我帮你问吧，我是女生，这样的调查我更方便。"

"你真的能帮我调查？"

"当然啦！"李静显得很热情，旋即又犹豫起来，"可我不是警察，也不是检察官，能帮你做调查吗？"

"不是正式地做笔录，当然没问题。只是你在江市有自己的工作，时间方面——"

"每次你需要我协助时，我可以请假，我们单位很人性化的。"

江阳有些忐忑，微红着脸。"你这么帮忙，为……为什么？"

李静笑起来："我为什么这么主动帮你？可别想多，我有男朋友，不是想趁你单身故意接近你，江帅哥。我只是，嗯……也许是被你们的努力打动，也许是知道了这么多内情，也许……也许觉得对侯贵平的死太不甘了吧。"

45

李静从平康职高出来，江阳忙迎上去。"怎么样，那女孩是受害人吗？"

李静摇了摇头。"应该不是。"

"你问仔细了吗？"

"我试探了很多次，她都反应正常。对侯贵平，她只记得是她小学六年级的老师，教了她几个月后死了。谈到岳军，她也表示只知道是流氓，没有接触过。"

江阳面露失望。"岳军交代时，只提到死去的翁美香的名字，其他受害女生的真实姓名他不知道。既然这个不是，那我再想想办法联系其他几个可能的受害者，到时再找你协助。"

他们分手后，江阳接到一个陌生电话。

"是江阳吗？"手机那头传来一个略熟悉的声音。

"对，是我，你是哪位？"

"你的大学老师，张超。"

"张老师？"江阳有些意外，毕业后这几年，他们从来没有联系过。

"李静还在你身边吗？"

"她回江市了，怎么了？"

"我到平康了，如果有空的话，我想和你见面谈一谈。"

他们约在了江阳过去常和朱伟分析案情的茶楼，久别重逢，两人唏嘘不已。

印象里那个比他们大不了几岁，喜欢打篮球，浑身散发着青春活力的班主任张超老师不见了，取而代之的是一个衣着正式，戴着一本正经的眼镜，逐渐向中年人气质靠拢的张超。

江阳也不再是那个脸上常挂着笑容，整天精力充沛，眼神总是带着自信乐观的大学生。现在的他总会不由自主地簇着双眉，抬头纹深了几许，整个人多了几分阴郁的气息。

两人都随着时间的流逝发生了改变。

张超朝他看了许久，伸手指了指对方前额。"你长白头发了，是不是……这几年工作压力很大？"

江阳不以为意地笑笑："还行吧，走上社会，总是会有各种各样的压力。"

张超微微闭上眼睛，似在回忆："同学里，考检察院的不多，好像只有两三个，你一直都很优秀。"

江阳苦笑一下，道："张老师评上副教授了吧？"

张超点头又摇头。"评上了，不过很快就辞职了，现在我是一名律师。"

"在学校当老师不好吗？我觉得学校才是最纯洁的，不像社会。

当然了，以张老师你的专业水平，当律师肯定会赚更多钱。"

"倒不是完全为了钱，"张超笑了笑，脸上略略透着尴尬，"之所以辞职，是因为我爱上了自己的学生，继续当着老师，嗯……总感觉不太好。"

"是……是李静吧？"江阳从对方的神色里，已经察觉出了什么。

"检察官判断果然敏锐，"张超笑起来，并不隐瞒，"对的，我和李静订婚了，再过半年我们就结婚。"

"哦……"江阳隐约猜到了张超的来意，心中一阵落寞，但还是强自开着玩笑，"现在提前通知我，是知道我们检察官薪水微薄，让我省吃俭用准备红包吗？"

"哈哈。"张超笑出声，但笑容很快消失，两人陷入一种彼此都明白对方用意的沉默。过了好一会儿，他才重新开口，还是把用意直截了当地用语言表达出来："我来找你，是希望你这里的案子，不要再让李静插手了。她并不懂得太多社会上的规则，你应该能理解，这案子很困难。"

"我明白了。"江阳抿抿嘴唇，面无表情地回应。

"当初侯贵平的材料，我看出了破绽，我知道这种地方上的冤案是很难平反的，不是证据问题，不是法律问题，也不是程序问题，而是整个司法环境的问题，如果再过十年也许就不一样了。我当初看到了问题，本该藏在心里的，我至今都很后悔告诉了李静，间接又告诉了你，导致那位朱警官以及你——"

江阳皱眉看着他。"这些事你都知道？"

张超点点头。"我有平康的朋友，我一直在关注你们的事，也听李静讲了一些。如果当初我发现了疑点没告诉任何人，也就没后面这许多事了。现在这样的困局，我相信你比我更清楚。我真心建议你放弃吧，你是个很聪明的人，你可以继续做检察官，也可以来当律师，以你的能力，你有很多种选择。"

江阳冷漠地叹口气："谢谢你，我知道了，我不会再打搅李静了。"

46

"平康白雪朱伟也和江阳一样，多次受过处分？"严良看着眼前的这份个人资料，心思转动着。

"准确地说，他本该和江阳一样坐牢，不过有人保他，低调处理了。"赵铁民脸上露出一丝不屑，瞅着资料，"他当刑警期间，多次刑讯逼供，居然还持枪威胁嫌疑人做伪证，在嫌疑人裆下直接开枪，这简直骇人听闻。他居然最后没坐牢，只是被撤职，强制到警校进修三年，最后又恢复职务。呵，平康的法治管理，真是一出笑话。"

"你们找到朱伟了？"

"还没联系上他，从去年6月份开始，他就以身体原因突然向单位申请停薪留职，一直请假，据说经常来江市，也不知道在干什么。电话也关机了，家里人只知道他最近在江市，谁也不知道他在哪儿，不过联系上他是迟早的事。"

"从去年6月份开始突然请假？到张超案发时，已经请了大半年。"严良转过身，左右踱步，过了很久，他突然开口，"请了这么久假，又一直驻留江市，江阳也一直在江市，朱伟到现在依然不现身，

嗯……要尽快找到他，他很可能也是这案子的关键人员。"

赵铁民点头表示认同，他躺到沙发里，仰起头，脸上带着神秘微笑。"再告诉你一个更有趣的消息，我们查到江阳前妻的账户时，意外发现江阳死后第三天，汇进一笔五十万元的款项，汇款人是张超的太太。这位张太太名叫李静，不但是张超曾经的学生、江阳的同学，我们在向他们其他同学了解情况时还得知，李静当年曾是侯贵平的女朋友。"

严良蓦然想起那次见到这位张太太时，她看到侯贵平的名字，只是轻描淡写地说了句他是张超的学生、江阳的同学，压根儿没提到更多信息，说话时的语气也不带任何感情色彩。

严良皱眉问："她从来没有透露过她和侯贵平的关系吗？"

赵铁民摊开手。"我们刚得知这条信息，据说她和侯贵平当年感情非常深厚。我想尽管侯贵平已经死了十多年，不过作为当年准备毕业就结婚的两个人，她一点怀念都没有，甚至只字不提，你不觉得奇怪吗？"

"我需要找她谈一谈。"

赵铁民笑道："没问题，我已经约了她明天来单位。"

李静缓缓推开门，优雅地挪动身躯，走入办公室。

她看到严良，微笑着点头打了声招呼后，款款落座。

严良简单地做完自我介绍，不敢与她对视过久。他觉得大多数男人与她相处，都会忍不住被她那种成熟得恰到好处的魅力所吸引。

他只好低着头赶快切入正题："你曾经是侯贵平的女朋友？"

"对。"没想到她很直截了当地承认了。

"你和他感情怎么样？"

"很好，好到约定了等他支教结束就结婚。"她淡定且从容。

严良抬起头望着她。"可是上一回见面，你并没有向我们透露这点，甚至……看到侯贵平的名字，你好像……好像……"

"好像漠不关心是吧？"没想到李静直接把他的话接了下去。

"嗯对，就是这个意思。"

"很正常啊，"她轻巧地表述，"侯贵平的事过去十多年了，他的事和我丈夫现在的处境有什么关系？我只关心我丈夫，为什么要提和侯贵平的关系呢？何况，你们有问我吗？"

这个理由冠冕堂皇到让所有人都无法反驳。

严良抿抿嘴，换了个话题："关于侯贵平当初的案子，你知道多少？"

"侯贵平是被人谋杀再被陷害冤枉的。"

"你知道？"

"我当然知道，当初就是我告诉江阳，他才去重新立案调查的。"

严良思路更通畅了，马上问："你是怎么知道的？"

"一开始公安局来学校通报案情，张超作为班主任，看过材料，他当时就发现了尸检报告的鉴定内容和结论不符，于是便告诉了我。我知道侯贵平一直在举报学生遭性侵的事，联系到他的死，他当然是被人谋杀再被陷害的。"

"是张超第一个发现侯贵平死亡的疑点？"严良感觉即将触摸到案件的核心，"他当时为什么没有举报？"

"他说地方上已经定性了这案子，以当时的司法环境，翻案是很困难的。"

严良微微恼怒道："即便再困难也该试一试吧,他教的就是法律,死的可是他学生!"

"可是他没有做啊。"李静微微笑着,带着轻蔑,"后来毕业后,江阳当了平康的检察官,我一直希望侯贵平的案子能得到平反,于是找了他。谁知我当初的一个举动,却让他在这个案子上追查了整整十年,还害得他坐了牢,唉,是我对不起他。"

严良目光一动,忙问:"害他坐牢,是什么意思?"

"你们找江阳的好朋友朱伟问吧,他知道的比我多多了。他外号平康白雪,被誉为当地正义的化身。这十年我并没有参与什么,具体情况我不了解,说了也不准确,相信朱伟能详细地告诉你们整个故事。"

又是朱伟!

果然,朱伟是整件事的关键。

严良更加深了这个判断。

片刻后,他又问:"江阳死后第三天,你给他前妻汇了一笔五十万元的款项,对吗?"

李静丝毫没有惊讶,大大方方地承认:"没错。"

"你为什么要给她钱?"

李静没有多想就说:"我丈夫涉嫌杀害江阳入狱,我给江阳前妻五十万元,是让她把江阳的品性描述得坏点,被害人越坏,我丈夫越能得到各界的同情,才能轻判。我当时并不知道江阳不是被我丈夫杀害的。"

严良笑了起来:"于是江阳前妻果然把他描述成一个受贿、赌博、保持不正当男女关系的家伙，还说当年正是这个原因才离婚，江阳也由此被捕入狱。"

"没错。"

"那么你觉得江阳真的是这样一个人吗？"

"当然不是了。"

"他是个什么样的人？"

她目光飘向远处，透着回忆："他是一个非常正直的人，和上面的任何一条都搭不上边，如果非要用一个词来形容他，我会给他——赤子之心！"

"好一个赤子之心。"严良的目光变得锐利，"可是你汇给他前妻五十万元，让她把一个有赤子之心的人形容成一个劣迹斑斑的社会败类，这涉嫌唆使他人制造伪证，是违法犯罪行为！"

李静发出银铃般悦耳的笑声，像是在嘲讽他。"我让她说的话，都是法院对江阳判决的原话，如果我涉嫌制造伪证，那么你们先去纠正官方定论吧。"

她以仿佛胜利者的姿态与他对视着。

严良望了一会儿，缓缓笑起来，低声道："你真是个厉害的女人，这番说辞已经准备了很久，就等着今天了吧？"

李静微微侧过头，没有应答。

"只不过……只不过你存在一个小小细节上的疏忽。"严良突然放低了声音。

李静转过头看着他。

"得知你在江阳死后第三天汇给他前妻五十万元后，警方去查了你的通话记录，发现你在汇完钱后和她打过电话，当然，你为什么知道他前妻手机号码可以有很多种解释，我无意质疑这点。可是在这之前的几个月里，你从未和他前妻通过电话，那么你是怎么知道江阳前妻的银行卡账户号的呢？"

李静两弯细眉突然拧到了一块，紧张地说："我……我在江阳住所找到了一张纸，上面记着他前妻的账户号……江阳住的房子是我们家的，所以……所以我——"

严良打断她："案发后这几天，房子一直被警察封锁，你进不去。此外，就算你找到账户号，五十万元这笔钱不算少，你至少会先打电话和对方确认一下账户号，再汇款。"

"我……我……"

严良把手一摆。"不用担心，这个细节相信除我之外，其他人不会注意到。对这起案子的整个经过，我已经清楚了大半，只不过还有一些细节需要核实。你放心，我不是警察，我是大学老师，我唯一要做的就是查出真相——不管这个真相多么残酷。接下来，按照你们的计划，我们应该去找朱伟谈一谈，对吗？"

李静愣了很久，最后干张着嘴没发出声音，只是顺从地点了一下头。

严良微微一笑："麻烦你通知朱伟，他可以现身了。"

47

2007 年 5 月。

桌上开了两瓶茅台，一桌的硬菜，三个人在醉眼蒙胧中觥筹交错。

"老陈太够意思了，我活这么久，第一次茅台喝到饱。"朱伟哈哈大笑着又把一杯茅台送下肚。

陈明章微闭着眼皮，懒洋洋地说着："你进去三年，好不容易出来了，我能不大方一次吗？"

"说什么我进去三年，搞得我好像坐牢一样。我告诉你，我是进修，我是学习法律，出来我不还是刑警吗？李建国那王八蛋能拿我怎么办？"

"他都当上副局长了，想把你怎么样就把你怎么样，你可别这么大嘴巴，小心又去读上三年。"陈明章挖苦道。

江阳笑起来："现在白雪再找李建国麻烦，说不定等他儿子当上警察后，别人问他老爹干吗的？警察。在哪个单位啊？公安大学。哦，是警校老师啊？在老师下面读书呢。啊，都快退休了还读书？活到老学到老嘛。那学历很高了吧？凑合吧，大专肄业。"

"哎哟，我瞧你们两个，现在都成了李建国那王八蛋一伙的吧！"朱伟指指他们，三人开怀大笑。

陈明章咳嗽几声，用力睁开蒙眬醉眼，摆出一副做总结的样子。"今天这顿酒呢，是庆祝三件事。第一件事，阿雪成功从警校进修归来，当然，外语考 10 分的事就不提它了，还有什么考试时翻书作弊，喀喀，我们就当没听说过，总之，阿雪还是刑警，还是副大队长，这就行了。第二件事呢，是我，我前段时间辞职了，不干了。"

朱伟和江阳同时惊讶道："你不干法医了？"

"男人有钱就变坏，谁让我有钱呢？"陈明章得意地大笑，"这几年大牛市股票赚了不少钱，我把股票都卖了，辞职了。小江啊，当年

我说给你那个极具价值的消息，你不信，现在后悔了吧？"

江阳摊手道："我天生不是赚钱的料。"

朱伟问："你辞职了干吗去？"

"去江市创个业。我家老头子前年去世了，我也早就不想在平康这小地方待了，准备过段时间在江市安顿好后，把我妈接过去，我也开个公司干干。"

听到老朋友即将离开平康，两人脸上都有些落寞。

陈明章笑着安慰道："别这副表情嘛，搞得像我跟你们有某种难以启齿的感情一样，我会来看你们的，你们来江市，自然我也会全力招待，管吃管住，多好啊。"

朱伟大笑："好，咱们干一杯，预祝老陈在江市打下一片江山。对，还有第三件呢？"

"第三件是江阳的好事了。"陈明章歪着头看着江阳。

"哦？"朱伟转向江阳，盯着他的脸，过了会儿笑起来，"该不会小江要结婚吧？"

江阳不好意思地低下头。

朱伟连忙拉他。"别难为情，说说，谁家姑娘，有照片吗？给我鉴定鉴定，别忘了我的职业，我一眼就能瞧出姑娘好坏。"

陈明章挖苦道："你又不是他爹，你要觉得不好，小江还能跟人家悔婚吗？"

江阳含蓄地拿出手机，打开里面的照片递过去。

朱伟端详着问："怎么认识的啊？"

"这几年你进修不在，我有空趁着周末就去苗高乡，想探点线索，无奈啊，什么都没有，最大的收获就是认识了她，我们挺谈得来，她知道我做的事也很支持。她叫郭红霞，现在在县城纺织厂上班，文化程度不是很高，不过，她对我很好，很理解很支持我。"江阳脸上满是甜意。

朱伟连连点头。"挺好挺好，这小郭姑娘看着挺好的，就是……好像，她看着年纪比你大？"

"比我大四岁。"

朱伟笑起来："大得有点多吧，我本来还在想你这江华大学的大帅哥，最后娶的老婆是啥样呢。"

陈明章摇头晃脑道："姐弟恋现在最流行了，怕什么呀，最美不过夕阳红，温馨又从容，夕阳是迟到的爱，夕阳是未了的情。当然了，她自然是比不上吴爱可的，想当初——"

朱伟突然一声冷喝："陈明章！"

陈明章当即惊醒，连连道："哎呀，我醉了我醉了，我罚一杯，我自罚，小江千万别往心里去。"

江阳微笑着说："没关系，玩笑嘛，她对我好，我觉得她好，这就够了。"

朱伟朗声叫起来："来来来，为了三件喜事，咱们干一杯，把剩下的酒喝完，老陈你可别装醉，等下还要你买单……你这家伙还真装醉，信不信我告你敲诈勒索，让执法人员把你抓了……"

这一夜，他们开怀痛饮，肆意大笑，一直喝到天昏地暗。他们都没再提案子的事了，仿佛是在和过去做一个告别。

时间啊，改变了社会，改变了人。

48

2008 年 3 月，平康又下了一场雪。

大雪中，江阳带着两位检察院的同事和朱伟来到了平康看守所。

因为就在昨天，江阳得到了一个极其重要的线索。

有一个名叫何伟的人，绰号大头，是当地有名的混混，初中辍学后就纠集社会无业人员组成号称"十三太保"的流氓团伙，早年曾因故意伤害罪入狱六年，出狱后不久就再次因斗殴把人捅死。警方事后调查发现，他不但犯有故意杀人罪，身上还背了至少两宗故意伤害罪。公安第二天去抓人时发现他已潜逃，随后发布了网上通缉令。上个月他偷偷回家过年被群众举报，随即在潜逃三年后被公安抓获。

经过初步审理确认身份后，目前他被关押在平康看守所。

昨天检察院的两位检察官按程序去看守所提审何伟核实案情，何伟知道这次入狱很可能会被判死刑，为了活命，他向检方提出，愿意供出一件公安尚未查获的命案，即"十三太保"的一个成员在 2004 年杀害了一名苗高乡妇女的事，来换取减刑。

得到重大另案信息后，检察院同事马上回到单位向领导汇报，江阳得知消息，瞬间联想到了丁春妹，在取得领导同意后，他亲自过去打算审问清楚。

到看守所后，他们立刻提审了何伟。在按惯例核实身份后，江阳向他表明政策："你昨天交代的案子如果经查属实，我代表检察院向你保证，一定会在庭审时向法院出示你的立功材料，为你争取最大限度的减刑。"

"能保证不判死刑吗？"何伟目光凝重，他知道重刑逃不了，现在唯求一线生机。

"我无法保证，但我承诺会尽全力，只要你的供述对未查明案件有重大贡献，我们检方有很大把握能保你不被判死刑！"江阳诚恳地看着他。

他深吸一口气，点点头。"我愿意把我知道的都说出来。"

"很好，"江阳不再废话，直截了当问，"被害人叫什么名字？"

"我不知道，只知道是苗高乡的一名开小店的妇女。"

江阳心中一动，更加确信了。"凶手是什么人？"

"他叫王海军，我早年和十二个兄弟结拜，组成'十三太保'，他当时是我的小弟。"

"王海军杀人的事，你是怎么知道的？"

"我们兄弟一直都有联系，大概是在 2005 年年初，我跟王海军吃饭，他酒醉之后告诉我，去年有天晚上，他和另一个人，我不认识的，忘记名字了，他们到了苗高乡，抓走了一名妇女，后来将她杀害，尸体放进麻袋，扔到了苗高乡外面一座失火烧掉的荒山上的废井里。"

"他为什么要杀人？"

"他说是收钱办事。"

"收了谁的钱？"

"我问他了，他没说，他说这人不能说，说出来会没命。"

江阳看了眼旁边的录音器，又看了看一旁同事记下的笔录，略微

放下了心，最重要的信息这次都记录了，而且程序完整，是法律上承认的证据。这一次，一定不会再像上一回那样，被称为非法取证，不被法律认可。

他马上把思绪拉回了当下，继续问："王海军现在是什么人，在哪里？"

"他在卡恩集团保安部当经理。"

江阳心下已经完全确认了。

提审结束后，他赶到看守所外面，朱伟早已迫不及待。"被害人是丁春妹吗？"

江阳把笔录交给他过目，冷笑道："百分之百就是丁春妹，你马上带你信得过的人去抓王海军，顺便安排刑警和派出所的人去找丁春妹的尸体，尸体在苗高乡外一座失火的荒山上的废井里，那座山我有印象，每次去苗高乡都会经过，很小的一个山包，相信不出一天就能找到。"

朱伟点头。"我马上去办。"

江阳拉住他，郑重地说："最关键的时候务必更加小心，否则我们这么多年的努力都功亏一篑了。你要带彻底信得过的自己人，而且动作一定要快，不能给他们任何反应的时间！"

朱伟心领神会："我明白，现在李建国是管刑侦的副局长，彻底管死我，先不能让他知道这事。刑警我就带几个新人跟我去抓人，县里几个派出所我都有要好的朋友，我找他们调人找尸体。这件事，是时候来个了结了！"

朱伟目光深沉地望向了远方。

49

江阳赶到刑侦大队后，朱伟满面春风地通知他，王海军顺利抓获归案，现在还在和刑审队员对抗，不肯招供，不过只要找到尸体，加上何伟在看守所的交代材料，谅他也无从抵赖了！

没过多久，好消息传来，苗高乡外那座荒山上的废井里，果然发现一具尸体，尸体已经完全腐烂，只剩骨头，不过凭骨骼能判定是女尸，县里法医正带人赶过去做尸检。

朱伟说完，两人几乎喜极而泣。

朱伟激动地说："真没想到，我真没想到这案子会在几年后出现重大转机，我——我原以为这辈子再也——再也——"他红着眼，哽咽着几乎说不出话来。

想起当年办案，他和江阳两人的遭遇，他满腔感慨。

江阳握紧拳头，狠声道："太好了，真的太好了，命案浮出水面，王海军极可能被判死刑，在死刑面前，孙红运用钱收买不了他。王海军必定会招供，到时孙红运和胡一浪在刑事命案前，再也没人能救他们了！"

正说话间，李建国带着几个刑警急匆匆地赶过来，见着朱伟就问："王海军在哪里？"

朱伟愤怒地瞪着他。"你想干什么？"

李建国冷笑道："听说出了一起重大命案，这案子现在我亲自接手负责，你不用管了。"

"案子是我查的，人是我抓的，尸体是我派人找到的，凭什么现在归你接手了？"朱伟握紧了拳头，气氛剑拔弩张。

李建国丝毫没把他放在眼里，一脸理所当然。"我是你领导，你要听我的，案情重大，我要亲自来审。当然，你放心好了，这件案子破获后，我向上级报告时，功劳全记你头上，可以了吧？"

"不行！"朱伟大喝一声，所有刑警都看向了他们。

"朱伟！"李建国脸上的肌肉跳动着，"你是个警察，你必须服从命令！"

朱伟暴喝道："我告诉你，这案子我绝不放手，你想干什么大家心知肚明，王海军被抓了，过不了几天，就是你——"

李建国一拳打在朱伟脸上，朱伟顿时要扑上去还手，被江阳和身边刑警紧紧抱住。

"你简直在单位放肆惯了，监督处的人应该再找你好好谈谈。"李建国冷声道，"我是领导，我有权命令你干什么。现在嫌疑人已经抓获，尸体也找到了，剩下审问的事就不需要你管了，这案子破获的功劳都归你，我不跟你抢功，这话大家都做个见证。现在有另一起案子急需要人手，我要你马上去办案。"

朱伟咬牙道："还有什么案子非要我去？"

"孕妇盗窃团伙案，派出所连续多天接到报案——"

朱伟再也忍不住吼起来："又是他妈的孕妇盗窃团伙非要我去抓人？"

"案情重大——"

"重大个屁！"

李建国呵斥道："朱伟，我再警告你最后一遍，你如果再辱骂领导，明天监督处的人就会带你走。"

朱伟冷笑："好，我不骂你，老子今天就坐在这里，哪里都不去。"

李建国吸了口气，狠狠点头。"好，你不愿去破孕妇盗窃案，我也拿你没办法，但以后所有案件，你都不用管了，所有人都不会配合你，你自己看着办吧。"

朱伟咬着牙，脸上的肌肉剧烈地颤抖着。

在机关系统，你没严重违纪，领导没法开除你，但会让所有人都不再配合你的工作，你会被所有人排挤，孤立无援，比被开除还难受。办案必须两个人以上，李建国一旦下了这命令，以后朱伟就将与破案无缘，这简直断送了他剩下的职业生涯。

江阳在他耳边轻声劝道："白雪，再忍几天，现在王海军杀人证据确凿，无法抵赖，过几天送他到看守所后，就是检察院提审了，你放心，后面有我。"

朱伟看了他一眼，深吸一口气，冲李建国狠狠点头。"好，我这就去抓孕妇盗窃团伙，李局长！"

50

第二天一早，朱伟冲进了检察院办公室，脸色一片惨白，一把抓住了江阳的胳膊，缓缓道："你们……你们快去抓李建国。"

江阳和办公室吴主任以及其他检察人员连忙把朱伟扶到椅子上，朱伟连声喘息着，胸口剧烈起伏。

吴主任让人赶紧倒了茶，拍着他的胸口。"朱警官，发生什么事了？你慢慢说。"

"丧心病狂，简直丧心病狂！"朱伟颤抖着紧紧捧住茶杯，"王海军死了，王海军死了！"他重复着这句话。

江阳缓缓后退两步，直起身，强忍着心中剧烈的波动，震惊得脸上失去了表情。"他不是被关在公安局吗？怎么死的？"

"我不知道，不用想也知道，李建国干的。"

吴主任小声道："不……这不可能吧，你们李局长怎么会把嫌疑人……那个呢？"

朱伟眼神空洞地看着手里的茶杯。"王海军半夜被送到医院抢救，没救活，死了，我偷偷问过知情医生，医生说是李建国把人送来的，来的时候人已经死了，李建国还是要求医院不顾一切抢救，到早上才对外说……才说王海军死了。"

吴主任颤声道："怎么……怎么会这样啊！"

江阳深吸一口气，过了一会儿，沉声问："尸体现在在哪里？"

"医院太平间。"

江阳立刻转身跑出去找领导汇报情况，检察院领导在这件事上倒并没有顾及李建国是公安局副局长，嫌疑人在拘留期间死亡，自然需要检察院介入调查，于是马上就批复了江阳的调查请求。

事不宜迟，江阳带着几名检察人员即刻赶赴医院，在太平间门口，被守候的警察拦了下来。

"我要看尸体！"

两名警察本分地表明态度："领导交代不能放人进去。"

江阳大怒。"我们是检察院的，依法调查嫌疑人在公安局的非正常死亡！"

警察看见他们的制服，自然知道他们是检察院的，但领导有命令，他们不敢擅作主张。"我们真没办法，看尸体要有我们领导的批示，检察同志，不要让我们难做。"

"检察院的调查令也不行？"

"不行。"

"让开！"江阳大喝。

两名警察身体向前挺直，丝毫没有退让的意思。

江阳紧咬着牙齿，嘱咐身后的同事："拍照录像。"

他拿出证件和调查令，走到两名警察面前，按照调查程序响亮地重复一遍要求，两名警察顿时慌了神，其中一名警察连忙说："检察同志，你们稍等，我马上向领导汇报一下情况。"说完就走到一旁打电话。过了一会儿后，他回来向另一名警察耳语几句，两人示意他们可以进去。

他们进入太平间，江阳拉开白布，王海军的尸体呈现在他面前。

他压住满腔怒火，深吸一口气，拉开尸体身上的衣服进行检查。正面没有明显的外伤，唯独手臂上有几处手指的箍痕。他和同事合力将尸体翻了个面，背面也没有明显的外伤，只是脖子根部也有手指的箍痕。

他不是法医，没有这方面的职业能力，思索片刻，掏出手机给已经在江市经商的陈明章打了电话。听完描述，电话那头给出建议："看一下颅骨附近有没有外伤。"

江阳细致地翻开头发，按陈明章的指导检查，没有发现外伤。

陈明章思索道："这不应该啊，没有外伤怎么会突然死了，除非中毒了。你看看他身上有没有针孔，如果针孔也没有，只可能是服食毒物了，那得专业法医做进一步的理化尸检。"

江阳仔细看了一番，失望地对电话里说："没找到针孔。"

"你这样的非专业人士，是很难判断针孔的，你可以再看下手臂和脖子附近，把皮肤拉平看，如果有针孔，通常会在这些地方，如果还是找不到，那没办法，只能向公安申请找法医做进一步尸检分析。"

挂断电话后，江阳将这几处地方的皮肤拉平了仔细观察，到脖子时，拉开皮肤上的褶皱，江阳突然看到了一个细小的红点，他连忙让同事用专业相机拍下来。

51

离开医院后，他们径直前往公安局，县政府领导和公安局局长接待了他们。局长兼任县政法委书记，是检察院的上级领导，江阳不敢直接要他交出昨晚办案的人员，只能按程序出示调查手续。

局长请他们到会议室，让李建国亲自来说明情况。

几方落座，李建国低着头出现在众人面前，沮丧地讲起事情经过："昨晚王海军是我亲自审的，到了后半夜，他还是什么都不肯交代，考虑到时间关系和嫌疑人的精神状态，我让刑审队员先回去休息，第二天继续。其他人走后，我准备把王海军带回拘留室，这时我看到他在抽搐，一开始我以为他在演戏，后来确认他不是在伪装后，我连忙找人一起把他送医院抢救，最终还是没救活。唉，医生说是血糖太低造成的休克猝死。这件事情，是我的责任，是我没有管理好嫌疑人，我愿意对此负全部责任。"

一位县领导开口问："你们警方有没有对嫌疑人刑讯逼供？"

李建国连忙否认："绝对没有刑讯逼供，绝对不是刑讯逼供造成的猝死，检察院同志可以分别约谈昨晚的刑审队员做调查。"

江阳冷哼一声，李建国害怕王海军交代都来不及，哪还会对他刑讯逼供。他冷冷瞪着对方。"昨晚是你最先发现他猝死的？"

"对。"

"就你一个人吗？"

"是的。"

"你们审讯完成后，他还是正常的吗？"

李建国犹豫道："审讯结束，犯人总是会很疲惫，这个……这个也是正常的，但是我们当时没发现他身体状况有明显异常。"

"医生说他是血糖偏低猝死的？"

"是的，医生这么说。"

江阳盯着他的眼睛。"我们会调查他的病历的。"

李建国皱了皱眉，没有说话。

"我需要看监控。"

李建国低头，目光偷偷扫视了一遍众人，低声道："由于工作疏忽，监控录像昨晚没有打开。"

"监控录像没开！"江阳瞪大了眼睛，"凡是审讯都要打开监控录像，怎么可能没开！"

李建国叹口气："这个确实是我们工作疏忽，我愿意对此负全部责任。"

"你怎么负责？人都死了！你要负刑事责任！"江阳不由得大怒。

这时，分管司法的副县长开口道："检察官同志，你们虽然精通法律，但说话也要有法律精神。嫌疑人是猝死的，警方没有刑讯逼供，唯一疏漏在于忘记打开监控录像了，这顶多内部处分，用不着上升到刑事高度吧？"

江阳咬咬牙，冷声质问李建国："王海军脖子后的针孔是怎么来的？"

李建国脸上顿时一阵惶恐。"什么针孔？"

"王海军脖子后有针孔，你需要看照片吗？"

"我不知道啊。"李建国一脸无辜状。

江阳瞪着他。"我会向市里要求做进一步的尸检。"

这时，公安局局长开口道："这当然是检察院的权力，你们可以按程序向市里申请委派刑技人员。至于李建国同志的责任认定，我们单位内部会做讨论处理，如果到时检察院觉得不合理，也可以提起抗诉。"

局长如此一说，意思显然是今天要保下李建国，检察院没法带李建国回去审问了。

江阳沉默了一会儿，无奈妥协地低下了头。

52

接下来的一个多星期，江阳一直在申请由上级公安机关派法医调查王海军在公安局非正常死亡的情况，但得到的答复是王海军的家属为了保留死者尊严，拒绝公安机关进行尸检。江阳知道，这一定是孙红运派人运作的，有钱人总有很多办法收买活人，人已经死了，即便是自己的亲人，但既成事实，当然还是钱更重要些。

江阳只能咨询陈明章的意见。陈明章帮他联系了几位外地的资深在职法医，他们看过王海军脖子的照片后，都表示针孔很新鲜，应该发生在死亡前不久。医院诊断报告是血糖过低导致的休克死亡，而江阳调查王海军的病历发现他没有低血糖病史，因而怀疑他被注射了过量胰岛素。手臂和脖子上的箍痕是他被人强行抓住而留下的。但这些都需要法医对尸体进行进一步鉴定。

江阳据此多次向上级提交调查申请，他怀疑这不只是简单的猝死，或涉及刑事犯罪，刑事罪的尸检就由不得家属反对了，但上级一直没有给出明确答复。而家属多次要求把王海军的尸体火化，只因检察院坚持反对，才暂时保留下来。

这天傍晚下班后，江阳留在单位伏案写报告，却见妻子郭红霞心急火燎地跑进来，开口就问："你找人接走了乐乐？"

乐乐是他们唯一的儿子，不过三岁，正在上幼儿园，每天下午4点放学。郭红霞要上班，都是让儿子在幼儿园待到5点她才去接。

结果今天5点她去接时，老师告诉她，有一个开着轿车来的中年男子，自称是江阳的朋友，替他接孩子，父母信息都说得完全一致，小地方的人思想单纯，于是老师就让他把孩子接走了。郭红霞知道丈夫为了案子最近都很忙，也没开轿车的朋友，更不会派人接孩子，她感到不对劲，连忙找到他单位。

"没有，我从来没派人接乐乐！"江阳顿时感到头皮发麻，从椅子上跳了起来。

郭红霞顷刻间哭了起来，断断续续地重复着老师的话。

江阳手足无措，急红了眼。

一旁的办公室吴主任上来忙说："别耽搁了，赶快去派出所报警，先把孩子找回来。"

两人一听掉头就往外跑，吴主任满脸愁容地望着江阳奔波劳碌的背影，苦涩地叹口气，回到座位上，从柜子底下拿出一个信封。他握着信封看了很久很久，最后叹口气，又把信封塞回了柜子。

报完案，派出所做了登记，说失踪不到24小时，暂时不会调查，江阳跟他们争执了很久，最后找来了朱伟，朱伟把派出所的人痛骂了一顿，让他们赶紧出去找孩子。朱伟一路劝说安慰着惊慌失措的江阳和郭红霞，送他们回家，刚到家门口，就看到了一辆轿车，车上下来

一个人，抱着正拿着玩具飞机高兴笑着的乐乐。

胡一浪隔着很远就笑眯眯地向他们打招呼："怎么才回家？等你们很久了，带你们孩子吃了顿大餐，送了他一些玩具，你们不会生气吧？"

郭红霞一看到儿子，连忙冲上去把孩子接过来，摸着他的头痛哭，对儿子又扭又骂，小孩子一下子大哭起来。

胡一浪皱眉道："这么小的孩子又不懂事，何必呢？"

江阳冷冷地注视着胡一浪，走过去挽住妻子，示意她先回家。等到妻子上楼关上家门，他再也控制不住，冲过去就朝胡一浪一拳砸去。朱伟也同时冲上去，对着胡一浪一顿猛踢。

这时，旁边响起"咔嚓"的相机声，胡一浪抱头大叫道："把他们都拍下来，我要举报！"

朱伟丝毫不顾，一拳朝他头上砸去。"我今天丢了公职也要弄死你！"

胡一浪手下见对方下手实在太狠，忙冲了上去，强行拉开这两个近乎疯狂的家伙。

胡一浪抹着满脸鲜血，狠声道："你们好样的，等着，等着！"

53

陈明章拿着茅台，给两人倒酒，笑说："现在你们俩都暂停公职了，就在江市多待些时间，我带你们出去玩玩散散心，所有花销我包了。"

"还是陈老板好啊，"朱伟端起酒杯一口干完，又自己满上一杯，"你这儿有吃有喝的，我才不想回去呢，待在江市多好，干吗回平康，对吧，小江？"

江阳沉默了片刻，说："我住几天就走，我回单位找领导尽快让我恢复工作。"

朱伟摇着头说："暂停公职，又不是把你开除了，急什么？"他停顿片刻，吃惊地问："该不会你还不死心，想继续查孙红运吧？"

江阳不说话。

陈明章微微叹息一声，也开始劝说："小江啊，现在连白雪都放弃了，你又何必坚持呢？"

"是啊，王海军尸体都被火化了，你现在能查什么？我们本来早几年就放弃了，后来丁春妹的案子浮出水面，原本以为是个新突破口，结果呢，哼，王海军在公安局被人谋杀了，你还查个屁啊！"

江阳把酒一口喝完，马上又倒了一杯。"我没想过他们会胆子大到这种地步，这种时候，如果我放弃了，那最终再也没有办法办他们了。我回去后，就把这些年前前后后的所有事写出来，寄给市检察院、省高检、最高检的检委会各个委员，还有省公安厅和公安部的领导，我坚信，总会有人来关注这些案子，这样的案子总会有水落石出的一天！"

陈明章抿抿嘴，放低了声音："继续这么做，你考虑过后果吗？"

江阳苦笑："我已经不同于几年前了，现在的我对前途不再抱任何期待，现在的我，还能更糟吗？大不了他们也像前几次那样，找机会把我谋杀了吧，他们用我儿子威胁我时，我就不怕更坏的结果了。"

"那你是不是应该为郭红霞和乐乐多考虑一点呢？"陈明章轻声的一句话突然触到了江阳心中最脆弱的地方，"他们先杀了侯贵平，后杀了丁春妹，又杀了王海军，杀了这么多人，他们早已肆无忌惮了，可是你有没有想过，为什么你和阿雪只是被他们利用规则整倒，他们却从来没有对你们个人的人身安全下手？"

江阳轻蔑地笑了笑："我和阿雪一直都在提防着他们，他们怎么下手？"

"真要向你们下手，还是很容易的，至少比在公安局谋杀王海军困难小一点。"陈明章摇摇头，接着说，"他们不敢对你们下手，一是，你们是国家公职人员；二是，有很多人在背后支持和保护你们。"

"除了你，还有谁会在背后支持我们调查？"江阳冷笑。

"有，而且有很多。这几年下来，你们对孙红运的调查，私底下在清市公检法里早已广为人知了，很多人都相信你们，他们不像你们一样，有勇气正面与那个庞大的团伙对抗，但是他们心里是支持你们的。要知道，大部分人的心地都是善良的，是站在正义这一边的。就拿朱伟来说，当年在岳军裆下开枪，明面上是极恶劣的行为，坐上几年牢也不为过，为什么最后只是进修三年，回到原岗位？孙红运这些人还希望他继续当刑警吗？当然不。包括这一次，你们俩殴打胡一浪被拍下来了，上级对你们俩都有理由调离实职岗位，但没有，只是分别暂停公职三个月和一个月。是谁让你继续当刑警？是谁让你继续留在检察院？只有你们的领导。他们虽然保持沉默，但他们知道你们在做些什么。现在也是一种黑与白之间的平衡，如果你们俩遭到不测，那么此刻将引起沉默的大多数巨大的反弹。每个人都有人脉，说不定他们中有人会向公安部、最高检举报，也或许其中本就有人认识很高级别的领导。当你们这样代表正义的调查人员连自己的命都保不住时，沉默的那一方会彻底愤怒，黑白的平衡就会被打破，孙红运他们也深知这一点，所以，他们绝对不敢向你们两个人下手。可是，他们虽不敢对你个人下手，却敢用你的妻子、你的儿子威胁你，到时该怎么办？你可以豁达，可是你的家庭是无辜的。算了吧，听我一句劝，不要再管了，保持着这份平衡，也许若干年后，在某一天、某一因素下，突然就真相大白了呢？"

朱伟也说："小江，老陈说得很对，你要为郭红霞和乐乐考虑，你是他们的依靠，你也不想给他们带去危险吧。"

江阳握着酒杯，手停在空中，过了很久，慢慢地移到嘴边喝完酒，他身体里的生气仿佛都被抽空，目光空洞地望着前方，艰难而又坚定地吐出一句话："我要离婚。"

54

2009 年 11 月，江阳下班后遇到了胡一浪。

对方很客气地打招呼："江检，我们之间恐怕有一些误会，能否赏脸找个地方聊一聊？"

江阳斜视着他。"有什么好聊的？没空。"

胡一浪微笑说："既然江检这么忙，有没有考虑过找个朋友帮忙接送儿子呢？"

江阳握紧了拳头，沉默了片刻，冷声道："我已经和我妻子离婚

了，儿子归她，你们还想怎么样！"

胡一浪摊开双手。"这话说得，我只不过想和江检找个地方沟通一些情况，用不着生气吧？"

江阳深吸一口气，压制住怒火。"好，我跟你聊！"

胡一浪把江阳带到了一家大饭店的包厢里。胡一浪让服务生上菜，江阳阻止了他："不必了，我不会吃你们的任何东西，你有什么话快说，说完我就走。"

胡一浪丝毫不恼怒，笑说："好吧，既然江检不想吃，那我们到旁边坐下聊几句如何？"

他们坐到了包厢副厅的沙发上，胡一浪从公文包里拿出一份文件，推到对面，笑着说："江检，听说你写了一些材料，寄给一些上级领导，是这份东西吧？"

听到这话，江阳并不意外，举报材料被他们拿到已经不是第一次了，他理直气壮地承认："是我写的。"

"这里面啊，一定是有某些误会，我们孙总一向很佩服江检的为人，希望能和江检交个朋友，材料嘛，能否不要再寄了？孙总一定会——"

"不可能。"

胡一浪尴尬地闭上嘴，把剩下的话吞了回去。他摇头叹息笑了笑，从口袋里拿出一副扑克牌，抽出半沓，放到江阳面前，另半沓放到自己面前。

江阳迟疑地打量着他。"你这是干什么？"

胡一浪没有直接回答，而是从身后拎出一个箱子，打开后，全是一沓沓整齐的人民币。他把人民币整堆倒在茶几上，说："不如做个游戏，江检可以从自己手里任意抽一张牌，我也从我手里抽一张，每一次只要你的比我的大，一沓钱就是你的，如果比我的小，你不用付出任何代价，怎么样？"

江阳冷笑一声，站起来，轻蔑地嘲笑。"我对这种游戏没有任何兴趣，还是留着你们自己玩吧！"

"哎，等等，"胡一浪连忙起身，谄笑地拉住他，"我们这样的俗人游戏，确实太俗了，够不上江检的审美，请允许我做个弥补，江检离婚也有一段时间了，男人嘛，总归是有一些爱好的。"

他用力咳嗽了两声，马上两个"事业线很旺"的年轻漂亮姑娘走入包厢，在职业性的微笑中从容地圈住了江阳的手臂，谄媚地一口一声"江哥哥"叫着。

江阳一把推开她们，大声喝道："你别指望用这种招数拖我下水，我不是李建国，我也绝对不会成为李建国！"

说完，他大步跨出了包厢。

胡一浪停在原地，望着他远去的身影，叹息一声："是个好人，不过，不是聪明人。"

55

严良和李静交谈过后的第二天，专案组就联系上了朱伟，表示希望能找他了解关于江阳被害一案的情况。朱伟爽快答应，但提出一个附加条件，必须要有省高检的检察官在场，因为他还要当场向专案组

举报一件事。

赵铁民悄悄向高栋请示，高栋暗示条件可以接受，让他找专案组里的省高检同志一同参与。

于是，赵铁民在刑侦支队设了一间办公室，带着严良和专案组里公安厅和省高检的一些领导共同接见朱伟，由严良先问，其他人再补充。

那是严良第一次见到朱伟，对方五十多岁，寸头，两鬓头发都已花白，身材壮实，脸上饱满，轮廓仿佛刀削一般，永远把腰杆挺得直直的。

他进门一望这么多领导模样的人，却丝毫不显惊慌，大大方方地坐下，目光平静地在众人脸上扫过，最后落在了严良身上。他特别重视地打量了严良几秒，才把头转开。

简单介绍过后，严良转入正题，问他："你和江阳认识多久了？"

"十年。"

"你们关系怎么样？"

"很好，不能再好了！"朱伟回答得斩钉截铁，那种气势让在场所有人都感到他心里一定充满了某种愤懑。

严良打量了他一会儿，缓缓道："对江阳被杀一案，你知道哪些情况？"

朱伟鼻子呼出一团冷气。"我敢肯定，一定是胡一浪派人干的。"

"你指的是卡恩集团的胡一浪？"

"没错。"

"为什么？他和江阳有什么矛盾？"

朱伟向众人扫视了一圈。"江阳死前几天，我和他刚见过一面。他告诉我，他手里有几张照片，这几张照片能向胡一浪换一大笔钱，当时胡一浪已经派人汇给他二十万元，他要求对方再给四十万元，对方却迟迟不肯答应。一定是这个原因，导致胡一浪铤而走险，派人杀了他。"

所有人都面面相觑，大家已经知道卡恩集团的财务确实在江阳死前汇给他二十万元，可并不知道为什么汇给他二十万元，听到朱伟的说法，他们更确信，江阳手里的那几张照片，应该是胡一浪的某种把柄。

严良问出了大家的疑惑："是什么照片，江阳能用来和胡一浪换这么大一笔钱？"

朱伟沉默了片刻，突然冷声道："十多年前侯贵平拍的一组照片，关于卡恩集团诱逼未成年少女向官员提供性贿赂的过程。"

听到"卡恩集团诱逼未成年少女向官员提供性贿赂"，众人都提起了精神，知道这件事非同小可。

严良马上问："侯贵平死前一直举报他的一个女学生遭遇性侵后自杀的事，难道——"

"没错，受害的远不止一个女生，当初那个女学生不是被岳军强奸，而是被岳军带到卡恩大酒店，被卡恩集团老板孙红运等人逼迫，向官员提供性贿赂。孙红运指使胡一浪，找来岳军这样的地痞流氓，专找农村胆小怕事的留守女生，向有特殊癖好的官员提供特别服务，从而谋取其他利益。"

会议室里鸦雀无声，大家都在思考这个说法的真实性。

长夜难明

卡恩集团是全省百强民营企业，在区域范围内有着很大的影响力，老板孙红运更是身兼人大代表、企业家协会领导等职，政商关系密切，一旦这说法属实，必然会牵出一起涉及面极广的大案。

一位省高检的检察官立刻问："这些照片现在在哪儿？"

"照片在江阳那里，当时他说藏到了隐蔽处，所以我没见到。"

"那你有什么证据证明你说的话是真实的？"

朱伟目光不变，却慢慢摇了摇头。"我没有证据。"

与会者一阵私语，检察官丝毫不留情面地指出："你的说法很骇人，我们今天虽然是内部会议，与你之间的谈话不会外传，不过你无凭无据这样说也不合适，如果被外界知道，你是要负法律责任的。"

朱伟冷笑道："我和江阳对这件事调查了十年，证据，很早以前是有的，结果却一次次被人为破坏殆尽。我现在这样说，确实是无凭无据，不过说到负法律责任，哈哈，我们早就为此买单了。我先被撤职，后去进修，再后来被调离岗位，从一个刑警变成派出所民警，每天处理大爷大妈的吵架纠纷，也许这在各位大领导看来是不够的，可是江阳坐了三年冤狱，从一个年轻有为的检察官，被人陷害坐牢，变成一个手机修理工，哈，这总够负法律责任了吧！"

"你说江阳是个年轻有为的检察官，他坐牢三年是冤狱？"另一位检察官问。

"没错，我要举报的就是江阳入狱的冤案！"朱伟的鼻头张合着，仿佛一头愤怒的公牛。

检察官皱眉道："死者江阳的材料我们都看了很多遍，包括他入狱的判决书和庭审记录。关于他违纪犯罪的几项罪名，都有照片的物证、行贿的人证，以及他自己的口供和认罪书，证据充分，怎么会是冤案？"

朱伟哼了声："张超杀害江阳，一开始不也证据充分，你们为什么不直接判他死刑枪毙他，现在又回过头重新调查了？"

"这……情况不同。"检察官耐着性子回答。

朱伟哈哈一笑，继续道："江阳入狱前，正在追查现在清市公安局的政委、当时平康县公安局的副局长李建国涉嫌谋杀嫌疑人、毁灭证据的案子。"

所有人听到这个消息都瞪大了眼。

"结果江阳被胡一浪以家属作为威胁，去谈判。谈判桌上，胡一浪摆出一堆现金，拿出一副扑克牌，让他赢钱，江阳不予理会，胡一浪又找来小姐勾引他，他同样不为所动，转身离去。可谁知胡一浪早已用相机偷拍，把江阳拿着钱、被小姐搭在身上这些场景都拍了下来，举报到纪委，称他以检察官的身份，多次向企业勒索贿赂，企业迫于无奈才举报他。不光如此，真是巧合，那几天江阳工资卡上突然存进了二十万元，一个他曾经处理过的一起刑事案的当事人向检察院自首，说江阳帮他实现轻判，他给了江阳贿赂。由此，江阳被批捕，随后被清市检察院提起公诉，一审判决十年，江阳不服，提出二审，二审改判三年，直到他出狱。这样一个正直的检察官最后被逼迫到如此地步，你们这些省高检的领导怎么看？"他咬着牙齿，眼睛布满红丝。

一位省高检的领导道："可是江阳自己写下了认罪书，并且在二审开庭时，当庭认罪，如果他真如你所说，一切都是被人设计陷害

的，他怎么会自己写下认罪书？"

朱伟深深吐了口气："他之所以当庭认罪，是因为他上了张超的当！胡一浪是真小人，张超是彻底的伪君子！到底是不是张超杀了江阳，我不知道，但张超肯定参与了！"

56

"朱伟说得没错，江阳那三年坐牢确实冤枉，而且他这三年冤狱，很大程度上，是我一手造成的。"面对赵铁民和严良，张超毫不隐瞒，爽快地承认了。

赵铁民喝道："这件事为什么你从来不提？"

张超微笑着说："我不知道这事与江阳被害有关，而且你们也从未问过我这件事。"

"我们怎么知道你们这些年里发生过哪些事，我们怎么问！"赵铁民怒视着他，对他此前的隐瞒极其恼怒。

张超很平静地笑着："现在你们对这十年里发生的事应该大致了解了吧？"

"我们——"

严良抬了下手，打断赵铁民，说："这十年的故事像一座大楼，我们现在知道的只是大楼的外观，具体的内部结构我们并不清楚。此刻我最好奇的一点是，这十年的故事，我们是从不同的人口中拼凑出来的，可你明明知道全部故事，并且也一直引导着让我们知道全部故事，为什么你不肯一开始就全部告诉我们，反而绕了这么大一个圈子？"

张超笑了笑："当游客走到这座大楼前时，只有对外观感兴趣，他才会深入内部看看。如果大楼的外观就把游客吓住了，让游客不敢靠近，甚至装作没看到，掉头就走，那么大楼的内部结构将继续保留下去，直到等来愿意进来的客人。"

严良和赵铁民对视了一眼，缓缓点头。"我明白了，也理解了你的良苦用心。现在，能否先揭开一角，谈谈你是怎么害得江阳入狱三年的？"

"江阳正式被刑事拘留期间，李静告诉了我当年的事，我由于当年未举报侯贵平的冤案，心怀愧疚，马上赶到清市，做江阳的辩护律师。江阳在看守所始终没有认罪，相信你们作为过来人，也知道早些年的审讯方式，具体的，没必要说了，总之，江阳的意志力让我深深敬佩，他是个极其顽强的人。一审开庭前，法院组织了多次的模拟法庭，单纯从证据来说，除了账上多出的二十万元之外，那些照片都不算实质证据，而且二十万元是在他被调查期间汇进去的，自然可以作为庭审上辩论的疑点证据，对这起案子，我有很大的信心能为他脱罪。只不过……"

他低下头，叹了口气："只不过最后一审还是判了十年。江阳不服，提出上诉。上诉开庭前，法院又组织了几次模拟法庭，我的辩护理由完全站在公诉人之上，这时，法院突然宣布延期开庭。几天后，我有几个比较要好的同学朋友，从事法院系统工作的，找上了我，跟我说，目前江阳的罪名是领导定性的。他本人一直不肯认罪，而我又以疑罪从无的角度替他进行无罪辩护，这让审判工作很是被动。他们告诉我，领导对这个案子的定性不会改，如果我再不顾全大局，替江阳做无罪辩护，我的律师执照来年年审时，恐怕会有点麻烦。而江阳不肯认罪，法院开庭就会继续延期，他还要被关在看守所里吃苦。"

听到这儿，严良的脸色渐渐变得铁青，这是赤裸裸地以顾全大局为名，对人进行威胁。

张超抿了抿嘴巴。"他们带我去见了法院的一位领导，那位领导说，他可以承诺，只要江阳认罪，案件定性不改，由于涉案金额只有区区二十万元，可以从最轻程度判刑，甚至判缓刑，江阳已经坐了一段时间的牢，等审判结果下来，抵消刑期，就可以直接出狱了。至于江阳的公务员工作，他也承诺可以保留。这是既顾全他们的面子，又对我和江阳两人最好的解决办法，他建议我去说服江阳。"

他叹口气："我找江阳做思想工作，他起初不同意，认为有罪就是有罪，没有罪就是没有罪，有罪就该服法，怎么可以既认罪又不用服法？我和他谈了很多，最后谈到了他的家庭。他前妻没有固定工作，还有一个儿子要养活，他需要向现实妥协，保住公务员这份工作，这是一个男人该负的责任。他低头了，写下了认罪书，也当庭表示认罪。"

他苦笑一下。"后面的结果你们也知道了，那位法院领导根本是骗我们的，最后江阳还是被判了三年，丢了公职。"

严良和赵铁民沉默着，没有说话。

过了很久，赵铁民咳嗽一声，打破这种压抑的静谧，说："现在你能告诉我，江阳到底是谁杀的吧？"

"这是你们的调查职责,不应该问我。"

"你还不肯说吗?"

"江阳的死,你们应该去问问胡一浪和孙红运。"

赵铁民眼角收缩着。"放心,我们会问的。"

张超微微一笑:"这么说,你们并没有被这座十年的大楼外观吓住,有兴趣往里面看看。"

严良问:"那么里面是什么样的,现在能告诉我们了吗?"

"没问题,不过,"张超眼睛里闪过一丝狡黠的光芒,"不过我需要附加一个条件。"

"你说。"

"我要请你们破例,这次对我的审讯,需要当着专案组所有成员的面。"

赵铁民皱眉问:"为什么?"

张超笑道:"这个条件如果能够满足我,就能证明你们确实想进大楼里看个仔细。"

57

2012 年 4 月,春暖花开,万物复苏。

检察院办公室吴主任手里拿着一个大信封,来到一条热闹的街上。

穿梭的人流中,他的目光扫向了不远处一间小小的店铺,铺面只有三四个平方,是隔壁店面隔出一小间出租的,外面挂着印刷板,写着"手机维修、贴膜、二手机回收出售、手机快充"。门口用一个玻

璃柜台隔住，里面放着一些二手手机，柜台后面，一个男人正低头专心致志地修理手机。

吴主任驻足朝那人看了很久，似乎下定了很大决心，慢慢朝他走去。到柜台边，他停住脚步，就站在那儿，近距离默默地注视着里面的那个男人。

过了一会儿，男人留意到阳光将一道人影投射到他身上，人影长久没动，他这才抬起头，辨认了好一会儿，露出依然灿烂的笑容。"吴主任！"

"小江！"吴主任眼里有着太多的情感，面前这人，才三十多岁，但已经有白头发了。这人在笑着，露出了深深的抬头纹和眼角的鱼尾纹。他已不再年轻。他再也不是那个帅气、干练、坚毅，整个人总是充满能量的江阳了。

江阳推开柜台，热情地招呼他进来。

吴主任靠着墙壁坐着，打量了一圈这间小小的店铺，随后又把目光投向了这个曾经共事多年的检察官，迟疑了一阵子，缓缓问："你出狱后这半年，过得还好吗？"

江阳挠挠头，不冷不热地笑着："还行，服刑期间有就业培训，学了手机维修，好歹有门手艺。"

"你，一个江华大学高才生……"吴主任喉头一紧，有些哽咽。

江阳不以为然地笑起来："这和学历没关系，谁说江华大学毕业的不能修手机啊，别人北大毕业的还杀猪呢，反正现在能养活自己，日子能过。"

"你入狱实在是……"吴主任捏着手指关节，"我听说你一直在向市检察院和省高检申诉。"

江阳突然收敛了笑容，正色说："我白白坐了三年冤狱，我是被人陷害的，还被人诱骗写下认罪书，这个公道，我一定要争取，哪怕一次次被驳回申诉，我还是要争取。"

"这是公检法的一次联合判案，你想平反，太难了，太难了……"

江阳眼中微微透着防备，语气也变得很冷漠："吴主任，你是来劝我放弃申诉的吧？"

吴主任低着头没说话。

"怎么可能！"江阳冷笑着摇头，"绝对不可能，平反我自己的冤狱只是第一步，我根本不是为了我自己——"

吴主任手一摆，慢慢点头。"我知道，你不是为了你自己，你是为了把孙红运他们绳之以法。"

江阳瞬时激动起来。"可是我没有证据啊，这些年查到的那些证据去哪儿了呢？"他忍不住眼眶红起来，"查到证人，被杀了；查到凶手，死在公安局了；还有我和朱伟的遭遇呢？我能不争取吗？这样的事情如果不能有个公道，我还念法律干什么！"

吴主任站起身，双手抓住江阳的肩膀，重重捏了捏。过了好久，他似乎很艰难地说："我这个月就退休了，这些年来，有件事一直藏在我心里，每每想起，我都在怀疑当初的决定是不是做错了。"

江阳抬起头，发现他已经老泪纵横。

"侯贵平有几张照片在我这里。侯贵平来检察院举报岳军性侵女童三次，都是我接待的。最后一次，他告诉我，他去公安局举报，公安局说早已调查过，自杀女童体内留着的精液和岳军的不符，不是岳军干的，不予立案。他不信，于是他拿了一个相机去跟踪，终于有一次，他跟踪到岳军开车把另一个女童送到卡恩大酒店，在酒店门口，岳军把女童交给了另外几个成年男人，其中一个男人带着女童进了酒店。等另外几个人走后，侯贵平冲进酒店想解救那个女童，却被保安赶了出来。当时岳军把女童交给那几个人以及其中一人带着女童进酒店的过程，都被他拍了下来，他说虽然不能直接证明被胁迫的女童遭人性侵的事实，但这种线索足够公安展开调查了。可是他去公安局交了照片，公安局依旧不予立案。他只能再洗了几份照片，送到我们检察院。"

吴主任整理着思路，回忆着那一天侯贵平来找他时的情景。想起那个热血的年轻支教老师，他不禁热泪盈眶。

"后来呢？"江阳皱着眉，翻看着这些照片，照片都是在室外拍的，似乎并没有能实质性证明他们犯罪的信息。

"除了这些照片外，侯贵平还拿来一张写了几个女孩名字的名单，说这几个女孩都是被岳军带去遭人性侵的女童，名单不一定完全准确，是他从其他学生口中探出来的，但如果据此调查，必能找到受害人。"

江阳焦急地问："那你有没有派人调查呢？"

吴主任抿嘴很久，最后低下头。"没有，我劝侯贵平不要管这事，对他不好，他很生气，很生气很生气，就这样走了。"

江阳痛苦地叫起来："你为什么不调查？有照片有名单，这线索还不够吗?！你如果当时就调查，还会有人死吗?！还会有人坐牢吗?！"

"我……"吴主任愧疚地深深叹口气，"我没有你的勇气，照片上的人，来头太大，我……我不敢……"他双手捂住脸，竟痛哭起来。

这是江阳第一次见到这样的吴主任。一个即将退休的老人在他面前失声痛哭，他再也不忍心责怪吴主任了，拍着对方的肩膀，竟有一种无能为力的虚脱感。

58

"原来如此，原来如此！"已经半头白发的朱伟举起泛黄的照片哈哈大笑，最后笑得鼻子酸了、眼睛红了才停下来。

江阳迟疑地看着他。"照片有什么问题吗？很普通的照片，当不了证据，证明不了任何东西。可是你和吴主任好像都觉得这些照片很重要？"

朱伟连连点头。"重要，太重要了，你知道吗？侯贵平就是因为拍了这照片才死的！"

江阳依然不解。

"你能认出照片上都有谁吗？"

"岳军、李建国、胡一浪、孙红运，这些人都出现在照片里了，还有几个面熟、但不认识的人，带女孩进去的这个男人我好像也见过，可完全想不起来。"

朱伟手指重重地戳在照片里带小女孩进去的那个男人头上。"那时的常务副市长，现在的省组织部副部长夏立平！"

江阳倒吸口冷气。

朱伟继续道："夏立平那时主持清市日常工作，权力极大，所以你们单位吴主任一看到夏立平就知道这案子他无能为力，才劝侯贵平放手。可是侯贵平没有，他还以为找到了关键证据，拿给公安局了，自然李建国就看到了这张照片。照片虽然不是实质证据，可是这照片曝光了会怎么样？你让夏立平怎么解释带着女童进酒店这件事？孙红运他们以向夏立平这样的人提供性贿赂来获取非法利益，这案子一查就捅破天了，所以他们必须冒着谋杀侯贵平、犯下更大罪行的风险，不惜一切代价拿回照片！后来丁春妹和王海军的死，都是他们为了掩盖最初的罪行，一步步犯下的更多的罪，包括我和你的遭遇，全部拜这张照片所赐！"

江阳不愿相信地摇了摇头。"当时我们逼供岳军，他从来没交代过涉及高官。"

朱伟不屑地冷哼一声："岳军顶多认识李建国，他能认识什么高官，他在这里面只扮演了最底层的物色猎物的角色，上面的交易哪能让他知道？所以他现在还活着，没被他们灭口。"

江阳仰身躺倒在椅子上，十年的回忆历历在目。

朱伟一只手顶着腮帮子，另一只手无力地举着烟，眼神迷离。

就这样过了很久，江阳挺直了身体，朱伟也挺直了身体。

江阳望着他，微微一笑："阿雪，你说吧，我们怎么查？"

朱伟打了他一拳，笑起来："我就料到你还是想查下去。"

"那能怎么办？我三年牢白坐了？你那几年课白上了？还各科都不及格，唉，我瞧你这么笨，当警察到底怎么破的案呢？"

朱伟哈哈笑起来："是啊，太笨了破不了案，所以现在不干刑警，被调到派出所每天给夫妻劝架，给人找钱包，和不三不四的人扯淡过日子。你呢，你这江华大学高才生，这么聪明，也干不了检察官，去修手机啊，很有追求嘛。"

"你瞧不起修手机的？好歹我给你透露过手机盗窃团伙的线索，让你立功被表扬了。"

"是啊，拿了两百块奖金请你吃火锅花了三百块。"

"你还带着你派出所的兄弟一起吃的好吗？哪能都被我吃了。"

两人大笑起来，过了好久仿佛宣泄完了，朱伟郑重道："这么多年过去，不管当初性侵案是怎么发生的，现在已经没有物证了，任何直接证据都没有了，但我们可以找到侯贵平名单里的女孩，让她们说出当年的遭遇，再拿着这照片举报到纪委——省纪委还有中央纪委，中央纪委一定会管，只要他们派人查，这只是引子，孙红运、夏立平他们必有其他贪腐证据，一定要扳倒他们！"

江阳伸出手掌，与他击掌。"默契，和我想的完全一样！"

<h1 style="text-align:center">59</h1>

"有点信心好吗？名单上一共四个女孩，翁美香死了，我们这不才问了一个，还有两个嘛。"朱伟搭着江阳的肩膀走着。

"昨天那个从头到尾不承认小时候被岳军带走过，说得很肯定，不像说谎，该不会侯贵平的名单搞错了吧？"

"谁知道呢，吴主任不也说了嘛，侯贵平告诉他，名单是他私下从学生口中探出来的，不一定准确，但其中肯定有受害人。看，到第二个了，但愿好运气吧。"

"是这里？你没搞错？"

"这可是我费了很大功夫，从名单里这个王雪梅的老乡那里重重打听才问到的。走吧，速战速决，晚上老陈摆了一桌酒欢迎我们到江市视察，哈哈！"

朱伟拉着他要往里走，江阳却停在了原地，抬头望着门上色彩斑斓的招牌"美人鱼丝足"，滚动的 LED（发光二极管）屏幕上滑过一行字"丝足、油压、按摩、休闲"。

江阳转头郑重地看着他。"你肯定是这里？"

"当然了，11 号，很好记，吃住都在店里，人准在里面。"朱伟一把将他拉了进去。

店里分上下两层，他们进门后，一名穿着粉红色超短制服的丰腴女人马上站起身，热情招呼："两位是吗？请先上楼。"

女人离开前台，引导他们上楼，江阳没动，微红着脸说："麻烦叫一下王雪梅，我们……我们要找她到外面聊下。"

女人马上皱起了眉。"这你们得私下和她商量，我们不能出店门的。"

"我们……我们是想——"

朱伟连忙打断："没关系没关系，先上楼，点个钟，11 号。"

江阳回头惊讶地望着朱伟，画外音是，你好懂哟。

"你们两位，11 号，还要哪个？我可以吗？"

朱伟连忙推托："我还有事，把我这位朋友照顾好，啊，一定要好好照顾啊，等下我来买单。"

他把还在惊讶中的江阳硬生生推上楼，自己则幸灾乐祸地逃到了门外。

完全蒙了的江阳被带到了一间七八个平方、灯光幽暗的房间，女人指着角落的淋浴房，让他先洗一下，11 号很快就到。

江阳局促地站在原地，什么也没动，就这么打量着四周，过了一会儿，一名同样制服打扮的年轻女子推门而入，五官长得不算漂亮，倒也还算清秀。

"第一次来吗？"女孩温柔地问，"你先洗一下，要做什么项目？"

"什么……什么项目？"江阳很紧张。

女孩妩媚一笑："粉推 228 元，胸推 328 元，丝足全套 598 元，全裸 789 元。"

江阳咽了下口水，连忙端正身体，支吾着说："我……我不是，我不要这些，我是想——"

女孩打断他："我们这里没有一条龙服务的，现在都只有半条龙服务，你放心吧，一定会让你很开心的。"

说着，女孩走上前，就要拉开江阳的拉链。

江阳连忙向后退步，脱口而出："你还记得侯贵平吗？"

女孩动作停住，过了几秒，突然严肃地看着他。"你是谁？"

"我……我是侯贵平以前的同学。"

"你想干什么？"

"你……你小时候有没有被小板凳岳军——"

"住口！"女孩厉声喝道，"我不做你的生意了，你找其他人吧。"

她马上要转身而出。

江阳连忙叫住她："侯贵平是你的老师，他当年死得太冤枉了吧，死后还被说成是奸污翁美香的凶手，你知道吗？"

女孩身体定住几秒，随后转过身，很生气地瞪着他。"这关我什么事，这都哪年哪月的事了，你为什么现在跑过来问这个？"

"我……我希望当年的受害者能够站出来，你当年是班长，侯贵平对学生是很好的，你能不能——"

女孩眼中泛红，伸手指着他的鼻子，哽咽道："这都多少年前的事情了，你为什么现在要问起来，你到底是谁啊？"

"我……我过去是检察官，查过这个案子。"

"那你过去为什么不把人抓了呢，现在为什么又要来找我？你看到我现在这样了，我为什么是现在这样呢！为什么呢，为什么呢！"

"对不起，我——"

"你走吧，你走啊！你觉得我会愿意提起吗？不管谁死了，谁活着，关我什么事呢？我绝对不会提这件事了！我只想忘掉，我不知道谁是小板凳，我谁都不知道，不管你想找我干什么，我都只有一句话，不可能，别找我，我要过我的生活。你走啊！"

女孩就这样一动不动地指着江阳。

江阳和她对视了几秒后，默不作声地走过她身旁，打开门，慢慢走了出去。

PART

8

计划

60

"来来来，别客气，我们陈老板现在生意做得这么大，别怕喝穷他。"朱伟哈哈笑着倒着酒，给三人都满上。

陈明章朝他们看了看，朱伟满脸笑容，江阳却始终皱着眉头，不解道："你们俩下午的事情顺利吗？"

朱伟大笑起来："下午找的那人在会所，那种会所，我本来想让小江谈完话，再换个其他技师放松一下，毕竟他这些年哪出去玩过啊。"

陈明章忍俊不禁。"小江肯定不敢。不过我说，你好歹过去是平康白雪，怎么？现在很懂门道嘛。"

"我这几年在派出所干，能不和这些会所打交道吗？"朱伟大手一摆，"你们别搞错啊，我还是很洁身自好的。"

"然后呢，小江怎么样了？"

朱伟重重叹口气，道："那女孩确实是受害人，但对以前的事一句都不肯提了。"

陈明章点点头。"人之常情，过去十多年了，换你，你愿意提吗？"

江阳默不作声，一口把白酒喝下肚，拿起酒瓶，自顾自又倒了一杯。

朱伟安慰着："没事没事，不还有最后一个吗？说不定最后一个叫葛丽的女孩愿意站出来呢，别灰心嘛。好了，小江，我们今天不提这些事，我们这趟就是来江市旅游的，老陈好吃好喝好玩地招待着我们，我们一分钱都不用掏，想起这事就爽快啊。别苦着脸了，来，举杯共享盛世！"

江阳不想败了他的兴致，换上一副轻松的笑脸，跟他们推杯换盏起来。

几盏过后，陈明章又关心起这两位老朋友："阿雪，你儿子也当警察了，我还没送红包呢。"

"这有什么好送的。"朱伟不屑地摆手，"这小子太没我基因了，说干刑警太苦，报了……报了经侦队，哎呀，你知道经侦队干点什么？每天都是一堆上了年纪的大妈跑过来报案被人骗钱啦，遇到传销啦，跟她们态度好点呢，就上了脸，骂你知道她们被骗钱了，怎么还不去查？你跟她们解释态度一不好呢，马上投诉你。我看这小子以后能干出什么花头来！"

"挺好的，孩子的事，你管他那么多干吗？跟你一样干刑警，最后升职到派出所去？过几年国家政策要延迟退休的话，八成你退休前升职当保安。"陈明章挖苦道。

三人都哈哈大笑。

陈明章又看着江阳。"小江，你儿子上大班了吧？下半年该升小学了，我这里备了一份红包给你。"

陈明章掏出一个厚厚的信封，江阳极力推托，但他们俩强行要他收下，他红着眼睛拿住红包，眼泪都快出来了。

朱伟连忙拿起酒杯大声叫着干杯，把他眼泪逼了回去。

陈明章关切地看着江阳。"事情不管最后有没有成，过了这阶段，你和你那位复婚吧，听阿雪说，你那位可依然守着家门口的小超市，没有嫁人，在等你。你出狱这大半年回去看过了吧？"

江阳吸了下鼻子。"看过几次，我申诉还没弄好，所以我——"

"听我说，不管申诉最后能不能成功，今年年底，就到今年年底，到此为止，好不好？明年复婚，我们都来参加婚礼。"陈明章很诚挚地望着他。

江阳默不作声，隔了半晌，慢慢点头。

他们哈哈大笑，忙举杯敬江阳。

江阳心头一阵暖意，他把红包拿下桌，塞进裤袋，过了几秒，他突然站起身，浑身上下摸了一遍。

"怎么回事？"朱伟问。

"钱包丢了，"江阳焦急地又摸了一遍，确认真的丢了，苦着脸，"大概下午逃出来时没留意，从口袋掉出来的。"

朱伟道："带了多少钱？"

"多是不多，不到一千块——"

朱伟连忙道："老陈报销——老陈，没问题吧？"

"没问题。"

"那就别管了，先喝酒。"朱伟招呼江阳坐下。

江阳眼睛越来越红。"身份证，银行卡，这些都要补办，我……"

朱伟大手一挥。"我在派出所专干这事，放心吧，下午是半条龙服务，回去我就找人一条龙服务。"

"可我还是把钱包丢了，钱包丢了……"江阳依旧喃喃自语，几秒钟后，他哇的一声大哭起来。

朱伟和陈明章静静地看着他，没有人说话，没有人有任何动作。

这十年来，经历了那么多，他皱眉过，苦恼过，咆哮过，可始终能笑得出来，始终怀着期许，把脚步往前方迈去。

这十年，他不曾掉过一滴眼泪。

可是今天，只是钱包丢了，他哭了，大哭，前所未有地大哭……

过了好久，江阳哭累了，开始大声咳嗽起来，朱伟和陈明章走到他两侧，拍着他。他还在咳嗽，剧烈咳嗽，突然，一口鲜血从嘴里喷了出来，随后他整个人昏倒，失去了知觉。

61

高栋摸着鼻子思忖："张超要求当着专案组全体成员的面才肯交代？"

"对，"赵铁民面露难色，"不知道他到底想对着这么多人说什么，怕是一些比较敏感的事。"

"严良怎么说？"

"他说那就召集呗，可他不是我们的人，当然不用顾全大局。"

高栋皱眉思考了片刻，道："你如果不答应他的条件，好像暂时也拿他没办法吧？"

"他的态度很坚决。"

高栋笑着给出建议："那你就照办吧，你只是忠于职责，为了破江阳被害一案，不用管背后的各种因素。"他停顿片刻，突然压低声音道："记住，你完全是为了自己的本职工作，是为了破案，对事不对人，不想针对任何人。"

第二天，赵铁民联系各家单位，再次召开专案组专项会议，会上，他透露张超愿意如实交代案件实情，但需要当着专案组全体成员的面。

大多数成员对这个要求并不排斥，案件影响很大，社会各界一直在追踪警方的调查进展，专案组的当务之急就是迅速破案，平息风波。但也有人认为这是嫌疑人故意耍诈，轻视司法权威，不接受这一要求。

最后经过协商，专案组投票通过了这项决定，不同意的那几位，其中有人出去打电话，赵铁民故意装作不知情，一心破案，当即带上众人，集体奔赴看守所。

在一个临时改造成审讯室的会客室里，张超见到了专案组的各位领导，包括公安系统和检察系统的领导，他偷偷朝严良和赵铁民望了一眼，严良看得出，那是感激的神色。

随后，张超就开始从侯贵平的案子讲起。

江阳如何接手案子，李建国等人如何阻挠，最后费尽周折才得以立案。展开调查后，证人丁春妹当晚失踪，再无音讯。另一名主要证人岳军被带到公安局协助调查又被李建国等人阻止审讯，后来差点遭人谋害，朱伟铤而走险逼供，手机录音被当成非法证据排除，朱伟被拘留并被撤销职务，强制进修三年。江阳在单位里被彻底孤立，一开始竭力支持他的女友离他而去。几年后，牵出王海军涉嫌受胡一浪指使杀害丁春妹一案，结果王海军竟然在公安局猝死，身上有针孔，当事刑警李建国未受任何处理。江阳追查王海军非正常死亡一案，却因儿子遭胡一浪挟持，他和朱伟殴打胡一浪被双双停职。此后，他向妻子提出离婚，孤军奋战，写材料向上级举报多年来的冤案，可是被胡一浪设计诬陷他受贿而被批捕。张超成为江阳的辩护律师，在当时的情况下，知道此案从法理上辩护有大概率胜算，却很难动摇案件定性，被迫向种种现实妥协后，误信他人承诺，以为只要江阳认罪就能被判缓刑并保留公职，可劝服江阳照做后，江阳依旧被判刑入狱三年。

十年冤案平反路，简直触目惊心。

以侯贵平之死为起点，犯罪团伙为了掩盖当初利用女童进行性贿赂的罪行，不断犯下一起起更大的罪案，打击举报人，毁灭罪证，将这个谎言越圆越大。

相信向官员第一次进行贿赂时，孙红运心里也是害怕的，但是渐渐地，用一起起更大的罪案来掩盖前面的犯罪时，犯罪就成了习惯。

人们已经想不起来第一次闯红灯的时间了，有了第一次，就会有第二次、第三次……

一个努力查出真相的警察和一个拥有赤子之心的检察官，最后被逼迫到这种程度！

这场审讯，持续了很久，其间没有人发问，所有人都在静静地听着张超讲述这个让人难以置信的真相。

　　张超一直很平静，没有激动，没有斥责，也没有抱怨，只是耐心地讲述着。

　　这个故事很长，足足十年，听的人也感觉很长，仿佛过了十年。

　　直到他讲完，所有人仿佛才能重新呼吸了。一阵漫长的静默过后，终于有检察官问出了很多人心中的问题："你讲的这些有证据吗？"

　　张超缓缓摇头。"所有实质性证据都被毁灭了，现在保留下来的，只有那些当初被认定为非法取证的所谓证据。"

　　一阵窃窃私语后，有人再问："你没有证据，这么多年前的事目前也无法采证，你让我们怎么相信你？"

　　张超平静地摇摇头。"我没有想让你们相信我，我只是想让你们知道有这样一个故事。"

　　那人质疑地望着他。"你很清楚我们今天集体来到这里，并不是为了听你讲这样一个故事的。"

　　张超笑了笑："当然，你们是大领导，有很多工作要忙，之所以今天有缘聚在一起，都是因为江阳的死。不过在交代案件实情前，我还要再浪费大家几分钟时间讲一件事。一开始江阳得知侯贵平遭人谋杀，也是怀疑因为侯贵平举报岳军性侵女童，但后来渐渐发现了疑点，既然女童并不是被岳军性侵的，凶手为何还要冒着担负更大罪名的风险杀人？直到出狱后，江阳才知道原因。因为那一年他得到了几张侯贵平当年拍的照片，照片上是当时的清市副市长、现在的省组织部副部长夏立平带着一个女童进入酒店的场景。"他注意到其他人脸上都写着"兹事体大"，仍不动声色地继续说："那几张照片并不能作为夏立平犯罪的罪证，但那样一位大领导在照片里的不正常举动，足以要了侯贵平的命。胡一浪为什么在江阳死前给他汇过一笔二十万元的款项？因为江阳打电话告诉他照片的事，说要把照片卖给他，可是他付了定金后，江阳取消了交易。"

一名刑警问："你是认为胡一浪杀害了江阳？"

张超不置可否地笑了笑："这就不好说了。"

"可你为什么会认罪又翻供？"

"这个问题的答案我现在还不能说，除非再答应我一个要求。"

一位检察官问："你有什么要求？你想为这整整十年前的事翻案？可是你没有证据，事隔多年，我们也没法查出实证。"

张超摇摇头。"我不是要翻案。"

严良突然开口问："那你到底想要什么？"

"我的诉求，相信严老师看过那几张照片后，就能猜到了。"

"照片在哪儿？"

"我家书柜的一个普通文件袋里。"

会后，赵铁民单独留下严良商量案情，很快他接到一个电话，挂断后，他神色怪异地望了严良一眼。"我想江阳不是胡一浪派人杀的。"

严良一副早就知道的模样，道："当然不可能是胡一浪干的。"

"你为什么不早说？"赵铁民抱怨道。

严良叹息一声，看着远处，缓缓道："我很早就猜到了这案子后面一定有个很大的故事，我不想因为我个人的一点小聪明就打断张超他们的计划，我希望你们专案组能顺着他们的计划调查下去，那样，

这个故事才能让更多的人知道。"

赵铁民抿抿嘴，理解严良这个充满同情心的老师的逻辑。过了半晌，他唏嘘一声，道："我派人询问过胡一浪给江阳二十万元的事，他承认二十万元是他给的，不过没提半句照片的事，只是借口江阳出狱后，总是骚扰他们公司和他个人，称当初是他举报自己向企业索贿导致的入狱，要求给点补偿。起初他是置之不理的，并且还考虑过报警，最后给钱是出于同情。因为那时江阳已是肺癌晚期，有省肿瘤医院的诊断报告。"

严良愣了一下，倒没有惊讶，缓缓道："难怪会走上这条路，死都不怕的人，什么都吓不住他了。"

赵铁民兀自不解地摇头。"江阳没有医保，各医院信息也没联网，所以我们压根儿不知道他死前已是肺癌晚期了，如此看来，他应该是自杀的，想用自杀制造大案，来引起社会对这个长达十年的故事的关注。只是我们当初做过各种各样的鉴定，都是他杀，他是怎么做到自杀的？难道是张超协助的？那也不可能啊，即便张超协助他自杀，也无法躲过我们的司法鉴定。"

严良撇撇嘴。"别忘了还有个陈明章，他可是专业的，你们的鉴定工具都是他们公司造的，他最懂鉴定的原理，完全有能力模拟出他杀的迹象。"

赵铁民恍然大悟："陈明章也掺和进这案子了？可张超为什么愿意以自己入狱为代价，来揭露这件事呢？要知道，张超涉嫌危害公共安全，几年牢狱之灾是跑不了的，他就算和江阳关系再好，放弃事业和家庭来做这么大牺牲，常人根本办不到啊。"

严良叹口气："相信他一定很爱李静吧。"

62

江阳醒来时，视线里出现了五个人，朱伟、陈明章夫妇、张超夫妇，五个人焦急地看着他。他把头慢慢转开，打量了一圈四周，然后看向陈明章，露出了笑容。"独立病房？老干部待遇啊。"

陈明章苦笑着点点头。

"那么，我还有多久？"

"什么……什么还有多久？"

"连嫂子都来了，还有张老师和李静，看来我时间不多了。"

朱伟立刻道："你别瞎说啊！"

江阳笑着说："我猜一下，我医学懂得不多，这情况一般是癌症，我记得我最后咯血了，肺癌？"

"你……"陈明章表情黯淡了下去，所有人都低下了头。

"晚期吧？"

朱伟连忙道："没有，绝对不是晚期！"

陈明章道："中期，治愈希望极大。"

"是吗？"江阳一点不信的样子望着他。

过了一会儿，陈明章改口："中期和晚期之间，真的是之间，你可以看化验报告。"

江阳面无表情地仰望着天花板。过了漫长的几分钟，他忽又笑问："我老婆和儿子知道吗？"

陈明章慢慢地点头。"他们在赶来的路上，晚上会到。"

"我多久能出院？"

"你就好好养病吧，我送你到国外去接受治疗，你肯定会好起来的。"

江阳深吸了口气，笑着说："这病我知道一些，中晚期死亡率嘛……就算治疗撑一些时间，也没有几年可活。我……"他停顿了很久，"还有很多事没完成"。

朱伟怒道："你还要干什么？"

"时间不多了，我还要再试试。"

陈明章摇头说："就算你申诉成功又如何？给你几十万元的国家赔偿，有意义吗？"

"有！"江阳从病床上坐起身，严肃地看着他们，"我手里还有照片，还有受害者名单，我一定要公之于世，我要讨一个公道！"

这时，张超走过来，叹息一声，抿嘴道："江阳，我一早就告诉过你，这件案子是办不了的，你不放弃，所以才会有这十年——"

"去你妈的！"朱伟大步跨过来一把掐住张超的脖子把他压到墙壁上，怒骂，"你有什么理由这样说江阳！他做错了吗？他从头到尾都没有错！你一个大学老师，自以为聪明，自以为知道一切。你他妈第一个发现疑点，一声不吭，这才有后面的事。后面还害江阳认罪，坐了整整三年牢！就因为天底下都是你这种自作聪明的人，孙红运这帮畜生才能无法无天！"

其他人连忙上去拉架。

张超挣扎着辩解："江阳之所以坐三年牢确实是因为我被骗了，

可当时翻案根本不可能的，你们为什么——"

朱伟一拳打到他脸上，打断他的话："你就是个真小人！你当初为什么不提出疑点？你就是想侯贵平死得不明不白，你就是想霸占李静，你巴不得侯贵平冤死！李静来找小江，要帮他做调查，你却背地跑来叫小江不要打扰她生活，你不就是一心想让李静彻底忘记侯贵平吗？你这点鬼心思老子一早就看穿了，不说出来是给你面子，你到今天还有脸说这话！"

陈明章和爬下病床的江阳死死抱住朱伟把他往后拉。朱伟力大如牛，原本谁也拉不动，但他陡然看到江阳也在拉自己，忙卸了力气，走到窗口，愤怒地大口喘气，掏出香烟，又意识到江阳得了肺癌，便懊恼地把整包烟用力地掷下楼，结果掉到一个过路人的头上。路人抬起头，朱伟大骂看什么看，吓得路人低头连骂几句神经病老泼皮匆忙离去。

李静流出了两行泪，直直地挂在脸上。她冷冷地注视着丈夫。

张超焦急地解释："真不是……真不是他说的那样，我……我不是故意的，我……我是……"

"不用说了。"李静冰冷的声音在病房里回荡。

张超用纠结的眼神望着她。"我……我是为大家好——"

"你走吧。"

"我——"

"你回去吧。"

张超沉默着，站在原地很久。最后慢慢挪动步子，到了门口，他悄悄侧过头。"你呢？"

"我在这里陪江阳。"李静看都没有看他。

在沉重的一声叹息中，张超打开门，走出了病房。

63

2012 年 9 月。

江市一家茶楼的包厢里。

五个人一同走进房间，唯独张超离众人远一些，脸上的表情始终带着尴尬，虽然旁人再三相劝，朱伟不再对他撒气，但看他的眼神，总是不那么友好。

朱伟抱怨着："自从小江得了这病，唉，逼得我每次见面都戒烟，小江你可要快点好起来啊。"

江阳笑着说："我不介意，你抽吧，这么多年闻着你的烟味，你不抽我还不习惯。"

突然，朱伟沉下脸，低头道："要不是你吸了我十年二手烟，恐怕……"

江阳连忙安慰说："别这么说，这是命中注定的，你这抽烟的人都没事，我是运气不好罢了。"

朱伟坐在那里唉声叹气，手上做出抽烟的动作，又反复握拳。

江阳忙转移了话题："说说你调查葛丽调查得怎么样了，我下个星期又化疗了，希望听到个好消息。"

"葛丽啊……"朱伟皱起眉来。

"没查到她吗？"

朱伟摇摇头："查到了，她……她在精神病院。"

"精神病院？"

"她十年前就疯了。"

江阳肃然道："怎么会疯了？"

"她……她在侯贵平死前就退学了，退学的原因是……她怀孕了，回家产子。"

所有人都瞪大了眼睛。

朱伟舔了舔嘴唇，继续说："她生下了一个男孩，我打听到，这个男孩后来卖给了岳军家，是她爷爷奶奶卖掉的。后来，也不知道是因为自己孩子被卖掉，还是因为受不了流言蜚语，她疯了，被送去了精神病院，她爷爷奶奶也在几年后陆续去世。她现在还在精神病院里。"

江阳眼睛缓缓睁大。"我们当初第一次找到丁春妹和岳军时，丁春妹有个孩子，你还记得吧？"

朱伟点点头。"就是那个小孩，现在孩子在江市一家很贵的私立小学读书，岳军每天开车接送孩子，孩子称呼岳军为哥。"

"岳军？他为什么这么有钱能把孩子送去私立小学？"

"孩子不是岳军的，岳军开的车是卡恩集团的，他们住在滨江的一套排屋里，花销应该是孙红运承担的。"

江阳冷声问："孩子是孙红运的？"

朱伟摇摇头。"不是。"

"那是谁的？"

"你还记不记得，孩子姓夏。"

江阳一愣，过了半晌，缓缓说："孩子是夏立平的？"

朱伟慢慢点头。"现在的省组织部副部长。"

"你有证据吗?"江阳语气中透着急切。

"没有。"朱伟无奈地摇摇头,继续说,"我在派出所查一个人是很方便的。我很快查到了葛丽被关在精神病院,从当地乡民那里打听时,意外得知她早年生子,孩子卖给了岳军家,岳军家那个姓夏的孩子的领养登记时间与买葛丽孩子的时间完全吻合。我经过多番打听,在清市、江市两地调查,终于找到了这小孩。我也去过精神病院,从医生那里知道,葛丽在里面的所有费用都是胡一浪给的。这孩子每过几个月会去精神病院看望葛丽,平时生活在江市。我还通过跟踪发现夏立平经常周末来找孩子,带他出去玩。夏立平另有家室,有个成年的女儿,估计得了这个儿子特别重视,所以冒着被人知道有私生子的风险去找他。但是这一切只是我的调查,没有任何证据。"

这时,李静突然问:"孩子是什么时候办理的领养手续?"

"2002年4月,那时孩子大概半岁。"朱伟道。

李静微微一思索,道:"即便按2002年4月算,倒推9个月,当作葛丽的怀孕时间,那时她有没有满十四周岁?"

朱伟摇摇头。"没有。"

李静欣喜道:"这就是证据啊!葛丽依然活着,被关在精神病院,你们派出所肯定能拿到葛丽的户籍信息,只要把小孩和葛丽、夏立平的血液进行亲子鉴定,不就能证明孩子是夏立平和葛丽的?葛丽怀孕时未满十四周岁,夏立平当年的行径就是强奸,这就是直接证据!不用找任何人证物证,就这一条,夏立平的刑事责任怎么都逃不过,对吗?"

她抬起头一脸期待地朝众人看去，却发现众人脸上毫无笑意。

"法理上我没说错吧？"

她再次从众人的表情中寻求支持，却发现无一人回应。

过了一会儿，丈夫张超缓缓开口："你说得很对，可是，没办法操作。"

"为什么？"李静不解。

"夏立平是省组织部副部长，你去举报，说他和一个精神病女人产下一个私生子，纪委会问你，证据呢？没有，只能做亲子鉴定。可凭什么做亲子鉴定？如果毫无凭据的举报就要做亲子鉴定，那么不管谁举报哪个小孩是某领导的私生子，岂不都要去鉴定？程序不是这样的，这样的举报是不可能被受理的。"

她看着众人的表情，明白了丈夫所说的他们每个人都了解。她很不甘心却万般无可奈何。

近在眼前的直接证据，完全足够定刑事罪名的直接证据，甚至可以通过夏立平被调查将孙红运一伙一网打尽的直接证据，那么近，可就是触碰不到。

就像一条被关在玻璃房里的狗，草地就在面前，可就是踏不出去。

过了一会儿，张超吸了口气，又开口："江阳，这件事就暂时放一旁吧。你安心治病，我当你的律师，我替你向检察院申诉，平反你的三年牢狱之冤。"

朱伟忍不住冷笑："张大律师收费可不低，我和小江可没这么多钱，至于老陈愿不愿意聘请你这大律师，得看他的意思了。要知道当年可是你害小江入狱的，谁知道你的心思呢！"

陈明章低声制止他："你少说几句行不行。"

朱伟悻悻地闭上了嘴。

"我……我不收钱。"张超尴尬地说，目光投向了妻子，妻子却没有回应他。他顿时委顿了下去，低着头说："不管你们怎么看我，我……我想做一些事弥补我当年的自作聪明，你们……你们都很勇敢。"

江阳平静地说："谢谢张老师，不过我现在身体没问题，我可以自己申诉，我对程序很了解，不麻烦你了。"

"我……"张超话到嘴边，只得咽了下去。

陈明章叹息一声，道："张律师的建议很好，我替你做决定。一切拜托张律师了，费用不能全免，该收还是要收，我会一应承担。小江，下个星期化疗，你好好养病别累着，这几天我就安排人把你太太和儿子接到江市来住，我会安顿好一切。"

"这……不行，你已经做了太多了。"江阳一脸感激地望着陈明章。

陈明章摆手笑道："我只不过出了一点点钱，这些年来，你和阿雪做的一切，我都在旁边看着，可我始终没有勇气用行动和你们站在一起，我……也不是一个勇敢的人。你和阿雪，是我从心底佩服的人。"

64

2013 年 1 月，元旦刚过。

陈明章公司的办公室。

张超坐在他们三人面前，脸上带着笑容。"省高检已经受理了江阳的申诉材料，但是冤案平反一直都是很漫长的，不能急于一时，我会每隔一两个星期就跑去打听一次。现在有个很好的消息，新一届政府要推进司法体制改革，上个月省高院刚刚平反了一桩杀人冤案，这是一个标杆，在全国引起了轰动。司法界各种消息渠道都显示，全国各地即将开启一个平反冤假错案的浪潮，这一轮司法体制改革给人很大的希望，大环境开始变了，我相信江阳的案子一定会得到平反！"

江阳微笑着说："谢谢张老师。"

"哪里的话，这是我唯一能为你做的了。"这时，他突然注意到朱伟和陈明章皆低着头，一言不发，对他刚才的这番话毫无反应。回想刚刚，从他进门开始，只有江阳客气地招呼他，另两人却是心不在焉的状态。朱伟并没有对他表现出恶意，只是好像毫不在意他说了什么。

"你们……你们这是怎么了？是不是还是觉得我……"

朱伟和陈明章依旧默不作声。

江阳向他解释："他们不是因为你，而是因为……因为治疗效果不是很理想，已经确诊晚期。"

张超瞬时倒吸一口凉气，眼眶开始泛红。他知道，肺癌晚期，半年内死亡率几乎高达百分之百。

江阳依旧一副无所谓的样子，笑着对他们三人说："大家别这么哭丧着脸吧，我这不还没走吗？又不是第一天知道这消息，我都做了半年心理准备了，早预料到会有这么一天。癌症这事吧，也还行，就最后两三个星期全身扩散比较难受，之前也就那样，就当我得了重感

冒呗，现在也就偶尔咳嗽一下，不打紧。来，阿雪，给大家笑一个。"

朱伟托着下巴瞪眼望着他，过了片刻，慢慢咧嘴笑了起来，其他人也跟着笑出了声。

得知江阳确诊肺癌晚期的消息后，也没有人劝他好好治疗了，大家只希望他开心就好。

"这就对了，我现在每天和老婆孩子在一起，很开心，真的很开心，很感激你们，对未来，我不在意。至于欠老陈的钱，恐怕我是还不上了，要不就当你当年诓我八百块后产生的利息，一笔勾销了吧？"

陈明章笑着说："算我倒霉喽，遇上你这放高利贷的。我这辈子最差的一笔生意就是当初诓你八百块了。"

"你得考虑当年的物价水平啊，我得吃多少顿泡面才能省出这八百块，你就辣手摧花，一把拿走。"

大家哈哈大笑起来。

过了一会儿，江阳平静下来，突然变得严肃，郑重地看着三人，道："医生说我还有三到五个月，时间不多了，我还要再做一件事，希望你们不要阻止我。"

陈明章紧张地问："你要做什么？"

"这十年来，我几乎只做了一件事，可是最后还是没有办法做完它。现在我没有时间了，大概这也是天意。我要用死来引起社会各界的关注，把所有的真相公之于众，让罪犯受到应有的惩罚。"

朱伟厉声喝道："你在胡说什么！"

江阳激动道："我接到医院报告后，这几天想了很久，如果我自杀呢？一起轰轰烈烈的自杀！引起广泛关注的自杀。事后，人们会知道我以前是个检察官，我为什么会入狱，我十年时间在做一件什么事。加上照片，再加上受害人名单，你们悄悄把事情经过发到网络上，我相信，一定会引起轩然大波，他们一定会被查处的！"

朱伟骂道："你疯了吗？你在胡说什么！哪怕你就只能活一天了，也给老子好好活下去，跟你老婆孩子好好团聚！"

陈明章道："阿雪说得对，你不要异想天开，你这么做依然不会有任何结果。"

张超说："你做了这么多年检察官，应该很清楚，你们检察官最反感的是什么。你们最反感别人用'行为艺术'来抗争法律。什么自焚、什么自杀，都是愚不可及的人才干的，能有什么好结果？该怎么样还是怎么样。作为一名检察官，你向来追求程序正义，怎么会有这种也去做'行为艺术'的想法！"

江阳对三人的劝说无动于衷，仍然一副一意孤行的样子。朱伟随后和他大吵起来，气得拉开窗户，头伸出去老远在窗户外抽烟。

陈明章依然在一旁苦劝。

张超则坐在角落里低着头，看着他们争吵的样子，一言不发。

争论整整持续了一下午，最后朱伟放话："你要自杀，行啊，你去，你别想我们会在你死后把照片啊、各种事情经过发到网络上，我跟你说，这不可能。到时你死了，只会被派出所定论为一个行为不端的检察官入狱三年，出来后受不了生活落差，自杀，谁也不知道你这十年干了什么，所有人只会骂你活该！"

江阳道："你不会这样无动于衷的。"

"我不会？哈哈，那你就去白死吧，你看我会不会！"

陈明章道："不要争了，这没意义，你自杀毫无意义，不会改变任何结果，我们也不会在你死后做任何事。"

江阳看着这两人，长长叹了口气。这时，他注意到远远坐在角落低着头、一句话都没说过的张超，便征求他的意见："张老师，你会答应我吗？"

张超摇了摇头。"不会。"

朱伟朗声道："看吧，连我们都不会帮你，你这张老师怎么可能想惹上麻烦。"

陈明章冷声喝道："朱伟，你就不能闭上臭嘴吗?！"

朱伟自觉语失，连忙向张超道歉："张律师，我不对，我说错话了，请你原谅。"

张超没有理他，而是把目光直直地投向了江阳，缓缓道："如果你真的想死，不妨换一种死法。"

朱伟顿时怒道："你在说什么屁话！"

张超依旧没有理会他，而是郑重地看着江阳。"我帮你死，换取——程序正义！"

65

"不行。"听完张超的计划，江阳果断拒绝，"这样你也会坐牢，李静也不会同意的。"

"这一点不用担心，我会说服她的。"张超很肯定地说。

朱伟愤怒地咆哮起来："当然不行，要坐牢你自己去，也算还了江阳三年牢狱之债！绝对不许你出这馊主意害死江阳！"

"朱伟！"江阳吼道，"你不要说了行吗？我坐牢和张老师没关系！"

"明明是他骗你认罪就能缓刑——"朱伟指着张超骂。

江阳站起身来，歇斯底里地发声："我早就说过，我坐牢和张老师没有关系！你闭嘴！"

"可他这计划会活活害死你啊！"

"不然呢，不然我就不会死吗？"江阳冷笑起来，"我觉得张老师说的可以考虑，只是我不想拖累你们任何人。"

朱伟怒道："本来你明明可以自然……自然地……现在要人为提前……"

江阳闭眼吐了口气，语气缓了下来："阿雪，医生说我还有三到五个月，你要是把我气成内出血，兴许明天我就挂了。"

朱伟连忙好生劝说："你先坐下，我好好说，好好说行吧？"

江阳冲他笑了下，又坐回椅子上，看着他们三人，道："我本来就没几个月了，无非提前一些，何况癌症最后阶段是很痛苦的，你们或多或少都见过亲友患癌症，那最后几个星期的日子很不好过，中国又没安乐死，与其最后那种死法，还不如利用一下，对吧？"

朱伟和陈明章都深深叹了口气，把头埋到了手臂里。

江阳又说："张老师，我觉得你的主意很好，我只想到了'行为艺术'，太低级了，你说的程序正义，才是最理想的方案。只不过我不希望你为此付出这么多，能不能有一个办法，既不拖累你们，计划由我独自来实施，又能达到同样的效果？"

张超摇摇头。"不可能，为了实现程序正义，你死后的这些事，必须要由其他人来完成。"他看向陈明章，"陈总很擅长证券投资，自然明白收益和风险成正比这个道理。"

陈明章抿嘴道："我理解小江，我不反对利用他的死来做一些事，但是我觉得张律师确实没必要自我牺牲，你这么做一定会坐牢，我百分百相信当年替小江打官司时，你是受骗了，你不必抱着赎罪的想法来完成小江的身后事。"

"不是你理解的那样，"张超摇头说，"坦白讲，我是抱有赎罪的想法，但不只欠江阳的，我更欠侯贵平。朱伟说得一点都没错，我确实很早就喜欢上了李静，一开始发现疑点却不申诉，是怕惹上麻烦，可是后来，我内心是自私的，我想让侯贵平彻底走出李静的世界，所以才一直鼓吹调查不会有结果，让李静放弃。我欠了侯贵平，也欠了李静，如果我不能用实际行动来弥补过往，往后，我也不知道该如何面对李静。也许她会装作若无其事，但我做不到。所以江阳，你不要拒绝我的建议，我早已不是年轻人了，不会一时热血想表现正义感才说出这番话，这些话我是经过深思熟虑才说出口的。"

朱伟抿抿嘴，没说什么，站起身走向屋外抽烟。

剩下三人沉默无言，过了很久，陈明章开口道："你这计划不太成熟，我觉得有很多漏洞，走不到最后想要的那一步。"

张超微笑说："这只是我短时间想出来的方案框架，我们还有很多时间，到最终付诸实践，还需要把每一步都详细规划一下。集合我们四人之力，法医、警察、检察官、律师，我们四人都精通各自的行业，都是各自行业的顶尖人物，聚集四个人的能力，一定能让最后的方案走到那一步。”

江阳犹豫地摇着头。“我不想你们都因此惹上麻烦，那样就算成功走到那一步也没有意义。”

张超道：“不会的，我惹上麻烦是避免不了的，陈总和朱伟只提建议，看看整个计划有哪些漏洞，不牵涉具体的执行，我们要统一好彼此的口径，才能把我方的牺牲降至最小。”

陈明章皱眉说：“可是这件事，不光你要说服李静，小江也要说服郭红霞，郭红霞有权利知道整件事，她只是个很普通的女人，恐怕……”

江阳摇摇头。“老陈，你把红霞看得太简单了。也许在你们眼里，她是个很普通的女人，没多少文化，除了在家带带孩子，做一点粗糙简单的工作，她什么都不懂，什么都不会，可是她是个很坚强的女人。从我们接触开始，她一直知道我在做什么，她也一直支持我，哪怕这些年遭遇这么多事情，她也从没怪过我半句，从没叫我放弃。这一次，她也会支持我的。只不过，”他眼眶红了起来，“这辈子我对不起她了。”

陈明章咬住嘴唇，似是不情愿，又似是找不到更好的办法了。

66

一个星期后，四人重聚一堂，每个人手里都拿着一份稿子。

张超看了眼大家。“你们对这份修订后的计划还有什么意见？”

朱伟嘟囔着：“这么做，小江真的会被扣上贪污赌博嫖女人的帽

子了，这……这怎么行？万一走不到最后那一步，小江的名声岂不完全毁了？"

江阳不屑地笑道："现在我的形象，不就是这样吗？"

"可明明不是这样的！"

张超道："一切都是为了最后的翻盘，污蔑得越彻底，最后才能翻得越干净。"

朱伟连连摇头。"反正我就是不同意这计划！"

江阳盯着他。"你不同意归不同意，你会照做的对吧？"

"我……唉！"朱伟空砸了一下拳头。

江阳得意地翘起嘴角。"你以资深老刑警的角度说说还有哪些要注意的地方吧。"

朱伟重重叹了口气，无可奈何地拿起稿子开口："真拿你们没办法，那我就说了啊。"

江阳笑起来："我早知道你嘴上说反对，这计划肯定还是用心研究了无数遍。"

"去你的。"朱伟白他一眼，一脸严肃地开口，"张律师被抓后，没有庭审时，一定要让警方完全认定你就是凶手，不能怀疑到其他人身上。按现在的计划看，案情很简单，并且证据彻底锁定你，你也供认不讳，通常情况下会马上把你当作凶手关起来，不会怀疑其他人。不过要考虑到你是知名刑辩律师，你这样的人如此冲动犯罪，又如此配合认罪，说不定有警察会起疑，而且抛尸为什么要隔一天，为什么要到地铁站，这些问题回答得是否合情合理都是极其关键的。当然，通常证据锁定你，你也供认不讳，警方是不会再对一些不自然举动展开调查的，因为很多案子的嫌疑人都会做一些在旁观者看来不合逻辑、莫名其妙的事，警察早就见怪不怪了，办案只求证据链，不管动机。但我们这个计划，你和小江付出那么多，自然要确保万无一失，不能让警方在你翻供前怀疑你，所以有些口供我要替你改改。另外，等张律师翻供后，警察重新调查，一定会查小江的人际关系，手机通话记录是必查的，所以，从今天起，老陈就不要和小江通电话了，以免被警方知道你们很熟。主要就这两点，如果没问题，我把我负责的这些事再理理，修改上去。"

张超补充说："翻供后，我们要引导警方的调查，并且要让尽可能多的人参与调查，知道真相的人越多，孙红运他们越没办法动用关系强行把事情压下去。所以在这引导调查的过程中，我们要把握节奏，不能让朱伟一早就成为警方的询问目标，要让警方在我们希望的时候注意到他，所以朱警官在接下来的时间里，也不要打江阳的电话了，你可以找我，我再双方通气。"

朱伟想了想，表示赞同。

张超又看向陈明章。"陈总能确保警方会认定江阳是被我勒死的吗？"

陈明章皱着眉点点头。"我是做这行出身的，计划中小江被勒死会有双向证据，我公司就生产警方刑侦设备，自然也能用设备模拟人体力学勒死人的力度和角度。只不过有一点我……我……"他欲言又止。

江阳道："老陈，你有什么困难直说吧。"

陈明章抿抿嘴："不是我的困难，是你的。被勒窒息而死是一件很痛苦的事，你自愿把脖子放入绳圈后，如果一开始你受不了折磨，

拉住了绳子，是可以逃出来的。如果你忍住一分钟不动手，一分钟后，你那时因为窒息，本能地会用手拉绳子阻止自己被勒死，可是那时绳子已经用力太足，你后悔已经来不及了，你——没有办法后悔。"

江阳不屑地笑起来："前一分钟我一定能用意志忍住，一分钟后本能地去拉绳子，拉不开，正合我意，我就怕你设备不牢，被我临死前的牛劲给拉出来了。"

陈明章摇头苦笑："这是不可能的。"

"要不把我手绑住，免得我本能地去拉绳子，这样更保险，别让那天计划白费，又得多花时间准备。"

"不行，张律师要在警方面前承认一时冲动把你勒死，这才能有后续的不知所措，胡乱抛尸。如果你的手是被绑住的，尸检一定会查出来，先绑住你的手再勒死你，就是预谋杀人，张律师的抛尸解释警方不会信。"

江阳点点头。"在我有意识的时候，我一定会控制住自己不去拉绳子。"

陈明章又叹口气，继续说："张律师第二天去房子里，务必记得拆掉墙上的设备，零件也拆下来，扔到阳台角落，那样看起来就像废旧的伸缩晾衣架，不会引起注意。"

张超说："我不会忘的。"

江阳道："以我对检察系统的了解，这份计划没有什么漏洞需要修补。"

四人又反复讨论了很久，张超把所有要点都记录下来，说："每个步骤，每个人该说的话都不能错，我们都要记牢所有细节。"

大家都点头表示同意。

陈明章疑惑地看着张超。"你是怎么说服李静支持你这计划的？无论如何，你都要坐牢，她是你太太，无论如何——"

张超微笑着打断他："当然，她一开始是反对的。可她理解我，最后，她还是答应我了。她在警方开始调查后，会按着计划来，我很放心她的应对能力，唯独江阳，你太太如果面对警方的调查……"

江阳笑了笑："我已经说服她了——"

朱伟问道："郭红霞那么爱你，怎么可能同意，你怎么说服她的？"

江阳含糊道："张老师怎么说服李静的，我也是一样。至于担心她面对警方调查时的应对能力，她是个坚强老实的女人，老实人撒谎，哪怕别人怀疑，甚至提出逻辑疑点反驳，老实人也不会改口。我很了解她这一点。"

众人唏嘘了一阵，张超道："总之，我们计划的核心就是，扩大影响，造成轰动大案，引来的调查组规格越高越好，要让尽可能多的人参与到案件调查中来，引导他们得知这十年的真相，最后，逼迫他们答应我提出的那个简单要求。所以，我们每个人面对警方调查时都不要急，在不同的调查阶段提供给他们相应的线索和口供，不能一开始就让他们知道全部真相，不然影响范围太小，如果他们顾虑到真相的影响力，强行压下案子，我们就功亏一篑了。"

67

2013 年春节过后，郭红霞和孩子回了平康，江阳留在江市，开始

了最后的计划。

2月中旬，江阳给胡一浪打了一个电话，告诉对方，他手里有几张侯贵平拍的照片，其中有拍到大领导带着小女孩进酒店的过程，要约他谈谈。

胡一浪订了私人会所包厢，江阳只身赴宴。对安全，他们并不担心，因为江阳只带去了复印件，如果胡一浪敢在会所对江阳动手，闹出命案，这就直接翻盘了。

朱伟建议他携带录音笔或者偷拍器材，说不定会留下罪证，张超否定了这个办法，一是因为他不认为凭录音笔或偷拍器材能录下实质罪证，二是因为一旦被对方发现，计划就行不通了。

果然，江阳到会所后，胡一浪让人用仪器仔仔细细搜查了他的全身，确保他没有携带电子设备后，才招呼他坐下谈。

"我不是很理解你电话中的意思，你说的照片指什么？"胡一浪微笑着问。

江阳冷笑一声："是吗，侯贵平不就因为那几张照片才死的吗？"

"哦？"胡一浪摇摇头，"我不太明白你说的是什么，能给我看看照片吗？"

江阳从包里拿出复印件，递了过去。

胡一浪看了一眼，皱了皱眉，把复印件撕成两半扔到一旁，仰头看着他。"那么你找我的目的是什么？"

"我的工作、我的生活、我的家庭，都没有了，全部拜你们所赐。现在，我用这些照片向你们换五十万元的补偿，不过分吧？"

胡一浪不禁冷笑："凭什么呢，这照片能说明什么问题，能当证据吗？你以前是检察官，你很清楚证据的定义。"

江阳摊开双手。"法律上当然算不上证据，不过如果有人不断向纪委、向检察院举报，还在网络上讲述你们老板曾用未成年女孩向官员进行性贿赂的故事，并且配上这些照片，恐怕多少也会惹出一些麻烦。"

"我们会告你诽谤，你会再次坐牢。"胡一浪冷峻地盯着他。

江阳轻松一笑："无所谓，不过是二进宫罢了，这些照片就算在法律上奈何不了你们，我想还是会有很多人相信我的故事，尤其是，如果让夏立平得知他带女孩进酒店的照片依然留存在这世上，原因只是你们不肯掏五十万元销毁，恐怕你们这位大领导会很生气吧？"

胡一浪的手握成了拳头，靠在嘴巴上，冷冷地注视着江阳。过了一会儿，他咬牙寒声说："如果你非要这么做，你会再次坐牢，一个人如果坐两次牢，这辈子就废了，而且，你还有老婆孩子，虽然你离婚了，可我相信你还是很在乎他们的。"他明目张胆地威胁道。

江阳低头笑出了声，似乎觉得他的话很好笑。过了片刻，他从包里拿出一份文件，递过去，说："你觉得你们现在还能威胁得了我吗？"

胡一浪的目光扫向文件，这是一份医院的诊断报告。他看了一遍后，叹息一声递还回去，抿抿嘴："很遗憾看到你我交手这么多年，最后你得到这样一个结果，不过，这个病似乎再多的钱也没用，你要这么多钱干什么？"

"正如你所说，我还是很在乎前妻和孩子的，我被你们害得没了公职，死后也没有抚恤金，我总想给他们留点什么。你们可以考虑一下，是否愿意用五十万元买断照片，我剩下的时间不多了，所以留给你们考虑的时间也不多了。"

胡一浪站起身，掏出手机，走到外面打电话。过了十几分钟，他回到包厢，问："你这照片是哪里来的？"

江阳笑道："不用管我是从哪里搞来的，总之，我拿到了。"

"如果你告诉我照片是哪里来的，我们加十万元。"

"这不可能，没有讨价还价的余地。"

胡一浪微微皱眉。"可是我们不知道你照片的来源，你把照片卖给我们后，我们怎么知道你是否还有备份？"

"我手里的照片原件就一份，你们也该相信侯贵平当年没理由洗很多份，至于底片，在相机里，相机早就被你们拿去了。"

胡一浪打量了他一会儿，点点头。"对你的遭遇，我们深表同情，我们并不是要和你做照片的交易，只是出于同情，给你六十万元，而你，把原件给我们，我们之间的所有事，到此为止，怎么样？"

"随你们便，交易也好，抚恤金也好，哪种说法对我没有区别，钱到账，东西给你们，就这么简单。"

"好，那我们怎么交易？"

江阳道："你们今天下班前向我卡里打足钱，我会把原件寄给你们。"

"先给你钱？"胡一浪眯起眼，"为什么不当面一手交钱一手交照片？如果你同意，我们今天就可以做完这笔生意。"

"当面？"江阳冷笑，"如果你们强行拿走照片不给我钱，我能拿你们怎么样？你们骗了我不止一次，我怎么相信你们？"

"那么如何保证我们给给你钱后,你会把照片寄过来?"

"我留着照片过几个月就没用了,我也保证不会三番五次地管你们要钱,这么多年下来,你们应该相信我的人品。"

"这个嘛……"胡一浪笑笑,"我们做生意没遇过全款打过去再发货的,我的老板也不会同意。"

江阳皱眉道:"那就今天先给我打二十万元定金,我们过几天见面结清余款,这样我至少能有二十万元的保证金。"

胡一浪思考了一会儿,道:"好,我同意。"

68

接下来的几天,胡一浪多次给江阳打电话,希望能尽快做完交易,江阳每次都说原件在平康,他还在江市医院,很快就回去,让胡一浪放心。

直到过了十天,江阳依然如此答复,胡一浪忍不住了,再次打来电话,问他:"你具体哪天能回平康?"

"很快,很快的。"

"不要再耍花样了,你到底想怎么样?"胡一浪这次显然彻底失去了耐心。

江阳也不再伪装。"很抱歉我拿你们开了个玩笑,原件是在我这里,不过我从来没打算给你们。不要忘了你们当年怎么设计我的,我只不过在临死前最后几个月玩你们一次罢了。"

胡一浪冷声怒道:"你不怕死没关系,别忘了平康还有你的……哼。"

"我前妻和我儿子对吧？"

胡一浪冷哼。

"很抱歉，我们所有的通话我都录音了，包括这段，所以我前妻和儿子如果出什么事，你很难解释清楚。"

"你——"

"谢谢你的二十万元，还想跟我聊点什么吗？"

胡一浪知道对方在录音，没法多说，只得怒气冲冲地挂了电话。

江阳望着张超和朱伟，笑道："我这么讲行吗？"

张超竖起大拇指。"影帝！"

朱伟冷哼一声，转过身去。

江阳不解地问："阿雪，怎么了？"

朱伟反复握拳，过了好久，转过身，他的一双虎目里泛着泪光。"这个电话打完了，按计划，你……你就剩最后一星期了。"他哽咽着，说不下去了。

江阳不以为意地笑起来："这不是我们早就计划好的吗？"

朱伟重重叹息一声，沉默地坐到沙发上。

"别这样，阿雪，你都五十多岁的人了，什么场面没见过，别像个孩子一样要我哄吧？"

朱伟瞪他一眼，忍不住笑出来。

"过两天呢，我还要和张老师打架，你可是负责报警的，对了，报警用的匿名手机卡准备好了吗？"得到肯定答复后，他揶揄着，"阿雪，你报警时语气可要自然啊，来，给我们示范下，你到时报警会怎么说。"

朱伟红着老脸。"我……我才不示范！"

"那怎么保证你不会说错话啊，照着计划书念台词，太不生动了，到时别第一轮调查就发现问题。"江阳调侃起来。

"反正我不会辜负你们的，但我心里还是闷啊！你和老张现在谁反悔，我都求之不得。"朱伟乞求地看向他们，可他们都摇了摇头。

这样的对话已经发生了无数次，每次都让他失望。

一切，都朝着他们的那个最终诉求，像被一股无法停歇的动力拉扯着，不断向前推进。

2月28日晚上，江阳和张超打了一架，朱伟用匿名手机卡打了派出所电话报警，警察上门做了调解登记。待警察走后，张超模拟勒死江阳，江阳挣扎着用指甲抓破了张超手臂和脖子的皮肤。送走张超后，江阳没有洗手，为了将指甲里的皮肤组织保留到最后。

3月1日晚上，江阳穿着张超的衣服，开着张超的汽车回到小区。他把遮阳板翻下，头靠后躲在车内的黑暗中，让小区的监控拍不到他的脸，让事后警方核实案发时间时认为这是张超进小区的时间点。回到房子后，他准备了一番，然后关上灯，把脖子伸进了设备上的绳圈，按下设备的遥控开关后，把开关直接掷出了窗外。他闭上眼，咬紧牙齿，握紧了拳头，绳子在不断缩紧。

离房子很远的地方，陈明章和朱伟望着熄灭了灯的房间，站在原地，等了很久很久，灯再也没有亮过。朱伟一言不发地掉头离去，消失在茫茫黑夜之中。陈明章叹了口气，坐上他的奔驰车，驶向了酒吧。

张超躺在北京的酒店里，睁眼望着天花板，就这样看了一夜。

李静在家里，翻看着这几个月江阳、张超拍的照片，一直在无声

地流泪。

郭红霞在平康家中，哄睡了孩子，独身坐在客厅，茫然看了一晚上电视，直到荧屏上出现了雪花，她也没有换过台。

3月2日下午，喝了不少酒的张超故意穿上与平时风格截然不同的脏旧衣服，拖着装了江阳尸体的箱子，叫了辆出租车。经过地铁站时，一辆私家车从后面猛然加速，追尾了出租车，双方停下叫来交警协商。

私家车的司机是陈明章公司里一位他极其信任、当作很要好朋友的员工，对方完全不知道他们的计划，但他向陈明章承诺，无论交警还是其他警察问起，他都会说是自己开车不小心引起的追尾，这个说法不会惹上任何麻烦。

于是张超找到合适的理由拖着箱子离开现场，走进地铁站。在地铁站里，陈明章和朱伟站在远处，望着他。朱伟的心里各种情绪交织着，但他只能怒瞪着眼睛。陈明章不动声色地指了指自己的眼镜，示意张超待会儿及时扔掉眼镜，使得被捕后照片上的他与平时的外貌存在很大区别，以免被北京两位客户发现。张超朝他轻微地点了下头，让他放心，随后开始了主动暴露尸体的这场表演。

真相

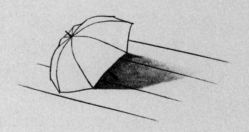

69

李静轻咬着手指，就这么安静地看着刑警搜查书架。过了一会儿，她别过头去，目光投向了窗外很远的虚空。

严良瞥了她一眼，悄然走到她旁边，目光也投向窗外，说："你丈夫很爱你吧？"

"当然。"李静平淡无奇地回应。

"你也很爱你丈夫吗？"

"当然。"

严良转过头。"那为什么不阻止他？"

李静鼻子里发出一声冷哼："听不懂你在说什么。"

"你们的计划我已经知道了十之八九。"

"是吗？"李静依旧头也没回，很是冷漠。

"我相信只有其他所有可能的路径都被封堵了，你们才最终选择了走这条路，这一定是个很艰难的决定。我很早就意识到了一些东西，可我权力有限，帮不上什么忙，唯一能做的，就是尽可能说服赵铁民继续调查下去。"

李静慢慢转过头，看了看他，却什么话也没说。

"我只是好奇，江阳是怎么说服他前妻的，张超又是怎么说服你的？"

李静仰起头，看向了天花板，呢喃着："郭红霞是个坚强的人，我也是。"

不消片刻，一名刑警从书架上找到了一个文件袋，拿给严良，打开后，里面有一些照片。部分照片从像素判断，拍摄的时间很久了，拍的是卡恩大酒店前的场景。另有几张照片很新，上面是一个男人和一个十来岁模样的孩子走在一起的画面。两种照片都是偷拍的。

除照片外，文件袋里还有一份名为"葛丽"的女人的户籍、现状资料，以及一个男孩的户籍、转户记录、就学情况、目前所在学校年级班级的资料。

严良看了一遍，把新旧两种照片仔细比对了一番，然后挑出一张发黄的照片出示给李静，指着上面一个似乎拉着一个女孩的手与其并行进入酒店的男人，问："这个人是谁？"

"十多年前清市的副市长，现在省组织部副部长夏立平。"

严良皱眉思索几秒，沉重地点点头。"我明白张超想要什么了。"

他随即告诉几名刑警的头儿，搜查结束。

就在他们准备离开张超家时，李静突然叫住了他。

"还有什么事吗？"

只见李静紧紧握着拳，指甲都陷到了肉里，浑身都在微微颤抖。她欲言又止，过了几秒，终于艰难地说出几个字："拜托了。"

严良朝她用力点了下头，转身离开房子。

这一刻，他觉得这个女人确实很美。

张超看到只有严良一人，没有安排刑审队员，又抬头看了眼摄像头，摄像头对向了死角。他微微一笑："看来今天又是一次特殊的聊天。"这时，他注意到严良面前放着的那个文件袋，不由得叹口气，说："相信严老师已经知道了我的动机。"

严良点点头。"你们的计划很谨慎，并没有直接要求专案组为十年冤案平反。"

张超苦笑："我知道专案组权力有限，如果我要求专案组平反十年冤案换取我交代真相，结局一定是，我的要求实现不了，你们也得不到江阳之死的真相，何必彼此伤害，陷入一个永远没有结果的死局？"

"所以你的最终诉求很简单，要我们拿那个孩子和夏立平、葛丽的 DNA 做亲子鉴定，只要证明那孩子是夏立平与葛丽生的，加上出生时间倒推，就能证明夏立平与当年未满十四周岁的葛丽发生性行为，触犯刑法。只要夏立平被采取强制措施，这个犯罪团伙的一条线就能被打破，江阳的十年努力才不至于白费。"

张超没有否认，说："做个亲子鉴定，这个要求对你们而言并不困难。"

严良反问："你觉得以赵铁民的级别去调查夏立平，不困难吗？"

"我并不奢望直接调查夏立平，只不过要一份亲子鉴定报告，你们一定能想出很多办法实现我的这个小诉求。"

严良笑了笑："看来你对警方的能力很了解，想必这个计划一定有那位杰出的老刑警，平康白雪朱伟的功劳吧？"

"朱伟完全与这件事无关，是我想出来的，他可一直恨我害江阳入狱，见我就想揍我，怎么可能和我合作？"

"是吗？"严良不置可否，"那么陈明章又是如何帮助江阳自杀的？"

张超停顿片刻，道："我不是很明白这句话。"

"胡一浪他们是不会去谋杀江阳的，因为江阳已是肺癌晚期，活不了多久，而且他手里也没有任何能对胡一浪他们造成威胁的实质性证据。他的死因，只可能是两种，自杀，或者你们协助他自杀。在中国，安乐死不合法，属于犯罪，江阳是不会忍心让朋友协助他自杀，触犯故意杀人罪的，所以，他只可能是自杀。不过，普通人自杀是不可能让公安鉴定出他杀的，技术上要做到这一点，只可能是得到了陈明章的帮助。此外，我们还知道，当初你进地铁站前坐的出租车被一辆私家车追尾了，而那辆私家车的车主正好和陈明章相识，这未免巧合了一些。"

张超眼睛微微一眯，严肃道："陈明章与这件事无关，是我和江阳诱骗他，问出如何做到伪装成他杀的，他对江阳最后的决定完全不知情。"

严良叹息一声："也罢，江阳为了翻案不惜提前几个月结束自己的生命，你为了救赎过去的错误自愿入狱，朱伟和陈明章就不要牵涉进来了。那么，等我们拿到亲子鉴定报告后，你希望我们接下来怎么做？"

"把报告向专案组全体成员公开。"

"你觉得公开就一定能把夏立平绳之以法吗？"

张超冷笑："我一直在赌博，但我们不得不相信我们会赢。我们只是觉得，如果连这样的赌博都不能赢，那么十年的真相就可以彻底画上一个句号，因为我们都尽力了，再也不可能了。"他叹息一声，眼睛直直地看着严良，"专案组成员来自省公安厅、省高检、市公安局，还有很多人都在关注这案子，亲子鉴定结果向专案组这么多领导公开后，他们会向各自单位报告。我就不信这么多人这么多单位都知道了犯罪事实，夏立平依然可以安然无恙！"

严良向他投去了敬佩的目光，朝他点点头，过了半晌，说："假如这起案子你并没遇到赵铁民和我，而是一个……比如希望息事宁人的专案组组长，你有考虑过吗？"

张超笑了笑："当然做过你的这种假设，所以我一直要引导警方的调查，让专案组更多的人逐渐知道这十年的真相，越多的人知道真相，真相才越不容易被掩藏。而不是一开始就告诉刑审队员真相和我的诉求。如果警方不愿继续追查下去，那么江阳一案也将成为永远的死案，公安无法给社会各界一个满意的答复。这是我和警方之间的博弈。"

他顿了顿，朝严良重重点头，说："我内心很感激严老师，严老师第一次接触我就开始怀疑我的动机，但你没有阻止我，反而促成警方顺着我的提示调查下去。"

严良微笑问："你怎么知道我们第一次见面我就产生了怀疑？"

"因为你是第一个问我眼镜和装扮的人。我有近视，那天地铁站的行动筹划很久，不能出错，我必须戴着眼镜。但被抓后，我必须摘掉眼镜，装扮和发型都显得土里土气，这样才能让新闻里的我看起来和平时不一样，避免被北京的证人提前辨认出来，不然计划在一开始就破产了。所以你多次问到我眼镜的事，我很紧张，我知道瞒不住你，我一心期盼你能为我保守这个秘密。"

严良坦诚道："我一开始只是好奇你究竟想干什么，所以没有把我的怀疑直接告诉赵铁民，等了解了更多信息后，我唯一能为你们做的，就是让赵铁民查下去。"

70

周末晚上，江市滨江区的一条空旷马路上，非机动车道上停着一辆不起眼的私家车，严良坐在驾驶座上，车窗摇落一小半，他和赵铁民正朝远处看去。

远方的路口停着一辆交警巡逻车。

这时，远远一辆奥迪车快速驶来，警员林奇挥手向奥迪车示意，很快，奥迪车缓缓靠边停下。

车窗摇落，林奇走到了驾驶员一侧。

严良隔得太远看不真切，询问一旁的赵铁民："你确信夏立平没带司机，是他自己开的车？"

赵铁民点头道："对，他周末都是独自去看那小孩的，然后自己开车回到滨江新城那边的小区，估计对自己有一个私生子的秘密，他不希望更多人知道吧。"

林奇拿出一个呼吸器，让奥迪车的驾驶员朝里面吹气。

夏立平拿过吹气嘴，吹了一大口，正准备离去，突然，林奇严厉

地喝了句："下车！"

"下车干什么？"夏立平不悦地望着对方。

"105，酒驾，下车，去医院抽血！"林奇喝道，同时，另两名警察也走了上来，拦住奥迪车，摆出不可能放他离去的架势。

"绝对不可能！"夏立平瞪眼道，"我没喝酒，怎么可能酒驾！"

林奇举起仪器放到他面前，一副刚正不阿的样子。"你自己看，别多说，下车！"

"我没有酒驾，你们肯定测错了，我没喝酒，这机器肯定坏了！"夏立平坐在车里不动。

"别废话，赶紧下车！"林奇去开车门，车门上了锁。他手伸进车窗，拔了下开门锁，把车门打开，拉住夏立平，要把他拖出来。

夏立平大怒。"放手别动，我要投诉你！你哪个单位的？我要打你们领导电话。"

林奇冷笑："随便你投诉，现在可由不得你，走，去医院！"

夏立平被拉出驾驶座，并被强行押上执法车。

他虽是大领导，但他知道这时候对底层人员亮明身份根本不管用，对方只听直接上级的，越级这么多反而没用了，可他去哪里认识底层单位的小领导？江市又是省会城市，社会新闻媒体发达，如果他为了这么点事拒不配合执法，一旦被曝光，尽管他确实没喝酒，在民众的口诛笔伐下也成了高官酒驾还倚仗身份目无法纪，抗拒执法。

无奈，夏立平虽然窝着一肚子火，但也只好跟他们上了执法车，前往医院。

在警察陪同下抽完血等了十分钟后，他得到了林奇的道歉，林奇承认确实是他们的酒驾测试仪坏了，数据乱跳。他虽恼怒，但作为有一定级别的官员，要保持自己的风度，不便跟这底层小警察计较，便气呼呼地坐上执法车，被送回自己的车辆所在地。

等奥迪车走后，赵铁民打起电话，打完后，朝严良笑了笑："林奇这小子演得很不错啊，夏立平从头到尾也没看过他警号。"

"看了也无妨，大可以说最近严查酒驾，交警人手不够，就找刑警来凑，如果为这么点事折腾，太有失他这级别的水准了。不过你可千万别让他知道是你在查。"

赵铁民不屑地笑了笑："他迟早会知道的，可他管不到我，我归市局管，市局还能为这点事处理我？"

江市一所外国语小学，开学没几天，江华大学医学院的一位老师找到小学领导，带着一份省卫生厅的文件，说他们正在做课题，调查全省儿童营养状况，需要各地区抽检不同年龄段儿童的微量元素状况。

学校按他们的要求拿出了六年级的学生名单，课题组"随机"抽了几名学生抽血化验，其中有个男学生姓夏。

课题组离开学校后直奔严良那里。严良早已等候多时，接过那一小管子的血液样本，表示了一番感谢，并再三恳请课题组的朋友，万望其保密。对方欣然应允。

71

高栋的办公室门窗紧闭。他坐在办公桌后，皱着眉，一动不动地看着手里的这份亲子鉴定报告。

　　赵铁民坐在对面，双手十指交叉着，忐忑地等待领导的意见。

　　过了很久，高栋不知把这份报告看了多少遍，才慢慢放下，掏出香烟点上，深吸一口，问："江阳的案子破了吗？"

　　赵铁民点头。"破了，已经在最后的结案阶段了，结果暂时还没向专案组全员通告。我得到鉴定结果后，给张超看过，他很满意，他让我把结果给他太太一份。我带给李静后，李静就表示突然想起张超翻供后在看守所与她会面时，告诉她家里藏了一个 U 盘，能证明江阳死于自杀，而不是被张超杀的。结果她因为那段时间心情太过紧张，把这事忘了，今天才想起来。"

　　高栋撇嘴道："能帮丈夫直接脱罪的证据因为太过紧张忘了，现在突然又能想起来了，唉，这种演技在电视剧里第一集就死了，居然能在警方面前晃了几个月，真是……"

　　赵铁民也忍不住笑出声："现在他们不需要演了，只需要随便找个借口把真相告诉我们罢了。"

　　"U 盘里面是什么？"

　　"是一段录像。江阳那晚自杀前，在面前摆了一台录像机，他先坐在录像机前，说了大半个小时的话，主要讲了他这十年的经历，以及他为什么最终选择了自杀。他把这些年查到的很多间接性的证据做了展示。还说这件事是他一个人的主意，和其他人无关，恳请张超在看到这段录像后，替他把录像和证据在适当时候交给国家有关部门。说完这些话，他就站到了椅子后面，把头套到一个设备的绳圈里，按下遥控开关后，他把开关扔出了窗外，闭起了眼睛。过了一分多钟，他开始伸手去抓绳子，可那时已经挣脱不了了，没过多久，他……他就死了。"

赵铁民轻咬了一下牙齿，无论任何人，哪怕再坚强再铁石心肠的人，看到这段录像，都会有一种彻底无力的虚脱感。

高栋听完他的描述，手托着下巴，抿嘴默默无言，过了半晌，才重新有力气发声："这段录像嘛……不用给我了，我不想看。"

赵铁民默默点头。

高栋又问："这事难道和其他人都没关系吗？他求张超把录像交给国家有关部门，张超却去地铁站抛尸，这计划难道是张超临时想出来的？"

"严良说这计划是张超、江阳、朱伟、陈明章和李静共同策划很久才实施的，张超向他透露过，最后江阳拍下这段自杀录像，是受了美国电影《大卫·戈尔的一生》的启发。至于江阳的前妻，她是个老实人，相信她只知道江阳是自杀的，并不清楚整个计划，否则面对警方调查容易说漏嘴。江阳和张超怎么说服各自的爱人，就不得而知了，相信很艰难。不管对当事人还是他们亲近的人而言，这都是一个很难的决定。"

赵铁民顿了顿，继续说："严良判断，这个计划在江阳死前几个月就定下了，因为我们在江阳的通话记录里发现，1月初开始，他和朱伟、陈明章的通话频率突然变得很低，而和张超的通话频率变得很高，为的是解除朱伟、陈明章参与计划的嫌疑。张超是跑不了的，必须自愿入狱，可他们不愿其他人被牵涉进去。从整个计划看，朱伟这个老刑警提供了反侦查协助；那个模拟人体力学勒死江阳的设备，自然是陈明章的杰作；第二天张超到房子里，拆了自杀设备的所有零

件扔在一旁，让我们误以为是废弃的伸缩晾衣架。李静在里面也扮演了重要角色，配合张超，在恰当时机提供给我们线索，让我们顺着他们的计划调查下去，别走错方向。"

高栋微微思索片刻，笑起来："恐怕严良这家伙早就知道真相了吧？"

"严良一开始就怀疑张超有特殊的动机，可是他没告诉我，反而佯装不知情，催着我调查下去。随着十年往事逐渐揭开，我怀疑张超是为了翻案，可严良说不是。他说张超如果有证据翻案，不必做出这么大牺牲；如果张超没证据，自愿入狱也没法翻案。严良也一直想不通动机，直到最后才知道张超打的算盘是曲线救国，以破案为交换筹码，逼我们替他做一次亲子鉴定，然后以此作为夏立平涉案的直接证据，再来破解十年冤案，抓获真凶。"

"不容易啊，不容易啊。"高栋抬头望着天花板，喃喃道，"还记得我一开始告诉你的，这案子你只管查，别管背后涉及的事吗？"

赵铁民点点头。

高栋解释道："江阳这几年写了一些信投给省里一些领导，详细描述了十年的经过，不过大领导每天都能收到一堆这种老上访户的信件，哪会件件留意？也是机缘巧合，有位省里的领导私下转给我这封信，我看了，对信中所说的，我很震惊，不过江阳手里没证据，我也无法判定内容的真假，何况涉及的官员级别在我的能力之外。直到张超翻供引起轩然大波后，我才留意到死者江阳正是那个写信的检察官，回想信中的内容，我相信这场先认罪后翻供的大戏背后大有隐情，所以才让你调查下去。"

赵铁民说出他最纠结的问题："现在夏立平强奸未满十四周岁女童已经有铁证了，我接下来该怎么做？"

高栋微微一思索："专案组里有多少人知道这事？"

"我告诉了一些检察官，他们应该已经向省高检汇报过了，不过暂时没收到上面的明确指示。"

高栋冷笑："省组织部副部长，也不知道他身后还有什么背景，大家都不愿主动出头调查他。"

赵铁民皱眉道："还有个别人找我，建议我不要管这事，对我不好，说只要把江阳的案子结了就行，结案报告里关于他们的动机方面，避开不谈。"

高栋又点起一支烟，叹息道："夏立平已经知道这事了，他此刻大概也是坐立难安。不瞒你说，也有人向我打了招呼，我……对方级别很高，我无法拒绝，我只说我根本没关注这案子，如果我见到你，会好好点拨你的。"

"这……"赵铁民表情纠结，"这……这就不管了吗？他们做了这么多事，这帮人性侵、杀人、毁灭证据、迫害司法人员，简直……"他咬了咬牙，痛苦道："我答应了严良，也答应了张超，我说……我说我会尽我所能，把真相公开。"

高栋看了他一眼，笑了笑："我说我见着你时，会帮人带话点拨你，可是你这专案组组长，自视甚高，极其顽固，点拨不通，我又不是你的直接领导，你又没有违法乱纪，只是忠于自己的本职工作，我也拿你没办法。"

赵铁民皱眉道："您的意思是，我应该把真相直接公开？"

高栋指了指赵铁民。"你们支队以前办的那个冤案，平反那案子的，正是市检察院的吴副检察长。吴检是个极其正直的检察官，为了平反案子，他奔波了很多年，遇到了很多的困难和阻挠，但他始终没有放弃。你这专案组组长不适合直接向社会公开真相，将江阳的故事和这份亲子鉴定报告摆在吴检面前，也许是最合适的处理办法。"

72

2013 年 12 月 3 日，省人民大会堂。

会场外挂着一条横幅："2013 年度全国优秀检察官吴 × × 事迹学习报告会。"

会场里，主席台上摆了十多张姓名牌，分别对应着省市两级检察院、政府宣传部门的领导。台下，坐了几百个来自全省各地的检察官，还有公安、法院等兄弟单位来捧场的一些代表。

在一片闪光灯中，几位主要领导按照级别大小排序，先后做了发言，等一轮讲完，主持人把话筒交给了今天的主角，刚刚在上个月被最高检授予 2013 年度全国优秀检察官称号的吴检。

吴检五十多岁，头发花白，一张天生的"纪委脸"不怒自威。他拉过话筒，先向领导和台下来宾说了几句客套话后，接着咳嗽一声，换上了一副严肃的面孔，朝所有人打量一番，然后做出一个出人意料的动作——他把胸口的那枚优秀检察官奖章摘了下来，双手缓慢地将它放在了桌子上。

这时，他缓缓开口："我不敢把这枚奖章挂在身上，因为我只是做了一些力所能及的本职工作，根本算不了什么。有那么一位检察官，他远远比我更配得上这枚奖章。他为了查清一个真相，历经十年光阴，为此付出了青春、事业、名声、前途、家庭等无数代价，甚至……甚至还包括他自己的生命。可是——"他音调提高了一分，神情更加严肃，"可是真相明明就在这里，在座的有些人却偏偏对此视而不见！"

掷地有声的开场白，令所有人都为之一愣，可是没有人打断他，他继续说了下去。

这场报告做了很久，没有人睡觉，原本按计划中途离场的省里领导也停下脚步，留了下来。

看守所会面室，隔着厚厚的有机玻璃，严良告诉张超："吴检在省里的检察官表彰大会上，一字没提表彰的事，他在这个不合时宜的场合，讲了你们那个不合时宜的故事。"

张超微眯着眼睛，久久没有动作，过了好久，眼里两股热流溢了出来。

严良继续说："我很佩服吴检，他在这样的大会上说这些，需要很大的勇气。现在全省司法机关都知道了这件事，夏立平的罪证已经公开，没有人保得住他了，他很快就会被批捕，相信孙红运等一干涉案人员都难逃法网。江阳可以安息了。"

张超的眼泪流到了脖子，他却浑然不觉。

"你的行为触犯了法律，但是我想，检察机关知道了你的隐情，会为你向法院求情，最后获得轻判，你不必太担心。"

"我一点也不担心，十年啊，太久了。"张超平静地吐出这句话，

看向了不锈钢栅栏，那里有他的倒影，隐约可见，大半年前他还是那么容光焕发，可如今已白了大半个头，他朝影子叹息一声，"人啊，就这样老了……"

73

2014 年 3 月 6 日江市 × × 报：

江市公安局近日破获去年备受关注的地铁运尸案，嫌疑人张超并非杀害死者的凶手，具体案情涉及个人隐私。张超涉嫌制造伪证、妨碍司法调查、威胁公共安全，一审判处有期徒刑 8 年，张超当庭表示认罪服判不上诉。

…………

2014 年 3 月 9 日 × × 报：

据悉，省组织部副部长夏立平于 3 月 8 日从单位西楼坠楼身亡，警方确认夏立平死因为跳楼自杀。根据警方调查和夏立平本人遗书来看，夏立平跳楼的主要原因是本人及妻子长期患病，其心理负担十分沉重，表现出厌世倾向。

…………

2014 年 3 月 14 日 × 报网站：

3 月 13 日上午 11 时左右，清市公安局政委李建国，自市公安局六层办公室失足坠亡。清市公安局工作人员告诉记者，事件系意外事故，李建国是在擦玻璃时失足坠亡的。李建国将于本月 16 日出殡。

据熟悉李建国的消息人士透露，李建国今年 49 岁，生前工作兢兢业业，待人诚恳，得知他出事的噩耗后，单位里的同事都深感惋惜。

2014 年 3 月 19 日深交所卡恩纸业公告：

公司董事会秘书胡一浪先生因突发心脏病抢救无效，不幸于 2014 年 3 月 19 日下午逝世，享年 46 岁。

目前公司董事会成员为 8 名，人员组成符合《公司法》和公司章程的相关规定，合法有效。董事会决定：在选举新任董事会秘书之前，由公司副董事长吕 ×× 女士代为履行公司董事会秘书的职责。公司各项经营和管理活动一切正常。

....

2014 年 5 月 8 日江市公安局网站：

市公安局刑侦支队支队长赵铁民涉嫌严重违纪，在案件侦破期间向非警务人员透露重大机密，造成严重后果，免去一切职务，交由司法调查。

....

2014 年 7 月 6 日江市 ×× 报：

×× 微测量仪器设备股份有限公司涉嫌偷税漏税、伪造账单，法人代表陈明章被判处有期徒刑 3 年，并处个人罚金 100 万元。据悉，

长期以来……

一间酒楼包厢，赵铁民推门而入，里面只有朱伟和严良，他们俩桌前摆着一些酒瓶。严良看了他一眼，说："李静刚刚来过，哭了一会儿，又走了。"接着很艰难地叹口气："最终是这样啊……"

赵铁民抿抿嘴，苦笑一下："高厅让我转告你他对你的谢意，感谢你面对调查时，没透露案件侦办过程中有他的授意。"

严良叹息着："可是你向我这非警务人员透露重大机密，现在什么职务都没有了。"

赵铁民哈哈一笑："高厅说几年后会把我调去其他部门。我不干刑警换其他警种，也是为人民服务嘛，怕什么？"他指了指朱伟："平康白雪在派出所不也干得很开心吗？"

朱伟望着他，也忍不住哈哈大笑起来，三人举起杯碰了一盏。

朱伟凝视着窗外。这个夜晚天空如墨，想起被带到异地关押的陈明章，他不禁悲从中来，拿过酒瓶，用力灌了几口。

严良也丧气地摇了摇头，对这个结果完全无法理解。

赵铁民苦笑道："高厅说了，我们最大的失算在于夏立平。我们以为夏立平是这里面最高的官，恐怕错了，所以夏立平坠楼了，孙红运反而活了下来。"

"还有谁？"

"不知道。"

严良沉默不语，过了片刻，他们三人都笑了起来。

这一晚，他们喝了很多酒，说了很少的话。

天很黑，他们不知道什么时候才能亮起来。

中央纪委办公室，纪委书记一脸铁青地看着面前这份卷宗，周围的纪检官员全部忐忑不安地望着他。

他肃然站起身，把卷宗扔在了面前，没看任何人一眼，向外走去。

2014 年 7 月 29 日，大老虎落马。

（全文终）

图书在版编目（CIP）数据

长夜难明：修订新版 / 紫金陈著 . -- 长沙：湖南文艺出版社，2023.6
ISBN 978-7-5726-1197-1

Ⅰ.①长… Ⅱ.①紫… Ⅲ.①推理小说—中国—当代 Ⅳ.①I247.5

中国国家版本馆 CIP 数据核字（2023）第 086894 号

上架建议：畅销·悬疑推理

CHANGYE-NANMING：XIUDING XINBAN
长夜难明：修订新版

著　　者：紫金陈
出 版 人：陈新文
责任编辑：刘雪琳
监　　制：毛闽峰　刘　霁
策划编辑：张若琳
文案编辑：赵志华
营销编辑：杨若冰　刘　珣　焦亚楠
出 品 方：极地小说
出 品 人：张雪松
出版统筹：郑本湧　胡一圣
封面设计：介末设计
版式设计：梁秋晨
插 画 师：壹零腾 0TEN
出　　版：湖南文艺出版社
　　　　　（长沙市雨花区东二环一段 508 号　邮编：410014）
网　　址：www.hnwy.net
印　　刷：三河市百盛印装有限公司
经　　销：新华书店
开　　本：875 mm × 1230 mm　1/32
字　　数：228 千字
印　　张：9.5
版　　次：2023 年 6 月第 1 版
印　　次：2023 年 6 月第 1 次印刷
书　　号：ISBN 978-7-5726-1197-1
定　　价：52.00 元

若有质量问题，请致电质量监督电话：010-59096394
团购电话：010-59320018